우리들의 일그러진 성적표

2014년 9월 29일 제1판 제1쇄 인쇄
2014년 10월 6일 제1판 제1쇄 발행

지은이   강병철
펴낸이   강봉구

마케팅   윤태성
편집   김희주
디자인   비단길
표지 사진   충남교육연구소
인쇄제본   (주)아이엠피

펴낸곳   작은숲출판사
등록번호   제406-2013-0000801호
주소   경기도 파주시 신촌로 21-30(신촌동)
서울사무소   100-250 서울시 중구 퇴계로32길 34
전화   070-4067-8569
팩스   0505-499-5860
홈페이지   http://cafe.daum.net/littlef2010
페이스북   http://www.facebook.com/littlef2010
이메일   littlef2010@daum.net

ⓒ강병철

ISBN 978-89-97581-60-3   03810
값은 뒤표지에 있습니다.

작 은 숲
에 세 이
0 0 5

강병철 교육 에세이

강병철 지음

작은숲

차례

III. 《닭니》의 연화는 어디에 살고 있을까?

IV. 마라도 편지 — 나에게로 다시 이르는 길

작가의말

    콩깍지 탯줄을 만나면서 전봉준과 전태일이 새롭게 등장
했던가.
    번민의 사내는 날마다 반성의 늪에 빠지기 시작했다. 몇 해 전
모습이 부끄러웠고 몇 달 전, 아니 일주일 전의 몸짓도 설레설레
지우고 싶었던 청년 심장의 그 즈음이다. 번개처럼 흘러가는 청
춘의 스크린을 까맣게 놓친 채 복종을 달게 받지 않으려 했던 지
난날이다.

    당연히 마음대로 움직여지지 않았다. 지구촌은 자본주의로
약진했고, 사람들은 조명발을 탐내다가 그늘의 의미를 잊었다.
유리 항아리 끌안고 얼음 동산 오르다 보면 자꾸만 거미줄이 얼
굴로 쏟아지는 것이다. 착한 피들의 상용어였던 '유목의 깃발'
이나 '녹색 벌판'으로도 예전의 구경꾼들이 치고 들어오더니 금

세 우리들을 객석으로 몰아내었다. 그렇게 좁혀진 운신의 폭에서 벗들과 불안하게 다투면서 자꾸 감상적 체질로 바뀌는 것이다. 까만 논두렁으로 민들레 새순이 보이면 암울한 시국의 희망으로 은유하며 솜털을 바싹 세우기도 했으니 필경, 센티멘털이리라.

교실의 알개들은 여전히 미루나무처럼 쭉쭉 뻗는 중이다.

첫 제자들의 이세쯤 되는, 그들이 터뜨리는 비늘 파편들이 여전히 내 삶의 자양분이지만 요즘은 교실에서 '솔아 솔아 푸르른 솔아'를 부르는 것도 익숙하지 못하다. 글쓰기도 마찬가지다. 섬세한 속내보다는 문장의 무늬에 초점을 맞출 때가 많다. 잘못을 감추는 버릇이 빈번해지면서 노여움도 많아졌다. 정년 퇴임을 목표로 삼는 나목의 평교사는 후배들의 사랑을 먹고 그늘을 드리워야 하는데 여전히 눈길을 맞추지 못한다.

'지금 이 순간이 내 삶의 가장 젊은 날'이라며 장판 속에서 숨은 배추 잎 찾아내듯 낮은 기쁨으로 살아야 할 것이다.

재작년의 학습연구년의 행운이 글 뒷부분의 절반쯤 차지한다. 북유럽과 토지문화관, 연희문학창작촌과 마라도까지 진출하는 행운의 기회, 특히 마라도 유배지의 망망대해는 내 생애에서 특별한 흔적으로 남을 것 같다. 마지막 배가 떠나면 찾아올 사람이 전혀 없어, 미운 사람도 그리워지던 그 사연들이 지하철 손잡이처럼 온정으로 묻어나길 기대한다.

이 책의 지면과 사진 제공에 전폭적인 도움을 주신 충남교육연구소 조성희 선생님과 작은숲 출판사 강봉구 사장님의 점차 진해지는 인연에 감사드린다. 벗들의 사랑을 먹으면서 고질병인

조급증을 덜어 낼 수 있어서 조금은 안도할 만하다.

2014년 여름 마른장마를 보내며

강병철 쓰다.

Ⅰ. 이제는 돌아와 교문 앞 선

이가 아니면 잇몸이다

힘들게 만나서 쉽게 헤어지기

명퇴는 없다

EBS 문제집을 풀며

결코 멈출 수 없는 젊은 날의 이정표여

갯마을 동창들

우리들의 일그러진 성적표

이제는 돌아와 교문 앞에 선, 나는 아직 가슴이 뜨겁다

이가 아니면
잇몸이다

할머니의 입술 속은 텅 비어 있었다.

몸 속 저만치 붉은 동굴에서 목젖만 가느다랗게 떨려서 깔딱 깔딱 숨이 막힐 것 같았다. '나는 튼튼해요.' 하면서 활짝 웃는 이빨은커녕 '아파요.' 하면서 엥엥 우는 이빨조차 단 한 개도 없는 붉은 언덕 수수밭이었다. 밥은 잇몸으로 씹었지만 동치미 무나 밤, 옥수수 알갱이는 소화가 절대 불가능했다. 썩기 직전의 물렁이 복숭아나 풀섶에 떨어진 홍시만 찾았다. 사과는 숟가락으로 박박 긁어서 삼키셨고 가래떡은 조청의 단맛만 쪽쪽 빨아야 했다. 도토리묵은 훌훌 넘길 수 있었으나 돼지 비계는 씹을 수가 없어서 혓바닥과 잇몸 사이로 한참을 뭉개다가 자근자근 녹여서 목에 넘겼다. 나무 한 그루 없는 허허벌판으로 그렇게 생존을 이어 가셨다. 그 입술 감촉을 좋아하던 여섯 살 뽀뽀쟁이 소년에게 썩은 이빨이 하나씩 늘어나기 시작하던 흑백 사진 시절이었는데.

아버지는 팔뚝 굵은 청년 가장이었고 어머니는 앙가슴 팡팡한 새댁이었다. 어느 늦가을, 치통으로 낑낑 싸매는 아들의 팔뚝을 잡아당기더니.

"이리 와라. 썩은 놈을 도려내자."

이빨 뽑기에 돌입했다. 아버지가 묶은 문고리 노끈이 팽팽해지면서 모든 물상들이 일제히 숨을 멈췄다. 이제 시퍼런 조선낫들어 쌍둥 끊어 문짝을 발라당 열어젖힐 판이다. 단풍나무 이파리들이 일제히 빨갛게 소스라쳤다.

'살려 주세요. 시키는 대로 다할 거에요.'

엄살을 삼키느라 뽀드득뽀드득 어금니 깨물었다. 그러나 허당이었다. 썩은 이빨 도려 내려는 실매듭이 미끄럼 풀리면서 실패로 끝이 났다. 아버지는 실이 빠지지 않게 이빨 밑동을 다시한 번 단단하게 묶었다. 이번에는 '탁' 소리가 나면서 가슴에 커다랗게 구멍이 뚫렸다.

'아프지는 않았어. 증말이야.'

울지 않는 소년이 되기 위해 주먹 쥐며 자기 최면에 빠졌다. 생각보다 빨리 고통이 사라졌으므로 견딜 만하기도 했다.

학교에서도 '참아 내기 연습'에 돌입했다. 정기 검진을 하는 신작로 김의사가 펜치로 이빨을 뽑아 내는 데 한참 애를 먹더니, 왈.

"어린놈답게 그냥 울어 임마."

그는 '장하다. 참을성이 강하구나.'라는 칭찬을 전혀 하지 않았다. 대신 건네주는 립서비스로.

"너는 이빨이 칼날 같은 게 완전 늑대 이빨이구나. 어럽쇼. 뿌리까지 육식 동물 이빨이네. 송곳니는 더 자라면 줄톱으로 갈아 내야겠는데.

툭 던지는 바람에 자존감이 생겼다. 송곳니로 생고기를 물어 뜯을 수 있는 육식 동물의 이빨이란다. 영구치가 등장하면서 골격이 조금씩 굳는 중이었으므로 완력에의 자신감도 성장하던 즈음이다.

그러나 형제들은 내 이빨을 '옥수수'라고 납작 눌러 버렸다.

강원도 찰옥수수처럼 촘촘한 결실이 아니라 속이 듬성듬성 비어 있는 충청도 메옥수수 중 무녀리 열매로 비유되는 것이다. 문제는 그 이빨 틈새로 자꾸 음식물 찌꺼기가 끼어드는 것이다. '우는 이빨'이 되지 않기 위해 틈새의 찌꺼기를 끄집어 내야 했다. 주로 컴퍼스나 못 끄트머리 아니면 대나무 끝을 아주 뾰족하게 잘라서 쑤셨는데 더러는 흉물의 음식물이 벌레처럼 꾸불텅거리며 꼬챙이 못에 끌려 나오기도 했다.(성냥개비에 찍혀 나와 꿈틀거리던 김치 조각이 분명히 벌레라고 확신했다.) 찌꺼기를 끄집어 내면 이빨 사이가 뻥 뚫리면서 찬바람이 휑하니 불었다.

어느 날 연필심으로 이빨 틈새를 헤집기 시작한 것이다. 수업 시간 중 이빨이 간지러우면 연필심이 가장 가까이 손에 잡혀서 그렇게 시도했는데…… 하필 연필심이 이빨 틈새에서 툭 부러졌다.

"어렵쇼, 재밌다."

머리를 흔들자 부러진 연필심 소리가 사금파리 사이에서 달그락달그락 들렸으므로 '우히히히' 요리조리 고개도 돌려 보았다. 그때까지는 아무 일도 없을 줄 알았다. 그러나 두어 시간 남짓 후 잇몸이 시큰시큰 쑤시기 시작했다. 먼저 왼쪽 볼이 호두알처럼 볼록 튀어나오더니 금세 얼굴 면적이 배구공처럼 퉁퉁 부어 오르는 것이다. 교실이 뒤집혔고, 그 학교 교감님이던 아버지가 깜짝 놀라 혼비백산으로 손목을 끌었다. 면 소재지 병원은 처방 방법을 찾지 못했으므로 완행 버스로 서산 시내 호서치과로 치달렸다.

치과 의사가 갸웃갸웃 하다가 이빨을 뽑아 냈는데.

하필 입술 사이로 연필심 조각이 툭 튀어나온 것이다.

의사와 아버지가 '아' 하는 탄성과 동시에 궁금증이 해소되었고 소년은 야단맞을 두려움으로 절망에 빠졌다. 아닌 게 아니라 아버지는 연필심을 보물단지처럼 창호지에 꽁꽁 싸매서 집에까지 가지고 와 어머니에게 보여 주며 혀를 차셨다. 어머니는 한 술 더 뜨셨다. 연필심 싸개를 다락 위에 넣었다가 마실 오는 손님마다 창호지를 펼쳐 보이며 흐으흐으 웃음보를 터뜨리는 것이다. 부엉이 울음이 파고드는 저물녘쯤 부은 얼굴이 바람 빠진 풍선처럼 쪼그라들었고.

청년 시절 이후로는 '불안한 이빨'에 대한 기억이 솔직히 전혀 없다.

불법 단체 전교조 신문을 돌리면서 '학교를 쫓거나면 학원 강사로 살아갈 수 있어.' 라며 '이가 아니면 잇몸이다.'라는 문장을 가끔 삽입시켰을 뿐이다. 강퍅한 시국만큼 애국심과 혈기도 발동했다. 틈틈이 스크럼에 합류하면서 실체를 확인했다. 노태우 후보가 대통령으로 오르면서 1,500여 명의 스승들이 목이 잘리자, 전교조는 '5공 청산 회피하고 전교조를 탄압하는 노태우 정권 타도하자.'라는 구호를 외치기도 했다. 의무 발령제가 깨진 공주 사대 졸업생들이 '깻잎 팔아 키운 자식 실업자가 웬 말이냐. 군부 독재 타도하고 2학기에 공부하자.'며 신관 삼거리까지 스크럼을 전진시키던 대치 시국이다.

이빨로 트럭을 당기는 차력사가 되고 싶었을까.

치킨 집에서 이빨로 맥주병을 땄고 객기가 발동하면 콜라병까지 가볍게 해결했다. 콜라병 뚜껑에 사금파리 이빨을 걸어 놓으면 마주 앉은 벗들까지 똑같이 이빨을 옹물며 우정 동참으로 우거지상을 썼다. 쓰레기장 청소를 하다가 불구덩이를 메우던 공사판에서도 그랬다. 묶은 장작을 해체하기 위해 철사에 이빨을 대자 3학년 1반 아이들 역시 '우와' 하며 똑같이 입술을 옹물며 힘을 주었다. 유리 조각이건 사금파리건 잘근잘근 씹을 수 있을 것 같았다.

육체의 마지막 전성기인 젊은 교사 시절.

웬만한 사춘기 수컷들은 완력으로 제압했다. 덩치 큰 애들은 손목을 비틀어 암바나 관절 꺾기로 굴복시켰고 중태기 소년들은 헤드록으로 혼절시켰고 쬐끄만 아이들은 아예 무더기로 묶어서 송방송방 집어던졌다.

주먹 한 방에 선풍기 열 대 값 비용을 지불하기도 했다. (이차구차 설명하긴 거시기하지만) 결정적 이유는 폭풍 음주 뒤끝이다. 열다섯 연하의 근육질 청년은 부러진 이빨을 퉤 뱉더니 상대방을 가격하는 대신 변기통 배수관을 박살 냄으로써 선배에 대한 예우를 갖추었다. 술상 동숙인들이 각다귀떼처럼 달려들어 몸을 분리시켰고, 술떡의 교사는.

"너는 스쳐 맞으면 한 방짜리야. 제대로 맞으면 뻗고."

기고만장 소리치다가 헤롱헤롱 눈을 감았다. 그 후 만날 때마다 서로가 더 낮게 죄인처럼 고개를 조아렸다.

그러나 내 이빨의 미래에 대해서 고민해 본 적은 거의 전무하다. 단지 수사자의 튼튼한 이빨이 되고 싶었을 뿐이다. 그저 목덜미 물린 초식 동물이 아무리 요동쳐도 먹잇감을 놓치지 않던 절대 강자 그 이빨이다. 얼룩말 허벅지에 달랑달랑 매달린 채 잇몸을 떼지 않는 늑대의 송곳니 근성도 필수 조건으로 달고 다녔다. 벗들은 문단의 중앙에 진출하기 시작했고 교단의 후배들도 하나씩 승진 준비를 두들기던 즈음이다.

어느 날 신림동 찻집에서 마주 앉았던 이공계 허정 교수가.

"성님, 이빨 틈새가 비었네요."

하는 바람에, 화장실에 다녀오는 척 거울을 보며 어럽쇼, 놀라

긴 했으나 금세 잊었다. 틈새가 벌어지긴 했지만 아주 흉측하지는 않았다. 그 후 가래떡이나 동치미 조각으로 틈새를 메운 다음 거울 앞에서 '우히히 구멍을 감췄네.'하며 틈새 로망을 즐기기도 했다. 밭두렁 들깨 모종처럼 흔들리던 이빨도 세월만 흐르면 뿌리 내리며 굳어지는 줄 알았다. 그때까지는.

그런데 시나브로 '벌어진 이빨'의 신경이 거슬리는 것이다. 언제부터였나, 사람들 앞에서 커다랗게 웃기가 조심스러워졌다. 아닌 게 아니라 수업 시간에 깜빡 파안대소로 웃다 보면 앞자리 조무래기들이.

"엣, 선생님 영구 이빨이다."

그 말이 연달아 접수되면서 눈길의 만만찮음이 체득되기 시작했다. 언제부터였나, 사진발을 잘 받기 위해 입술로만 웃었다. 화들짝 웃으면 천상병 시인처럼 듬성듬성한 치아로 둔갑하는 과정을 감추고 싶었다. 손바닥으로 입술을 가리며 웃자 사람들이 수줍음 타는 아저씨라며 순수하게 봐주기도 했고.

실제적 위기는 2001년도, 대천 임해수련원에서 충청도 청소년들과 함께 1박 2일 문예 캠프를 추진할 때이니, 나이 사십 중반이다. 200여명의 청소년들과 함께 '문학의 밤' 책임자를 치르면서 몸이 아예 팥죽이 되어 버렸다. 가장 무서운 건 뭐니뭐니해도 돌발 사고. 일단 야밤의 바닷가 외출을 금지시키는 보수적 규칙을 만들고 현관문을 지켰다. 그리고 캠프 운영에 눈코 뜰 새 없이 바빴다. 인원 체크와 프로그램 점검으로 녹초가 되었는데,

밤 두 시쯤 온몸이 쑤시더니 이튿날 이빨이 동시 다발로 흔들리기 시작했다.

무심히 핥았던 아이스크림부터 첫 반응이 왔다. 시리고 싸−한 게 처음에는 재미있었다. 냉수를 들이킬 때마다 시린 풍치의 변화가 신비로운 것이다. 그러나 차가운 것에만 신경이 닿던 게 점차 과일이나 뜨거운 것으로 반응이 오더니 나중에는 공기만 들이마셔도 견딜 수가 없었다.

그때부터였나, 이빨 빠지는 꿈에 시달리기도 했다.

턱이 흔들리는 것 같아서 혓바닥으로 잇몸을 밀어 내는 순간 이빨 전체가 틀니처럼 뎅그렁 빠지는 꿈이다. 윗니가 빠지면 아버지가 세상을 떠나고 아랫니가 빠지면 어머니가 돌아가신다는 설도 있었지만 내 꿈에서는 양쪽 모두 동시 다발로 사라진 것이다. 다행인 것은, 새벽에 꾼 꿈이므로 모조리 개꿈이라는 해몽이다.

십여 년 전, 그날의 꿈은 내 이빨이 실제로 빠짐으로써 가장 리얼한 해몽이 되었다. 엿을 먹다가 이가 실제로 이가 빠진 것이다. 이빨이 박혔는데 엿 속에 파묻힌 이빨까지 아득아득 깨물며 그대로 삼킨 것이다.

앓던 이가 빠지니 풍치의 통증은 없어졌지만, 양치질을 조금만 방심해도 칫솔 사이로 피가 묻어 왔다. 동시에 옆자리 이빨들이 도미노 현상으로 흔들리기 시작했다. 눈으로 빤히 보면서도 막을 방도가 없었다. 대두리 앞바다 제방이 사라호 태풍 때처럼 연쇄적으로 무너지고 흔들렸다. 다시 통증이 재발되면서 밥을 먹는 시간이 저어되었다. 마침내 대학 병원으로 투항했다.

여(女)의사의 눈빛이 차갑게 꽂히는 바람에 발발 떨었다. 내 모양이 꾀죄죄해서 빈한한 사내로 판단했는지 그미는 다짜고짜 가장 간편한 타법을 제시했다.

"틀니를 하세홋. 120만 원이면 모두 해결되니."

나는 훈련소 출소 직후 바싹 군기 든 작대기 하나 이등병처럼 차렷 자세를 취했다.

"잘못했습니다. 한 번만 생각할 여유를 주십시오."

안 된다. 아무리 돈이 싸더라도 몸속에 쇳덩이를 넣었다 빼는 장면은 사람의 등급을 하염없이 추락시킬 것이다. 나는 여의사에게 '잠시 후에 돌아온다.'고 철석같이 약조하고서 그대로 병원을 도망쳐 나왔다.

그리고 인터넷 사냥이 시작되었다. 레진을 이용한 때우기 치료나 인레이 치료라는 용어를 처음으로 알게 되었다. 금이빨로 본떠서 붙이는 방법도 있고 신경 치료를 하는 경우라면 이빨을 덧씌우는 크라운 치료만으로도 가능하나 수시로 흔들리는 게 문제다. 그리고 무엇보다 거액의 돈이 들어가는 점이다.

가수 서태지가 은퇴를 했고 브라운관에서는 복제판 가수들이 쭉쭉빵빵 몸매로 무대의 영역을 확장하던 즈음이다. 바둑의 스승 조훈현이 제자 고수 이창호에게 국수의 자리를 넘겨 주었고 이만기의 기술 씨름 대신 거구의 백두급들이 모래밭의 카타르시스를 삭감하던 시절이다. 문학판도 마찬가지다. 미래파 시인들의 암호 해독 시어들이 메이저 잡지까지 점령하면서 독서를 위해서는 번역사까지 동행해야 할 만큼 문단의 풍토도 바뀌었다.

내 몸은 그만큼 급속 하강했다. 머리카락이 빠지고 어깨가 아파 칠판 꼭대기를 짚지 못하면서 퇴로가 점점 좁혀 들었다. 썩은 이빨에서는 구린내가 진해졌다.

마흔아홉에 굴복을 선언했는데도.

강산이 또 한 바퀴 바뀌더니, 이제 근본이 성한 놈은 여덟 개뿐이다. 뽑고 덮어씌우고 또 정비하며 입 속에 그랜저 한 대는 넣고 다니는 것 같다. 오늘은 이빨 세 개를 뽑았더니 발음이 자꾸만 새어 나간다. 지금은 목욕탕에서 오랜만에 나의 나신(裸身)을 만나면서 갈수록 쇠해지는 수수깡 다리를 비춰 보는 중이다. 그리고 버릇처럼 문장 조작의 상념에 빠진다. 이빨이 흔들리는 늙은 악어에게는 어떻게 존재감이 있을까. 풍치 걸린 불도그는 어떤 자존심으로 틈입객을 제압할 수 있을까.

새로 전출 가는 대산고등학교에서 나는 교직원 전체에서 최고령의 교사다. 젊은 날 내가 쓸쓸하게 지켜보았던 교무실의 복덕방 노친네로 남을 것인지 아니면 젊은 후배 모두를 껴안는 큰 바위의 그늘로 남을 것인지는 판단 유보다. 아무래도 이빨이 튼튼해야 아이들을 떳떳하게 만날 것 같아서 그저 구멍 난 이빨마다 촛불 밝히는 마음으로 초로를 받아들일 뿐이다.

겨울밤, 하염없이 걷다가 그렇게 눈사람으로 남을 일이다.

힘들게 만나서
쉽게 헤어지기

여름 그리고 서울특별시 구로역 초저녁 골목길.

무작위로 만난 벗들과 슈퍼 앞 네모진 평상에서 병맥주 뚜껑을 따는 중이었다. 공주행 막차를 타야 하므로 조금은 초조한 저울질로 잔을 비우는 중인데 웬 쭉쭉빵빵 아가씨 하나가 평상 일행을 빠드름히 쳐다본다. 수수꽃다리 가녀린 생머리, 아름다운 그미가 골목 술꾼들을 주목할 거라는 생각을 전혀 못했으므로, 저녁 노을에 불과하게 젖을 뿐인데.

"선생님."

그 부름이 물수제비처럼 쨍그랑쨍그랑 퍼진다. 분필장이 수십 년 지난 지금껏 '선생님' 소리를 들으면 가슴 철렁이는 소심증이라니…… 아무튼 반사적으로 악수부터 먼저 하며 예전의 낯을 더듬어 본다. 잠시 기억을 아슴아슴 되살리다가.

"진달래…… 그리고 스물여섯."

"딱 맞췄어요."

"다른 동기들은 한 살 적은 스물다섯이고."

순간 평상의 동창생 술벗들이.

"와 – 역쉬, 우리의 청년 강 선생."

우르르 박수를 보태는 바람에 쑥스럽게 한 컵 더 비웠다. 진달래는 옛 선생에게 피혁 회사 자재과에 삼 년째 출근 중이라는 말을 던졌고, 나는.

"잘 했네."

발목까지 흔들고 싶은 심정이나, 아주 잠깐의 해후뿐 얼떨결에 그냥 보냈다. '안녕히 가시라.'는 작별의 인사와 함께 머리카락 쏟아지는 전신주 바닥을 훔쳐보는데.

"어이 강 선생, 전화번호는 따셨나?"

아차, 하다가 설레설레 고갤 흔든다. 이게 내 스타일이며, 반가운 해후는 이렇게 헤어지는 거라며 짜 맞추기에 들어갔다. 나이답게 사람의 안부도 거리를 두고 묻는 식으로 고정시켰노라며, 엉뚱하게 얼버무렸지만.

스승이 먼저 숙녀에게 출랑출랑 전화번호를 묻는 게 왠지 우스운 것이다. 진달래에게 부담이 될까 봐 일부러 안 물어봤을 수도 있겠다. 자신의 정보 노출을 불편해 했을 수도 있으며, 거리에서 부딪치는 제자마다 일일이 전화번호를 따 내면 핸드폰 용량이 꽉 차서 폭발할 지도 모른다며, 사랑할수록 더 멀리서 바라보는 거라고 말도 안 되는 설법을 편 건 술기운 탓이다. 아주 짧게 외양간 소 울음소리와 모내기 뜬모에서 뚝뚝 떨어지는 흙탕물 소리가 들렸던 것 같다.

울멍울멍 코를 풀다가 호기롭게 큰 소리치고 싶었던 때가 있다.

"말썽꾸러기라도 좋으니 튼실하게만 자라라.

울타리 밖 세상은 더 풍요롭고 찬란하다.

자고 싶으면 푹신 자라.

공부하기 싫으면 책을 덮어도 좋다." 급기야 오버해서.

"시험 문제는 모둠별로 동그랗게 모여 이맛살 맞대고

협동으로 풀어라. 세상은 경쟁이 아니라

인디언식 지혜를 자양분으로 한 공동체가 되어야 한닷!"

또 있다. 공주행 고속버스 막차 시간 11시를 맞춰야 했기 때문이기도 하다. 구로역 1호선으로 가산디지털역까지 한 정거장 3분짜리가 첫 노선이다, 가산역에서 고속터미널까지 12개의 역이 있으니 소요 시간은 25분, 게다가 우수마발의 자투리 시간을 합쳐야 한다. 구로역에서 표 끊고 지하철 기다리는 시간 10분, 가산역에서 7호선으로 갈아타는 시간 10여 분, 다시 터미널에서 공주행 막차를 잡기 위해 계단을 오르는 시간을 더한 다음 음주 다뇨증 해결을 위해 화장실까지 방문하면 15분이 추가된다. 그러니까 최소한 9시 40분에는 출발해야 되는데⋯⋯ 그보다는 솔직히 사람을 쉽게 붙잡지 못하는 내 결벽증이 더 크다. 보내고 나서야 아쉬움을 복귀하는 한심한 스타일도 감춰야 한다.

그러니까 그해 초겨울 교실에서 난장 친 기억이 8년만이고.
그 후 1년 후인가, 모내기 흙손으로 빠이빠이 헤어진 게 7년 전이다. 미안하다, 사랑한다, 며 삽화 몇 장을 리핏시키며 불 꺼진 고속버스에서 눈을 감았다. 어둡다. 헤어짐의 기억들은 모두 쓸쓸한 거라며 나 홀로 독백을 삼킨다. 숙취가 오르면서 진하고 더욱 센티해진다.
스승의 노여움이란 건 대개 왜소한 것들의 점철이다.
기껏해야 과제물 미제출이나 수업 시간의 숙면, 입술에 묻은 담뱃재 흔적이나 핸드폰 중독 게임, PC방 스크린 집착증 정도로도 노발대발 폭발한다. 당연히 교육적 명분을 내세우지만 때로는 그게 내 울화병을 가라앉히는 점액질이 되기도 하니, 일상의

탈피를 결심할수록 일상의 덫에 갇히는 것이다.

나도 처음에는 그냥 넘기려고 했다.

솔직히 수업 중 너의 숙면을 건드리고 싶진 않았다. 아이들도 늦봄 오후의 식곤 피로를 찾을 수 있는 인권이 있다고 생각하려 했다. 그런 내가 단지 잠깐 여유를 놓쳤을 뿐이요, 도미노로 집단 수면에 빠지는 게 싫어 조금은 건성으로 어깨를 건드렸을 뿐이다. 너는 당연히 움직이지 않았다.

망설이다가 다시 어깨를 쳤을 때 너는 불쾌한 눈빛으로 '시옷' 자를 넣으며 실룩였고 나는 즉각 노여움을 표시했다. 솔직히 엄청 분노한 건 아니었다. 절반의 포즈를 지었을 뿐인데 어럽쇼, 너는 아주 웃긴다는 표정을 짓더니 곧바로 발작하듯 소리 질렀고 나 역시 체통 없이 출석부를 집어던졌다. 다른 아이들은 파랗게 질린 채 침묵의 늪에 빠졌고 나는 잠시 후 폭폭한 마음을 달래기 위해 복도에 나갔다.

아이들은, '선생님이 운다.'고 했으나.

그건 아니었고 잦은 기침이 터졌을 뿐이다. 아카시아 사이로 쏟아져 내리던 뻐꾹새 울음 한 조각이 삽날로 찍혀서 어깨를 움찔거린 것이다. 누군가 쏟아 놓은 초록 물감이 늦봄의 풍경을 얼룩얼룩 번지게 만든 탓도 있다.

문제는 다른 스승에게도 똑같은 포즈로 도발장을 내민 것이다. 아니, 그보다 더 강도 높은 반항을 했고 안타깝게도 그 행위가 즉각 교무수첩에 기록되었다. 그때 이미 네 벌점은 포화 상태였으므로 짤려야 했다. 벌점 관리 징계위원회가 있었고 너를 향한 죄목이 하나씩 튀어나와 목을 죄었다.

너는 잠깐 방심했던 것 같다.

어쩌면 학교를 짤리게 될 것이라는 걸 실감하지 못했었는지도 모른다. 자퇴성 전출 징계가 확정되고서도 공식 시효일까지 교실에 들어와 웅크려 앉는 바람에 나를 안타깝게 했다. 그에 출석부에 빨간 줄이 그어졌고 나는 적극적으로 중재하지 못했음을 반성했지만, 곧바로 다른 일상에 치여 잊어버렸고.

학생부장을 따라 네가 없는 시골집을 사전 방문했던 이른 봄의 기억만큼은 생생하다. 아스팔트에서 농로로 좁혀 들었고 대보름 쥐불 자국이 듬성듬성한 밭두렁에 학생부장 승용차를 받쳐 놓고 5분쯤 또 걸었다. 홀로 사시는 네 어머니가 마흔에도 미치지 못해서 조금은 당황했었다. 외양간 치우던 손바닥을 허둥지둥 털어 내더니 봉지 커피를 타 줬다. 잠시 어색한 침묵에 빠졌을 때 황소 울음소리가 보자기처럼 몸을 덮었다. 거미줄이 낀 툇마루, 컴컴한 방, 두세 권의 교과서가 구겨진 채 뒹굴었으며, 아직 잔설이 남은 밭고랑……. 21세기에 재생되는 '재건 시대의 유년 풍경' 그대로였다. 그리고 빈 방과 차가운 마루를 손바닥으로 쓸어 보며 생각했다.

'진달래야. 이만큼 살아 준 것도 정말 장하구나.'

전출된 학교에서도 당연히 적응을 못했는데.

이차구차 몇 가지 사연을 거쳐, 1년 뒤에 다시 우리 학교에 복학을 하는 쪽으로 결정되었다. 반가웠고 동시에 불안했다. 그해 5월, 너를 만난 건 또 다른 가출 학생 엉겅퀴 소년을 찾기 위해 윗동네 밤나무골에 방문했을 때다. 복학 이후니 뭐 특별히 오랜만은 아니다. 중3 복학생이던 너는 투명인간처럼 입이 붙어 버려서 이후로는 스승들의 수근거림에 오르내리지 않았던 것 같다.

웅덩이가 있었다. 골짜기 아래 세숫대야만한 웅덩이가 가뭄으로 쫄아드는 중이었고 그 속에서 헤엄치는 송사리 몇 마리의 목숨이 위태롭게 보여 불안하게 응시하는 중이었다.

"선생님, 웅덩이가 행복해 보이나요?"

너는 천수답에서 재래식 모내기를 하고 있었다.

질척질척 달려올 때마다 논두렁 모에서 흙탕물이 뚝뚝 떨어져서, 그 진흙탕에 맨발이 감동적이었지만 표시는 내지 않았다. 보온병 커피가 예전의 봉지 커피와 오버랩되면서 눈이 시렸을 뿐이다. 그날도 쓸쓸한 감회에 젖었다. 시내버스를 기다리면서 세상 풍경이 관념적으로도 아름답노라고 알쏭달쏭 감상에 젖어들었다.

그게 끝이다. 열일곱, 한 살 더 먹은 졸업반 중학생답게 너는 그렇게 숨은 그림으로 시간을 보냈다. 공부는 관심이 없었지만 전혀 도발적이지 않았다. 짝꿍 백합녀는 전교 1등이었는데, 미분과 시그마를 해부하며 설렘을 느끼는 사춘기 옆에서, 너는 만화책만 보며 졸업 날짜를 고즈넉이 기다렸다.

교실 풍경은 그렇듯 천태만상의 화초와 잡초의 합종 텃밭이다. 꿈을 키우는 희망의 사춘기도 있고 시간을 때우는 질풍노도도 동반 성장한다. 맛깔나게 거름을 흡입하는 꿈나무와 부황 든 무녀리가 어우러지다가 토라지며 따로따로 놀다가 체육대회나 소풍 때는 상큼하게 합체되기도 한다. 그리고 스승들은 조마조마함과 안도감 속에 시나브로 잦아지는 것이다. 그 와중에 나도 쪼글쪼글 세월을 보냈다.

젊은 날, 그런 로망의 미래상을 그리기도 했었다. 잔주름이 점잖게 박힌 초로의 평교사 그림이다. 운동장 후미진 구석 어디쯤에서 할아버지 교사 하나가 아이들과 함께 파안대소하는 풍경이 그 주제다. 젊은 피들과 술래잡기나 드잡이로 뒹굴면 석양이 등허리 따사하게 비춰 주는 줄만 알았다. 청소년들이란 게 그렇듯 견딜 만한 시련을 먹고 자라는 나무들이리라 믿었으므로 아이들의 일탈도 그리 큰 걱정을 하지 않았다. 짜장면 한 그릇을 세 명이 나누다가 소독저가 부러지게 킬킬대도 젊음의 탄력은 항상 아름다운 거라고 단언했다. 그 풋풋한 뿌리를 고구마순처럼 키워서 저마다 가슴에 심어 주는 스승이 되고 싶었다.

벗들끼리 돈을 모아서 학교를 짓고 싶기도 했다.

너는 교장, 너는 교감, 너는 할아버지 국어 교사 그리고 나는 운동장 청소하는 할아버지가 되고 싶었다. 봄이면 상추도 따고 늦여름에 호박잎도 따다가 스승들의 책상 위에 올려놔 주고 저물녘쯤 쓰레기도 치우겠노라 큰소리 쳤다.

그렇게 호들갑 떨던 젊은 스승들은 오물덩이처럼 뒹굴면서 머리카락에 새하얀 서리를 받았다. 시시포스의 바위처럼 올랐다가 떨어지길 되풀이하던 그때까지 세월이 그리도 빠르게 흐를 줄은 차마 몰랐었다. 그땐 그랬다. 제자들의 여정 속에서 몇 차례 희망과 절망이 반복되겠지만, 그네들의 일탈이 크게 우려할 정도는 아닌 줄만 알았었다. 인디언식 공동체를 그리던 이상적 안도감이 삽시간에 깨지기도 했는데.

인디언 보호 구역의 시험 시간이 우리들의 모델이었는데.

그간 익힌 수학(修學)을 검증하기 위해 홍인종 착한 눈빛들이 옹기종기 모여 있는 풍경이다. 초임교사는 커닝을 못하도록 관성대로 자리를 멀찌감치 떨어뜨려 놓았는데 잠시 후 먹머루 눈동자들이 둥그렇게 모여 이맛살 맞대고 있는 것이다. 백인 선교사가 깜짝 놀라 묻는다.

"뭐하는 거야?"

"시험 문제를 함께 해결하려고요. 할아버지께서 어려운 문제는 함께 지혜를 모아야 한다고 말씀하셨거든요."

시험은 경쟁이 아니라 '함께 풀어야 할 해결 과제'라는 지당한 이유다. 그렇다. 시험이 경쟁이면 벗들이 제켜 내야 할 라이벌이 되지만 함께 소통하면 사유를 공유하는 동반자가 된다, 며 손바닥 치다가 또 화들짝 놀라고.

그 구로역은 어디인가.

나는 중고생 6년 내내 서울 용산구 남영동 금성극장 뒤에서 자취를 했고 재수생 시절엔 남영역에서 종각역까지 통학을 했었다. 추석이나 설날 새벽 지하철에서 고향 가는 보따리를 몇 개씩 달고 서울역을 향하는 여공들을 무진장 많이 만난 자리이기도 하다. 바로 그 자리다. 옛 벗들이 '구로 노동자 문학회'를 만들고 대자보를 붙이고 삐라를 뿌리던 그 공간이 아프게 시려 오는 것이다. 숙녀가 된 진달래도 그 틈새 어디론가 보금자리 찾기 위해 몸을 감췄을 것이다. 그미가 등허리 눕힌 구들장은 어디쯤 자리잡고 있을까. 벗들과 웃음꽃으로 미래를 설계하는 자취방일까. 아니면 대학생인 남동생의 학비를 대 주기 위해 근검절약하는 고시텔일까.

이 순간 설레설레 흔드는 이유를 잘 안다.

지하 주차장으로 숨어 들어와 승용차의 지갑을 들고 나갔던 엉겅퀴가 다시 떠올랐기 때문이다. 블랙박스와 CCTV에 동시에 찍혀 기껏 동네 PC방에서 끌려올 때만 해도 '아이들은 그렇게 어른이 되는 거라.'며 여유를 가지려 노력했던 것 같다. 그러나 언제나 예상을 뒤엎는 럭비공 사춘기였으니.

복학생 억새꽃은 주먹에 교복 상의를 입히더니 유리창을 날렸다. 1층에서 하수도 공사하던 인부의 어깨 뒤로 유리 조각이 떨어져 노발대발 쫓아왔을 때는.

"학교 안 다닐 거얏! 이제 목동학교 출석부에 내 이름은 없어. 시헐."

이미 무법자처럼 학교를 떠난 뒤였다. 영화 〈써니〉나 〈친구〉에서 그랬듯 가장 만만한 대상은 유리창과 거울이었다. 쨍그랑

쨍그랑 계단에 흩어진 유리 조각. 그렇게 억새꽃 소년은 사흘간 학교에 나오지 않았고 그니의 어머니가 먼저 와서 무릎을 꿇는 바람에 난감했지만.

먼저 보낸 아이들만 해도 손가락으로 헤아릴 수가 없다.

잠바 자락을 슈퍼맨처럼 날리며 오토바이 질주하던 중 딱 한 각도가 빗나갔을 뿐인데 하늘로 떠난 아이, 성적표를 들고 스스로 망루에서 뛰어내린 아이, 더 착하거나 친구에 대한 깊은 헌신성을 이유로 불에 타거나 바다 거품이 되기도 했다. 야영 캠프 때 휴식 축구 중 잠깐 누워 있는 줄 알았는데 영원히 일어서지 못한 아이도 있다.

계곡 다이빙으로 영원히 헤어진 야구부 제자는 고통의 이중성이다. 그 상갓집으로 스승들이 사흘 내내 조문하다가 망자의 고종 사촌쯤 되는 청년에게 아버지뻘 스승들이 귀싸대기도 맞았다. 제자를 잃은 슬픔에 그런 모욕은 당연히 감수해야 한다는 칠판식 논리들이 오래도록 어지럽다. 초로의 스승들을 때린 청년은 술자리마다 더 오랜 동안 무용담으로 늘어놓으리라.

분필장이 서른 몇 해, 청정 구역과 야생마들을 번갈아 스쳐 보내며 주름살이 늘고 머리가 빠졌고 또 등이 굽었다. 영화 〈은교〉의 이적요 시인은 '젊은 아름다움이 피땀 어린 노력에 의해서 얻은 게 아니듯이 늙음도 과오에 의해서 이루어진 게 아니다.' 고 통변했으니, 이는 나이듦이 욕되게 느껴지는 것에 대한 격렬한 항의리라. 그러니까 연륜이란 건 등걸로 싸여 가는 나무와 같다.

김해자 산문집 《내가 만난 사람들은 모두 다 이상했다》
에서, 시인은 교사 임용고시를 준비하는 딸을 데리고 노량
진 고시촌을 방문한다. 시인과 교사 지망생의 간극을 떠올리
며……. 이번에는 면벽 집중으로 꼭 합격하겠다는 딸에게 엄
마 시인은 묻는다.

"꼭 이런 공부를 해야겠니?"

"난 정상적으로 살고 싶어."

고개를 들자 63빌딩의 의자마다 유리창들이 빙글빙글 돌아
갔다던가. 교사의 삶이 정상적이라고 생각하는구나. 세상을 살
아가는 도정이 예상보다 복잡다기하다고 밑줄 그으려다가 꿀꺽
삼킨다. 이상과 실용의 간극, 그 사소한 차이를 찾아 내기가 젊
음의 뼈골을 빼먹는 작업이다.

울멍울멍 코를 풀다가 호기롭게 큰 소리치고 싶었던 때가
있다.

"말썽꾸러기라도 좋으니 튼실하게만 자라라. 울타리 밖 세상
은 더 풍요롭고 찬란하다. 자고 싶으면 푹신 자라. 공부하기 싫
으면 책을 덮어도 좋다."

급기야 오버해서.

"시험 문제는 모둠별로 동그랗게 모여 이맛살 맞대고 협동으
로 풀어라. 세상은 경쟁이 아니라 인디언식 지혜를 자양분으로
한 공동체가 되어야 한닷!"

마침내 나는 스스로 문장에 취한 채 맛이 가서.

우리들이 일그러진 성적표

"부잣집 저택의 장미꽃도 꺾읍시다. 이 세상 모든 물상은 하느님이 창조하신 거니까 이웃과 싸그리 나누어야 한다."

그때 책상에 웅크리고 있던 민들레 새싹 하나가 벌떡 일어선다.

"롯데리아 치킨 버거 세트도 그냥 집어 와도 되나요? 뚜레쥬르 케이크나 삼성 스마트폰도 죄다 하느님이 주신 거니까."

"하모, 하모. 일단 먹고 곱창 깊숙이 저장한 다음 하느님 감솨합니다, 하면 되는 거 아냐. 나중에 갚을 거니까, 그까이꺼. 우헤헤."

그렇게 폴폴 민들레 솜털을 털어 내던 중.

'여보숑, 뭐라고 중얼거리는 거요.'

흔드는 바람에 크악 놀라며 눈을 떴다. 승객들은 이미 죄다 하차했고, 고속버스 기사가 마지막 취객을 깨우며 안쓰럽게 쳐다보는 중이다. 스콜형 장대비가 들쭉날쭉 쏟아지는 여름이었다.

명퇴는 없다

최근 자주 듣는 질문 중 하나를 오늘 또 접수하고서 맥이 빠진다.

"명퇴 언제 해?"

그 문장은 아직도 귓바퀴에 익지 못한 채 여전히 생경하다. 그들은 먼저 명퇴 수당이라는 수치를 나열하며 구체성을 제시한다. 한 방짜리 뭉텅이 명퇴 수당을 퇴임하는 날까지 매달 쪼갠 다음 공무원 연금에 더하고 차비와 밥값을 빼면 교단 현장 안팎으로 별 차이가 없다는 얘기다. 그 셈법이 여전히 진부하므로.

"정년 퇴임까지 분명히 갑니다."

단순우직 타법으로 맞서는 춘삼월이다. 쥐불놀이 흔적 너머 노란 새순들 불쑥불쑥 흙더미 헤집는 모습이 꿈결처럼 황홀하다. 고개 돌리면, 제비 새끼처럼 재잘거리는 새내기 교사들이 창살 아래로 콧등을 스치기도 한다. 아름답다. 교단 생애 첫 출근의 봄날은 얼마나 설렐까. 첫 사랑만큼 두근거리는 첫 봉급도 만나리라. 나에게도 그런 시절이 있었다며, 잠시 센티멘털에 젖는다.

  대전시 홍도동 자취방에서 생전 처음 장거리 택시를 때리던 그 봄날이다. 살림살이 일체를 라면 박스에 담아 승용차 트렁크에 채우고 논산 부창동 하숙집까지 짐을 옮기던 총각 선생의 봄이 있었다. 앞치마 두른 여고생들이 유리창 닦는 풍경 앞에서 쿵쿵 가슴을 다지면 담장 너머 종소리가 뎅그렁뎅그렁 울려서,
  '아이들을 절대로 때리지 않을 거야.'
  '역사 앞에 떳떳한 스승이 될 거야.'
  그런 결의로 가슴 설레면 산수유 노란 빛이 우르르 가슴을 파고들었다. 그리고 30여 년이 훌쩍 지났고 팔팔했던 청년 교사의 피부에 노익장의 검버섯이 박히기 시작한다.
  "후배들을 위해 자리를 내 줘야지."
  그 주문도 아니다, 아니라고 부인한다. 나는 이제껏 대학교수나 교육 관료, 사업가나 노동자가 그런 이유로 명퇴한다는 얘기를 단 한 번도 들어 보지 못했다. 정치가들이나 작가, 의사나 과학자나 농부 역시 마찬가지다. 안 된다. 내 식대로 살 비비고 함께 살겠다. 다양한 조건과 품격이 한 울타리에서 어우러지는 게 학교요, 세상이다. 그 울긋불긋 못난 얼굴들끼리 공생하며 순환하는 것이다. 게다가 이건 밥그릇 챙겨 주는 우렁각시 문제이기도 하다.
  구내식당에서 마주친 중년의 제자는.
  자의 반 타의 반 직장에서 밀려난 후 주택관리사 시험 대비로

재기를 다지는 중이었다. 식판을 꺼내면서 그가 한 마디 툭 던진
다. 강철 칼바람이 시나브로 잦아들면서 생강나무 꽃 피는 그 계
절이다.

"선생님은 몇 년 남았죠?"

우려 내고 굳어 버린 그 얘기도 기실 지겹다. 나는.

"죽을 때까지 남을 거야."

아차, 하마터면 '시발' 소리가 터질 뻔한 걸 간신히 넘겼다. 미
안하다.

산수유부터 시작되던 봄날이 떠오른다. 그 다음 '노란 개나리
→ 목련 → 진달래 → 영산홍 → 싸리꽃' 순서로 진입 차례를 기
다리는 꽃 잔치 예고편이 터지던 그 봄이다. 그렇게 '하늘 ─ 물
─ 땅'의 순으로 차례를 기다리며 아리고 벅찼던 계절.

30여년 전 봄날, 여고생 가르치던 총각 선생 시절.

아이들을 사랑한다는 문장을 주술처럼 외우고 다니며 자취
방 번개탄 푸른빛을 비수처럼 품으면서 혁명의 작두에서 춤추
는 상상에 시달리기도 했다. 아주 빠른 찰나 시퍼런 작두날이
자꾸 새로운 배경으로 리핏된다. 아버지가 작두를 밟는 사이
마다 재빨리 짚토매를 쑤셔 넣으면서 누이의 입술 조각이 함께
옴싹옴싹 움직였던가. 실제로 손목이 날아가는 꿈에 시달리며
새도록 가위에 눌리기도 했다. 그 작두 속에 전교조 교사 1,500
여 명이 목을 집어넣으며 사랑의 싹 틔우는 투쟁에 몰입하기도
했다. 아!

마침내 새벽 봄비 사이로 젊은 훈장들의 스크린이 울멍울멍 붙박이로 자리 잡으며.

해직의 벼랑 끝에 서서 복직 이후의 비장한 상봉을 새롭게 떠올리는 중이다. 도원결의 후 술떡으로 젖은 네 명의 사내가 새도록 눈망울만 퉁퉁 부풀렸던가.

"우리는 반드시 교단으로 돌아가 마지막까지 평교사로 남는다."

봄비 젖은 옷깃이 석고처럼 뻣뻣한데 까마귀 날개 칠 때마다 우지끈 뚝딱 삭정이 떨어지던 갑사의 신새벽.

"분필을 잡은 채 교단에서 쓰러진다."

감격에 북받쳐 꺼이꺼이 울음을 터뜨리던 막내 후배는, 지금은 교장 승진을 목전에 둔 시점이다. 가장 착했던 키다리 친구는 해직 교사 때 췌장암으로 먼저 떠났고, 울지 말라며 등허리 두들기던 목석같은 선배는 정년 6년을 남기고 쿨하게 명퇴를 했으니, 이제 나 홀로 홑바지 차림으로 남아 있다. 버틸 만하다.

자본주의는 약진을 거듭하며 세상을 상전벽해로 바꾸었다.

골짜기마다 뚫고 헐어서 아스팔트를 깔았고 스마트폰 행렬에 치여 공중전화 박스를 찾기가 힘들다. 전교조 교사가 아니면 눈길을 두지 않던 시절이 지척인데 지금은 상황이 다르다. 전교조에 미안한 눈빛을 던지던 벗들은 어느새 관료가 되어 후배들 앞에 서서 그들의 판을 짜는 중이다.

한때 교단을 '뻐드렁니 악마'와 '꽃 든 천사'로 나누었던 이분

법도 쬐끔은 흐려져서 그들에게 먼저 술잔을 권하기도 한다. 그러면서 딱 한 가지 변하지 않는 결심을 다지니, '나는 반드시 평교사로 마감하리라.'

젊은 날의 결의를 자기최면처럼 확인하고 또 매만진다. 명퇴할 때마다 전교조 조합원이 하나씩 삭감된다며 조바심하며 사랑의 상처를 싸매기도 한다. 지렁이 맨살로 굳은 땅 숨통을 헤집으며 녹색 식물 자양분을 만들자며.

이제 내 몸도 도미노로 잦아지는 중이다. 당뇨 증세로 몸무게는 9kg가 빠졌으며 키가 2cm 줄었고 임플란트 인조 이빨을 아홉 개 심었다. 오징어를 씹을 수가 없고 노래방 책자에서 흔해 빠진 제목도 돋보기 도수를 높여야 간신히 찾아 낸다. 더러는 빗방울이 바위처럼 무겁고 오후의 햇살이 아교처럼 끈적끈적 달라붙기도 한다.

관료가 된 벗과 평교사 친구는 눈빛부터 달라서 반죽처럼 뭉쳐졌다가 수제비처럼 따로 따로 낙하한다. 초로의 동창회에 나가도 관료와 전교조는 표정부터 다르다. 회전의자에 입성한 동기들은 쉴 새 없이 건강 관리 체크 중이고 혁명을 꿈꾸던 역전의 용사들은 여전히 술자리에서 격론에 몰입한다. 종이 울려도 출석부 들고 교실에 들어가지 않아서 좋다는 관료들의 자랑도 소박하게 봐 주려고 노력 중이다. 내가 힘들어야 남이 행복하다.

호박 덩굴의 일생은 양떡잎 피워 올리던 새순 시절부터 시작된다.
일단 첫 햇살의 따스함을 아스라하게 받을 수도 있다. 철망 타고 불쑥불쑥 성장하는 예전의 사춘기도 거쳐 내야 한다. 마침내 한여름에는 꽃과 열매를 터뜨리는 청장년의 모습으로 절정을 드러 내다가 순식간에 찬서리 맞기 시작한다. 이제 인생의 저울추가 휘청 기울면서 봄날의 떡잎이 어느새 늙은 꼰대 살갗처럼 누렇게 퇴색한다. 그러면서 시든 몸으로 저 끄트머리 파릇한 새순만큼은 튼튼하게 피워 내겠노라 혼신으로 자양분을 빨아내는 중이다. 그 비늘을 마지막까지 털어 내야 하므로 명퇴는 절대 없다. 할 말 있나?

EBS 문제집을 풀며

지금(2013. 2) 31년차 스승은 1년간 행복했던 '안식년'의 시간을 마감하고.

25년 만에 인문계 고등학교로 컴백하려는 시점이다. 돌아온 교단이 예상보다 만만치 않아서, 초로의 사내는 요즘 대학 도서관에서 EBS 문제집으로 몸을 푸는 중이다. 오랜만에 인문계 수능 문제를 접하면서 만감이 교차한다. 그래도 이상하다. 수십 종의 국어 교과서 중에서 유독 EBS에서만 수능 문제를 출제하는 입시 타법이라니, 정답과 해설판을 움켜쥔 채 감독관 자리에 서는 셈이다. 변화는 또 있다. 외우는 게 사라진 대신 독해력은 스피드 게임이다.

예전 총각 선생 때는 무조건 쫄쫄 외우기만 하면 해결되었었다. 때까치 여고생들 앞에서 신비스런 포즈를 보여 주기 위해 아예 국어 교과서를 덮은 채 강단에 서기도 했다. '불휘 기픈 남ㄱ 바라매'를 외우면서 '용비어천가 2장에만 유독 중국 고사가 없으며,

인문계고 복귀를 위해 문제집 500쪽 이상을 독파했다.

통합 논술이라는 엄청 긴 지문에서 'A글과 B글의 공통점과

차이점을 찾으시오'로 일방통행하는

문항도 익숙해졌다. 물리나 지구과학, 건축학 그리고 경제 도표와

미술사까지 틈입자로 등장하니 노력보다 두뇌 회전의 싸움이다.

지문해독의 속도가 둔해지면서 해설판을 넘기며

행간 찾기에 땀 흘리는 건, 나이 탓이다.

순우리말을 상징적으로 사용했다.'부터 운을 띄웠다. 그러면서 '바람애'는 분철이고 '바라매'는 연철이며 '됴코 → 좋고'는 구개음 화이고, 받침은 원래 8종성이었으나 'ㅅ'이 빠지면서 현대는 발음 상 7종성만 사용한다고, 2배속 빠른 테이프로 방언처럼 돌려 버렸다. 청정 구역 여고생들은 입을 딱 벌린 채 쳐다보았고. (이 스타일은 해직 교사 직후 학원 강사 때 마지막으로 써먹고 종을 쳤다.)

인문계 고등학교 복귀를 위해 문제집 500쪽 이상을 독파했다. 통합 논술이라는 엄청 긴 지문에서 'A글과 B글의 공통점과 차이점을 찾으시오.'로 일방통행 하는 문항에도 익숙해졌다. 물리나 지구과학, 건축학 그리고 경제 도표와 미술사까지 틈입자로 등장하니 노력보다 두뇌 회전의 싸움이다. 지문 해독의 속도가 둔해지면서 해설판을 넘기며 행간 찾기에 땀 흘리는 건, 나이 탓이 가장 크다. 난감한 표정을 보이자 인문계 터줏대감 훈장들이 우르르 훈수를 둔다.

'선수보다 실력이 좋아서 감독을 하는 게 아니거든.'

'그러니까 문항 하나하나를 일단 ○× 퀴즈처럼 유도하세요.'

'본문을 읽지 않고 문항만 읽어도 웬만큼 정답이 보여요. 정답은 생김새가 똑같은 놈들을 골라내는 거죠.'

그런 조언을 되새기며 '개 발에 땀내는' 재미도 솔직히 짭짤하다. 그러나 현대문학의 지문 몇 개는 아직도 나를 '울멍울멍 젊은 피'로 둔갑시킨다.

김소운의 수필 《가난한 날의 행복》이 아직도 남아 있었다.

홍차와 고구마로 아침을 때우는 시인 부부의 아상침이 배경이다. (전업 시인이라는 직업이 그 시대에 과연 있었을까?) 나중에 쌀이 떨어졌음을 알고 뾰로통한 남편을 향해 아내가 사근사근하게 달랬다나, 어쨌다나.)

'저희 작은 아버님이 장관이셔요. 어디 가면 쌀 한 짝이야 못 구하겠어요. 이런 사연도 있어야 나중에 늙은 다음 얘기 거리가 되지요.'

그런 '안개 나라 러브 스토리(?)'가 30년 내내 존속했을 줄은 까맣게 몰랐었다. '가난은 한갓 남루일 뿐이다.'나 '장애는 하느님의 축복이다.'처럼 한갓진 소리고.

희곡 〈맹진사댁 경사〉도 발목 잡는 사슬이다.

고교 시절 흑백 텔레비전이 추석 특선 프로그램에서 만난 그 영상이 40년 내내 똑같은 쳇바퀴로 등장한다. '착한 여자는 결코 장애 남자와 결혼하지 않는다.'는 잔인한 주제를 칠판 앞에서 어떤 방법으로 설득시킬 수 있을까. 그 질곡의 문장들이 송곳이 되어 얼굴을 콕콕 찌른다. 절름발이 흉내로 낄낄대는 관객들의 입술을 보며 절망에 빠졌던 사춘기의 울분이 재생되는 것이다. 민중적 '해학'의 힘을 놓치고 '헤픈 익살'로 관객을 우롱하니, 그게 독이다. 종시 분하다. 점입가경 혼란에 빠진 채 가슴을 다독인다.

또 있다. 이번에는 《난장이가 쏘아올린 작은 공》에서 '덩치 맨에게 시달리던 곱추와 앉은뱅이가 그를 살해함으로써 응징하는 대목이다. 서술형 문제는 '이 글에 나타난 갈등 해결 방식의 한계를 찾으시오.'였는데, 정답은 '합리적인 해결 방식을 찾지 않고 비윤리적이고 극단적으로 갈등 상황을 해결하려고 했다.'였다. 도대체 어쩌란 말인가? 천길 벼랑 끝 바로 앞에 서서 '자, 한 발자국씩 양보하는 합리성을 찾으세요.'라고 가르쳐야 할까. 어지럽다.

기실 나의 성정 탓도 있었을 것이다.

인기 드라마 〈대장금〉을 보면서도 그네들의 주제와 다른 방향에서 가슴앓이를 했으니. 일하는 사람 따로 있고 먹는 놈 따로 있는 궁궐이란 배경 자체가 분통이 터지는 것이다. 지체 높은 카스트들의 입맛이나 맞추는 것에 전설적 대장금들의 인생을 걸어야 한단다. 편협된 왕족 하나가 숟가락에 입술을 대면서 이맛살 찌푸리면 에이스 대장금들의 얼굴이 사색이 되고, 그 화상이 기분 좋게 입맛을 다시면 특급 요리사들의 얼굴이 환하게 펴지는 그 대목이다. 그 정교함, 집중력, 신들린 감각, 그 모든 신산의 산물이 권력자의 이맛살 움직임에 좌지우지 되다니, 그게 계급의 횡포다.

그러나 동조할 수 없어도 '치킨 게임'으로 부딪치기엔 자본주의의 무장이 너무 철저하다. 그들은 늘상 끼리끼리만 우아해야 하고 소수자들을 같잖게 괴롭히는 드라마를 즐긴다. 식자층이나 미녀들에겐 분위기와 의리의 화면을 깔아 주면서 소수자에겐 방귀 뀌는 실수나 바나나 껍질에 미끄러지는 웃음이나 유발하란다. 그리고 나는 무장한 흥부의 군사로 꿈나무들과 부대낄 준비 중이다.

결코 멈출 수 없는
젊은 날의 이정표여

스무 살 후반, 이상과 현실의 괴리를 이미 아프게 겪었지만.

그래도 꿈을 품으려던 떠꺼머리 총각 시절에, 금산을 딱 한 번 방문한 적이 있다. 그때 내 동생(강병호. 지금은 전업 만화가)이 진악산에 텐트를 치고 한 달째 건달 노숙 중이던 터에 위로 방문을 시도한 셈이다. '인삼 아가씨' 같은 여자 후배들이 마중을 나왔는데 허벅지의 절반을 자른 청바지 차림새였다.

"안녕하세요."

고개를 숙이는 그미들의 밀짚모자가 홀러덩 떨어지면서 머리카락들이 터미널 바닥에 잘름잘름 쏟아졌다. 당구나 고스톱, 바둑이나 테니스, 영화 구경까지 뭐 하나 취미가 없었던 나는 당연코스처럼 진악산 입구 주막에 자리 잡은 다음 취하고 토했던 것 같다. 그 금산을 30년 만에 방문했다.

'작가와의 만남'에 두 고등학교를 시차별로 두 탕 연속 뛰게 된 것은.

'2012년 안식년' 연수 동기인 정채선 선생과 옆댕이 학교 문유진 선생의 주선이었지만.

금산의 회한을 되살리지는 못했다.

인삼 산지였던 30년 후의 소도시는 여전히 도로의 폭이 좁았고 커피숍도 찾을 수 없었다. 간판 이름이 '샴푸'니 '앵두'니 야리꾸리 붙은 다방들은 모두 지하였고 계단에서 퀘퀘한 냄새가 올라왔다. 하여, 순대국집에 들러서 한 그릇 뚝딱 비우고 냉수도 한 사발…… 그래도 시간이 남아 시장을 돌았다. 어머니 같은 여자들이 풋밤콩이나 사과 몇 알을 놓고 소꿉장난 좌판을 벌이다가.

'사과 좀 사유. 밤콩두 았다닝께유.'

잡은 가랑이를 놓지 않아서, '울컥' 올라왔지만 청과물을 살 형편은 아니었다. 초겨울 바람 탓일까, 꽉 찬 배낭이 무거워서 마음으로만 그 흑백사진 풍경을 오래도록 가슴에 쟁여 두었다.

풋보리 사춘기들은 초로의 사내를 낯설지 않게 받아들이며 손을 번쩍 들고 질문도 했고 작가의 (컨셉이 포함된) 꺼부정 포즈에 관심을 보이기도 했다.

"작가님은 스트레스가 쌓이면 어떻게 푸시나요?"

"필름이 끊길 때까지 술을 마십니다."

"아니, 우리처럼 사춘기 때를 묻는 겁니다."

"문고리 걸고 거울 앞에서 훌쩍훌쩍 울었어요."

"여자 친구는 있었나요?"

"짝사랑 주특기였다고 했잖아요? 만약 다시 세월의 바퀴를 돌릴 수 있다면…… 스물세 살로 돌아가 스물한 살 처자와 사귀어보고 싶어요. 솜사탕도 사 주고 땅콩도 건네면서…… 깨진 가로등 아래에서는…… 으흐흐, 부끄러운 표정으로 그냥 지나칠 거예요."

'스물하나·스물셋' 스토리는 망자 권정생 선생님의 얘기고 기실 나머지 문장도 허구적 센티멘털리즘이 가미된 것이다.

"진도는 어디까지 나가셨나요? 키스는? 푸하하."

"저는 플라토닉파였어요."

김창태, 손성훈, 문유진 선생 등 금산팀 스승들과 잠깐씩 조우하면서.

정채선 선생의 명퇴 신청 소식을 듣고 가슴이 아팠다. 지난 달 이진철, 김현식 선생의 명퇴 의지를 들으며 조마조마했었는데 또 그 소식통이다. 언제부턴가, 교단의 진보 진영에 명퇴 러시(rush) 현상이 쏟아지기 시작했다. 김선애 선생님이 첫 테이프를 끊더니 교사문학회 김홍수, 이문복 선배에 이어 이기자, 조재도 선생도 교단을 떠났고 쌘뿔여고 지원종, 이교범, 이상국 선생까지 줄을 이었고 김상배, 하재일 시인도 준비 중이란다. 그림쟁이 동창생 정태궁과 소설가 이시백 선배도 명퇴를 했고 정혜실·윤여관 선생은 아예 연금도 나오기 직전인 19년 차에 작별을 고했으니 저마다 그만한 이유가 있었을 것이다. 마찬가지다. 김영아, 박경희, 계순옥, 김영숙, 진영서 등 부부 교사 팀이 줄줄이 뒷

모습을 보였고 그들이 떠날 때마다 전교조 조합원이 한 명씩 줄 어들었다.

"저는 끝까지 남을 거예요. 왜요?"

요새는 묻기도 전에 내가 먼저 빗장을 지른다.

'평교사 정년 퇴임을 약속했잖아요. 연금법이 바뀌건 말건 저 는 끝까지 남아 있을 거예욧.'

그 말은 차마 던지지 못한 채 예사롭지 않은 눈빛들을 불안하 게 지켜 내고 있다. 그랬다. 쇠한 몸피의 평교사는 후배들의 사 랑을 먹고 살아야 하는데 나는 아직도 만나는 사람들에게 눈빛 을 주지 못한다.

슬픈 우리 젊은 날, 경찰서에 끌려갔을 때 담당 형사가.

"이거 한다고 돈이 생기는 것도 아닌데 미쳤다고 그러시느 냐?"

그 목소리가 솔직한 심정이었음도 안다. 그러나.

'나는 진실로 우리나라를 사랑하고 이 땅의 꿈나무들을 위해 몸을 바치고 싶다. 행복한 울타리에서 희망을 꿈꿀 수 있는 세상 을 만드는 게 스승의 임무다.'

울컥 치밀어 또 중간에서 끊을 수밖에 없었다. 해직과 복직 그리고 징계위원회에 출두할 때마다 그저 '교단에 목숨을 걸겠 다.', '조국을 위해서라면 목숨을 초개처럼 바치겠다'라며, 어금 니 갈았던 그 결의를 토로하면…… 왜 안 되는 것인가?

각서를 챙기러 오는 관료들의 등을 밀어 내지 못한 것도 마찬

체육 시간이라 급한 김에

누가 수도꼭지 잠그는 걸 잊어버리고 뛰어나갔을까

안동 복주여중에서 수돗물 떨어지는 소리

죽령 너머 단양의 내 방까지 들려온다

- 정영상의 유고시 〈환청〉

가지였다. 그들이 미워서가 아니라 이 나라의 교육 현실을 걱정하며 실랑이 때마다 내가 먼저 울었다. 어머니처럼 심약한 여자 관료 한 분은.

"일제 강점기 독립 투사들이 해방 후에 더 힘들게 사는 걸 수도 없이 봤는데 선생님께서 왜 하필 그 길을…… ."

손을 잡고 안타까이 비비기에.

"감사합니다. 그렇게 살아야 합니다."

화장실에서 코를 풀고 바지에 손을 비볐다. 그 세월의 실체를 놓치지 못한 건 너무 많은 벗들과의 작별 탓도 있다.

> 체육 시간이라 급한 김에 누가 수도꼭지 잠그는 걸 잊어버리고 뛰어
> 나갔을까 안동 복주여중에서 수돗물 떨어지는 소리 죽령 너머 단양
> 의 내 방까지 들려온다
>
> - 정영상의 유고시 〈환청〉

아이들이 뛰노는 초등학교 풍경을 울타리 너머 멍하니 훔쳐 보던 해직 교사 정영상의 시를 족히 수백 번 이상은 외웠을 것이다. 운동장 복판으로 뛰어다니는 노란 댕기 봄과 파란 목띠 두른 봄들을 사무치게 그리워하던 그는 끝내 교단에 다시 서지 못하고 하늘로 떠났다. 어느 날 전교조 단양지회 사무실에서.

'나는 소박하게 시를 쓰는 선생으로 돌아가고 싶다.'

그 전화를 마지막으로 저 푸른 자유의 하늘로 떠난 것이다. 그런 식이었다. 착한 벗들은 모두 비슷한 운명으로 일찍 세상을 떠

났고 그만큼 가슴에 못을 박았다.

신용길 선생은 암투병 막바지에 수업하는 흉내를 냈단다. 역시 해직 교사였던 그는 '동지여, 해직이 두려운 게 아니라 죽음이 두려운 것이다.'라고 비장하게 고백했던 게 실제가 되어 버렸다. 그는 죽음 직전 두 개의 눈동자를 세상에 내놨다. 하나는 앞 못 보는 뱃사람의 눈을 뜨게 했고 하나는 가난한 뒷골목 여인에게 빛을 보게 해 줬다. 그래서 벗들은 그의 영결식장에서 '우리는 아직 당신의 두 눈을 묻지 않았습니다.' 라는 조시를 읽으며 꺼이꺼이 울었다.

목숨을 걸고 싸우는 자는 그렇듯 하느님의 부르심을 쉽게 받는 것일까.

단도직입 – '이 땅에서 교사로 살아가려면 목숨을 걸어야 한다.' 라며 결의 세우던. '오송회 사건'의 스승 이광웅 선생님도 저세상으로 떠났다. 그의 생전에 군산대 총각 교수였던 김성균 후배님과 벗 황재학을 대동하여 해망동 어디쯤 선생의 집을 방문했던 기억이 지금도 삼삼하게 어린다. 정태춘 노래와 피카소 논쟁으로 날이 뿌옇게 새었던가. 모두들 주막집 흔적만 남기고 작별을 고하더니 이십 년 지난 어느 날 꿈속에서 불쑥 발가벗고 등장하곤 한다. 그리운 얼굴들이 물방울처럼 올랐다가 점점이 사라진다.

동대전 터미널에서 다시 공주로 갈아타는 창밖으로 땅거미가 밀릴 즈음.

나는 다시 그리움의 소용돌이에 빠진다. 터미널 편의점에서 단팥빵 봉지를 뜯자마자 옛 스크린들이 콩당콩당 가슴을 때리며 흘러간 벗들이 종이인형처럼 폴싹폴싹 떠오른다. 풀빵(국화빵)이나 호떡을 사게 되면 앙꼬나 설탕물이 아까워서 맨 나중에까지 아껴 먹기 위해 가장자리 밀가루부터 쬐끔씩 떼어 먹던 그 벗들이다.

그런데 그 옛날 흑백 사진들은 왜 기십 년이 훌쩍 지난 지금까지 붙박이로 떠 있는 것일까? 시장 바닥에 주르르 흘러내리던 젊은 날의 생머리들은 어디로 사라지고 청과물 누이들만 오그르르 모여 있을까. 반바지 하얀 맨살로 물 좋은 고등어처럼 비늘이 뚝뚝 떨어지던 그미들도 이제 초로의 주름이 채워졌으리라.

그렇게 운동장 벗들을 떠올리며 어디쯤 후미진 구석에 머물고 싶은 것이다. 나는 늙은 스승과 코흘리개 제자가 함께 닦던 유리창, 그 너머 은행나무 노란 이파리 우수수 떨어지는 늦가을 풍경. 농부가 된 제자와 밀짚 방석 위에서 호박전 곁들여 마시는 막걸리 한 사발. 하늘빛 자동차에서 나풀나풀 뛰어 내리며 인사하는 콩쥐 소녀, 경남식당 아점니가 끓여 주는 순댓국 안주로 소주잔 나누는 옛 선생님과 제자의 자리. 초로의 동창생과 치는 묵내기 화투판 그리고 뿌연 담배 연기의 사랑방 아랫목.

그런데 눈을 뜨면 보이지 않는다.

거실에서 TV를 없앤 건 이데올로기 싸움이 방영될 때마다 심장이 가라앉기 때문이었다. (한때 내 청춘을 바쳤던) 전교조를 미워하는 사람들은 실체가 아니라, 가상의 유령을 만들어 놓고 달라붙는 좀비 같다.

2013년 디지털 시대의 늦가을 그리고 전교조 그 동토의 시국.

해직 교사를 쫓아 내지 않으면 법외 노조로 밀어 내겠다고 하여 조합원 총투표를 실시하기도 했다. 동지의 목을 치지 않은 죄로 해체되기 직전 다행히 법원에서 기각시켰다. 다시 노동부에서 재심을 청구하면서 싸우기 싫은 몸들을 자꾸 단련시키는 것이다. 또 있다. 특정 출판사 역사 교과서 채택률이 0%인 것도 전교조의 사주란다. 대충 오물을 뿌리면 찌라시 언론들은 벌떼같이 달려들어 사지를 물어뜯는다. 그러니까 나라도 남아서 끝까지 버텨 내야 한다. 철봉대 아래에 서서, 먼저 떠난 벗들을 떠올리기도 하면서 최대한 느리게 세월을 보낼 것이다.

결코 멈출 수 없는 젊음이 남아 이정표여

갯마을 동창들

최근 음주량은 작년의 3분의 1 수준인데.

어제는 모처럼 술독에 빠졌다. 사윗감, 며느릿감 같은 청년
교사들 틈새에서…… 시국을 토로하고 싶었는데, 그만 그네들
의 웃음소리 소용돌이에 깜빡 취했다. 떼로 몰려다니는 젊은 벗
들이 때까치처럼 조잘거릴 때는 흡사 사춘기들 같다. 아름답다.
펄펄 뛰는 가물치 같다. 쳐다만 봐도 그저 배가 부르다. 나는 젊
은 날 '수줍은 사나이'였던 그림자를 떠올리면서 '한 잔 더'를 되
풀이했다. 덕분에 맛이 갔고 돈도 12만 5천 원 가량 쓴 것 같다.
나는 원래 통이 작아서 쫄밋쫄밋 5만 원 안팎으로 쏘는데, 그 정
도 쏘았다는 건 맛이 완죠니 갔다는 얘기다.

천수만 후미진 곳에서 살다 보면 길바닥에서 동창생들을 만
날 때가 있어서.

'여기가 서산이구나.'를 느끼게 한다. 그리움이 실제로 옛벗들을 등장시킨 것이다. 동창생 박양렬의 처며 초등학교 선배이자 내 조카님인 강현숙 보험 설계사와의 상봉에서도 그랬다. 그미는 초등학교·중학교로 치면 우리의 선배인데 고등학교를 1년 늦게 입학했으므로 동창생들 중에 서산여고 팀들은 친구로 맞먹을 수 있다. 나와는 당숙과 손위 조카 사이로 깍듯하게 예의를 갖추며 사는데 그런 오래된 범절을 지키고 사는 스릴도 쏠쏠하다. 그미의 설계도를 받아 가벼운 걸로 훗날을 기약해 놓고 해장국집에서 어제의 숙취를 달래는데.

그 식당에서 송시리 동창생 이경원을 만났다. 섬마을로 보일러 애프터 서비스를 가는 중이란다. 고치는 시간은 십 분 남짓인데 승용차를 몰고 섬마을 배를 기다리고 어쩌고 하는 시간이 네 시간쯤 된다고 하니, 배보다 큰 배꼽이랄까. 벗들 이름 몇 개를 식탁 위에 올려 놓고 칼질하면서 밥을 말끔히 비우고 냉수도 한 사발. 헤어질 때는 악수를 청했고 그의 해장국 값도 지불했다. 그는 떠나면서.

"다음에 만나면 또 밥 사. 잉."

"예스. 칭구."

전화번호도 따지 않고 그렇게 헤어졌지만 그가 천성이 착하고 낙천적임을 안다.

작년 안식년 때에 벗 유용태, 박인옥과 연희동에서 술을 마신 적이 있다. 그와 어느 한식집에서(이름은 기억이 안 나지만 전두환 씨가 가끔 경호원을 대동하고 들린다는 곳.) '초딩 시절 이

경원과 수비형 싸움에서 밀렸다'는 푸념을 던지던 기억이 얼핏 떠올랐으나…… 리얼하게 전달하지 못했다. 그는 지금 서울대 교수로 재직 중이다. 초딩 시절 1, 2등을 다투던 나는 당시로선 유용태의 석차가 전혀 눈에 보이지 않았다. 6학년 때부터 갑자기 공부가 좋아졌나.

어느 날 인터넷 뉴스에서 그를 보았다. 서울대 교수들은 무대에서 시국선언 중이었고, 벗은 맨 앞줄에서 굳은 표정으로 앉아 있었다. 선언문을 읽을 즈음 소동이 났다. ○○○ 연합회 할부지들이 후줄근한 완장 포즈로 쳐들어와.

"빨갱이들아. 느이들이 무슨 교수얏?"

소리소리 지르며 소동을 피우는 장면이다. 교수들은 눈을 지그시 감은 채 일체 대응하지 않는데 산지사방에서 '빨갱이 시키들아.' 똑같은 문구만 수도 없이 반복했다. 그때 저만치 출입구에서 눈빛 맑은 대학생 몇몇이.

"할아버지. 나가 주세요."

손나팔 불던 풍경이다.

지난번엔 서산 먹자골목 갈빗집에 갔다가 벗 서홍석도 만났다. '서씨 종친회'에 참석했다는 근육질 그의 얼굴에도 잔주름이 다사다난하게 등장하는 중이다. 그는 초딩 시절 190명 중 싸움 4순위였고 달리기를 가장 잘했다. 선생님이 축구 골대 돌아오기 선착순을 시키면 그가 항상 일착으로 달려서 나머지 모두 헉헉 그의 뒤를 쫓았었다. 악수를 한 다음 거리에서 엉거주춤 헤어지는 것도 나이 탓이다.

사흘 전에는, 삼거리 신호등 앞에서 택시가 서더니

"병철아."

어렵쇼, 지금도 '병철아.' 하는 사람이 있나, 두리번거리니 모범 운전사 신도현이다. 이 친구는 우리 동창생 중 몇 안 되는 대머리다. 친구는 초딩 시절 축구를 탁월하게 잘했었다. 주력이 좋고 똥뻘과 동시에 고무신짝을 허공에 아주 멋있게 날려서 나는 사열대 아래서 햇볕을 가리며 감탄하곤 했었다. 나는 가끔 그가 체육 선생님으로 변신하여 아이들을 가르치는 상상에 빠지곤 한다.

뱃속에서 나올 때가 자정이고, 1960년대 부석초에 입학했을 때가 '오전 세 시'라면 지금은 인생의 시계추로 '오후 네 시'쯤 되는 저물녘 시점이다. (도종환 시인의 운을 따면) 이미 몇 친구는 스물네 바퀴를 재빨리 돌려 '자유의 하늘'로 떠났으니…… 대두리 서유원이나 갈마리 최종민, 송시리 최병천 등이다.

깡다구 좋은 최병천은 가끔 순둥이 아이들이나 전입생들을 때려서 울리곤 했는데, 유독 나에게만큼은 친절 미소였다. 나중에, 스무 살 동창회 때 '왜 나만 안 때렸느냐.'고 물었더니 이름자가 '병천', '병철' 비슷해서였단다. 그럴 수도 있다. 중학교 때 동급생 주먹 강병석도 나만큼은 건드리지 않으며 가끔 곰보빵도 떼어 주곤 했었는데, 이유를 물어보니 이름자가 비슷해서였단다.

지금은 기업체 회장이 된 이종만도(6학년 때 나는 이 친구의 성적표를 견제하기 위해 호롱불에 머리를 태우며 공부했었다.) 공부는 나와 막상막하였고, 반장에다 싸움까지 모두 짱을 먹어서 아이들을 꽉 잡고 살았는데 이상하게 나를 건드리지 않았다. 작년에 서울역 앞 식당에서 만났을 때 그가 먼저.

'느이 아버지가 우리 학교 교감님이라서 괜히 때렸다가 깨질까 봐.' 그랬단다.

먼저 떠난 벗들은 지금쯤 무엇을 하고 있을까.

구천에서 인간 세상을 투시하며 곰방대 물고 있을까? 아니면 최루탄과 화염병 공방을 굽어 보며 가슴을 쓸어 내고 있을까. 그네들은 과연 무엇을 아끼다가 서둘러 떠났고 살아 있는 우리들은 과연 무엇이 아까워서 움켜 쥐는 중일까, 눈시울 글썽이는데, 그들이 불시에 콸콸콸 몰려오더니 .

"너는 지금 살아 있다고 우는 거니?"

허를 찌른다. 마찬가지였다. 바지랑대의 고추잠자리에게 내가 먼저.

"왜 위험한 자리에 꽁지 펴고 뙤똑 서 있니?"

고추잠자리가 꽁지를 펴더니 파란 눈동자 파닥이며 어리둥절한 채.

"넌 지금 벼랑 끝에 대롱대롱 매달려 있잖니?"

발 동동 구르던 사연들이 우르르 쏟아진다. 창밖을 바라보다가 어깨를 움찔한 것은 어둠 속에서 '헛헛헛' 웃음 짓는 벗들의 영상 탓이다.

은행나무 노란빛이 순식간에 벌거숭이 나목으로 변신한 초 겨울.

쇠한 이파리들이 벗들의 손바닥 같다며 바삭바삭 혀를 다시 기도 한다. 그리고 떠난 자와 남은 자들 모두 날마다 지금 이 순 간이 인생에서 가장 젊은 순간임을 안다. 그 초겨울 풍경을 떠올 리면 자꾸만 눈물이 흐르는, 그 이유를 나는 잘 알고 있다.

우리들의
일그러진 성적표

등잔불 아래 숟가락 그림자 끔벅거리는 저녁 밥상.

4월의 반찬은 주로 묵은 짠지와 봄나물 풋것들이다. 오이지와 단무지는 장독에서 꺼낸 묵은지 식물성이고 달래장과 쑥갓 새싹, 벌금자리 무침이 풋것 엽록소에 속한다. 냉이국은 남자들에게만 한 그릇씩 돌렸고 어머니와 누이들은 그냥 양푼 채 비벼 이맛살 맞대며 떠먹는 중이다. 저물녘, 대밭집 부엉이 울음이 문풍지 비집는 소리에 취한 탓이었을까. 가족들은 그때까지 고개 숙인 열두 살 둘째 아들의 퉁퉁 부은 눈두덩을 의식하지 못했다. 그랬다. 소년은 불빛 아래서 5분 내내 숟가락을 들지 못했다. 맨 먼저 눈치 챈 건 아버지다.

"왜 그러니?"

감나무 삭정이 하나 때까치 날개에 치여 투툭 떨어졌을 뿐인데, 묵묵부답 소년의 고개가 더 숙여졌다. 꽃샘바람 냉기가 다시 문풍지를 두들긴다. 춥다.

"어째 이런댜? 얘가."

어머니도 땀이 송골송골 맺힌 이마를 쓸어 보려 한다. 소년은 끄윽끅 어깨를 떨다가 비통을 토하는 게, 고작.

"…… 6등 했슈."

62명 중 6등짜리 성적표를 받고 억장이 무너진 것이다. 이제 점수를 위조하려고 손가락 침 발라 지우려다가 구멍이 뻥 뚫려 버린 성적표를 내밀어야 한다. 목이 메면 숟가락이 안 넘어간다는 사실도 처음 알았다. 윗방 이불더미에 쓰러져 흥건히 젖도록 울면서 전의를 다졌던가. 아무튼 성적표는 그 후 1년이 지나 6학년 9월 서울 유학 직전까지 1등 숫자를 가장 많이 달아 주었고, 그게 소년의 성적표에 붙은 유일한 전성기 추억이다.

서울 전학 후, 첫 시험은 80명 중 11등이었다.

그 첫 시험 11등 성적표의 안도감이 아주 잠깐 나를 포근하게 했다. 왠지 서울에서는 천수만 촌놈의 성분답게 그 정도 석차가 어울릴 것 같았다.

'서울 쥐와 시골 쥐는 원래 실력 차이 나는 게 당연하니까.'

'서울은 으레 교실마다 올백(All 100)이 서너 명씩 있으니까.'

그렇게 특별시에 대한 예의를 갖추면 모든 게 용서되는 것이다. 게다가 북아현동 자취방에는 무서운 아버지가 안 계시므로 '사랑의 채찍'도 없었고 '1등 강박증'도 없었다. '불안한 마음'과 '대한 독립 만세'의 혼재로 한 학기를 버텼다.

중고생 문예지 〈학원〉 잡지를 만난 건 남산 도서관 정기 간행물 코너에서다.

더러는 철물점 아들 석철이네 2층 다락방에서 묵은 잡지를 끄집어 내기도 했다. 경이로웠다. 첫 페이지를 넘기자마자 수준 높은 문장들이 죽순처럼 튀어나오는 것이다. 애독 코너 문예란에는 이미 리얼리즘으로 무장된 문학 청소년들이 벌써부터 칼을 가는 중이었다.

가난한 아버지와 불량 사춘기의 재결합 스토리가 가장 감동적이었다. 이마빡 터지게 싸우던 부자지간이 신산의 곡절 끝에 이차구차 화해하는 장면이다. 결손 가정의 화해 도구는 '성적표와 밥'이었다. 아버지의 일용직 취업 선물인 밀가루 한 부대(負袋)와 '돌아온 탕아'의 6등짜리 성적표가 행복하게 해후하는 풍경이 마지막 소재가 된다. 예전에 내가 밥상머리에서 꺼이꺼이 울던 석차 6등이 다른 공간에선 가장 행복한 숫자로 변신하는 것이다. 미안하고 다행스러웠지만.

학년이 올라가면서 석차의 압박감이 또 되살아났다.

이제는 1등 쟁탈전이 아닌, 교실 10등 진입을 위한 차선책 몸부림이 처절했으나, 책을 잡는 순간 집중력이 흐트러지는 것이다. 텅 빈 자취방에서 책을 잡으면 머리가 하애지면서 벽돌들이 후당후당 흔들리는 것이다. 시험 때마다 성적이 그야말로 시나브로 떨어졌으니 사막의 쇠똥구리처럼 낙상도 하면서, 몸도 마음도 피폐해졌다.

중3 때, 15등으로 밀리면서부터 오로지 돌발 불행만 떠올렸다. 전쟁, 지구 폭발, 갑작스런 건물 붕괴, 치명적인 질병, 낭떠러지로 달려가는 통학 버스……. 좌우지간 자살을 빼곤 아무 지옥이나 와르르 터져 줘서 제발 나를 입시 지옥에서 탈출시켜 주길 바랐다. 그러던 어느 날 욱신대는 관절을 잡고 대학 병원에 장기 입원하면서, 안도했다. 자, 이제 환자가 되었다. 몸이 아파 휴학까지 했으므로 3류 고등학교에 가더라도 명분이 서는 것이다. 그즈음 나에게 수학적 머리가 없음을 처음 알았고.

산수는 쉬운데 수학은 어려웠다. 이상하다. 친구들의 나이와 키, 몸무게, 전화번호나 번지수 심지어 세계 각국의 건국과 패망 연도까지 정확하게 외우는데, 이 숫자란 놈들을 곱하고 나누며 그래프와 시그마와 수열과 집합에 대입시키는 순간부터 머리가 하얘지는 것이다.

'수학이란 놈은 질투가 많았는데.'

그놈만 포기했으면 고교 시절이 평온했을 것이고 재수생의 길을 걷지도 않았을 것이다.

고교 3년 내내 주당 15시간 이상 수학에 매달렸으나, 그해 예비고사에서는 25문제 중 9문제를 맞췄을 뿐이다. 4지 선다형이니까 25%는 기본으로 먹고 간다면 두 문제쯤 더 맞추기 위해 고교 3년을 '수학과의 전투 모드'에 돌입한 것이다. 그 맞춘 놈 두 문제도 공식에서 뽑아 내는 게 아닌 아날로그 타법이었다. x와 y 사이의 숫자를 구하기 위해 모눈종이와 볼펜심, 손가락 발가락을 죄다 헤아리면서 타종 소리까지 지켜 내던 식으로.

그렇다고 시험 때마다 떨어지기만 한 건 아니다.

여덟 번 봐서 네 번 떨어졌으니 결국 절반은 합격했다는 얘기다.

그 50%의 확률에 '하느님은 견딜만한 시련을 주신다.'며 '절망 속의 안도감'으로 자위하는 것이다. 큐피드의 행운도 있었다. 누워 있다가 홍시 깨물 듯, 입시 한 시간 전에 풀어 본 문제가 앗! 시험 문제에 등장하여 커트라인으로 턱걸이되기도 했다. 도저히 풀 수 없는 수학의 주관식 정답도 '에잇, 썅칼, 모르겠다.' 하며 그냥 '0'이나 '1'을 썼는데 그게 생뚱맞게 정답이 되기도 했다.

내 친구 길몽이에 대한 샛길 이야기 하나.

1970년대는 '예비고사' 합격생에게만 4년제 대학 응시 자격을 주는 제도가 있었다. 그 시험에서 절반을 잘라 내었고 다시 예비고사 통과자끼리 또 대략 몇 대 일 정도의 시험을 보는 것이다. 그러니까 절반의 학생에게 자격 미달 딱지를 붙이니, 예비고사 낙방자는 곧바로 하류 학벌로 전락되는 것이다.

정통한 소식통에 의하면, 3수생 길몽이는 예비고사에서 떨어졌다. 하지만 길몽이는 이미 모든 친구들에게, 자기는 예비고사를 합격했으며 본고사를 준비하는 중이라고 여기저기 가짜 소문을 냈던 터이다. 친구들 역시 반신반의하면서 그런가 보다 했던 것 같다. 아무튼 우리들은 길몽이의 위로 겸 궁금증까지 보태서 C대학 입시 직후 대학로 앞에서 만나기로 했다.

내가 30분쯤 먼저 파장의 입시장 앞에 도착했는데, 아!

그가 대학로 맞은편 만홧가게 문을 열고 막 나와 힐끗 좌우를
두리번대다가 허둥허둥 교문 앞으로 옮기는 것이다. 그리고 '땡
땡' 소리가 나자마자 몰려나오는 수험생 인파에 아주 재빨리 끼
어드는 것이다. 그리고 교문쯤에서 피로한 표정으로 는적는적
나오는 걸 분명히 보았다. 진짜 보았다. 그러거나 말거나 길몽
이는 뒤늦게 찾아온 친구들에게 여유 있게 손도 흔들어 주더니.

"C대학 시험 망쳤다. 홧홧홧,"

그가 먼저 상쾌하게 웃었으므로 우리도 함께 웃었고, 특히 내
가 제일 크게 웃었다.

"이제 군대에 갈 거야. 미련은 없어."

그는 예비고사 낙방생이 아닌 C대학 불합격생으로 인식되고
싶은 것이다. 그래서 그 대학 정문 앞에서 친구들을 만나자고 한
다음 알리바이를 세우기 위해 온종일 만홧가게에 숨어 있었던
것이다. 시간을 맞추기 위해 '숨은 그림'으로 변신했던 벗의 모
습이 아리고 쓰리다.

'그래, 너는 영원히 C대학 탈락자로 남는 거야. 예비고사 낙방
생이 절대 아니야.'

나는 위로 방문한 친구들에게도 끝까지 발설하지 않았고 술
을 마셨고, 그의 눈시울이 젖는 걸 얼핏 보았고, 통금에 쫓겨 집
에 왔던 것 같다. 땅에 묻었던 사연을 40년 지난 지금에야 털어
놓는다. 이제는 천기누설이 아닌 그냥 유쾌한 에피소드가 될 수
있을까, 하며.

수학보다 훨씬 무서운 게 컴퓨터 연수였다.

연필로 쓰는 게 아니라, 커서와 키의 조합이어서 자판과 폴더에 붙은 각종 행렬의 내력에 적응이 안 되었다. 후배 교사들의 도움으로 업무 처리를 모면하긴 하나, 교직에 남아 있는 한 더 이상 '컴퓨터와의 대결'을 피할 수는 없는 것이다.

나 역시 준비를 전혀 안한 것은 아니다. 연수 전에 미리 오픈 게임 독학을 시도했고 아무도 없을 때마다 몰래 설명서를 기웃대기도 했다. 마침내 컴퓨터 연수 60시간을 신청했고 가끔 복습도 해 봤지만 결국 마지막 날 시험에서는 예상대로 꼴찌를 했다. 그랬다. 꼴찌는 아무리 예상했어도 슬픈 석차였다.

이듬해 또 컴퓨터 연수를 신청을 했다. 40명의 교사 중 나이 순서로 내가 4번이었다. 컴퓨터학과 재학 중인 알바생이 상주했으나 그녀는 가장 연장자인 1번 선생님 옆에 붙어 있는 바람에 옆 자리 착한 교사 전용봉 선배한테만 연신 눈치를 줬다. 시험 볼 때는 얼떨결에 한 문제 곁눈질 커닝해서 40명 중 39등을 했다. 배움에는 나이가 없으므로 당연히 한 번 더 신청하고 싶었으나, 엑셀 강사가 농담을 한답시고.

"예전에 3년 연속 컴퓨터 연수를 수강하면서 3년 내내 꼴찌만 도맡았던 웬 늙으신 선생님이 있었어요. 대단하죠. 흐흐흐."

그 농담이 비수처럼 으윽, 가슴에 찔리면서 세 번째 연수는 포기했다. 지금도 열심히 노력하면서 성적이 별로 오르지 않는 아이들을 보면 숫자 앞의 내 모습이 겹쳐진다. 노력한 만큼 성장하는 사람은 참으로 축복스러운 것이다.

성수는 외견상 범생이 부류다. 한눈도 팔지 않았고 청소와 봉
사 활동, 헌신성과 노력까지 모든 걸 갖췄지만 안타깝게도 아무
리 공부해도 점수가 오르지 않는 것이다. 비평준화 그 소도시는
학교별 등급이 나눠져 있었다. 그는 수험생 중 딱 네 명이 떨어
지는 C등급 학교에 응시했다가 낙방생이 되었다. 나는 미달 학
교 면담을 통하여 면 소재지의 D학교와 타시군의 E학교를 추천
했지만 어머니가 설레설레 도리질쳤다. 그의 형이 그 학교에 입
학했다가 토박이들한테 몰매 맞은 상처가 깊게 남아 있노라고
절망의 토로를 던졌다. 그렇다고 그 혼자 망망대해 외딴 섬처럼
재수생의 길을 걸을 수도 없지 않은가. 그의 그림 실력을 알고
있으므로 내년에 미술 특기생으로 도전하면 어떨까 상담하려던
참이었다.

불현듯 그의 추가 합격 소식이 날아와서 나는 덩실덩실 춤을
추었다. 후보 2위였는데 미등록자가 생기는 바람에 재빨리 등록
한 것이다. 그리고 15년 후 나는 인터넷에서 그의 그림을 만나는
감회가 새록새록하다. 미남자에 만화도 잘 그리는 그의 이름자
가 어느 날부터 인터넷에 선보이더니 공모전에 입상도 했다. 이
제 곧 한반도에 그의 만화 돌풍이 뜨겁게 몰아치리라. 소망과 확
신이 절반씩이다.

장숙이는 공부벌레다. (가끔 만나는 그 범생이 부류.)

쉬는 시간이건 점심시간이건 온종일 책과 붙어 살았고 청소
시간에는 비질을 끝내자마자 책속에 파묻힌다. 체육대회 때는

준비 체조가 끝난 빈틈에 영어 단어를 외웠고 중간에 잠깐 여학
생 피구 시합에 출전한 다음 또 수학 문제를 푸는 것이다. 시험
을 보면 전과목 중 한두 개만 틀렸고 이따금 올백(All 100)을 때
려 스승들의 입을 딱 벌어지게 한다. 그래서일까. 심술보 남학
생들도 장숙이는 일체 건드리지 않는다.

　서울로 소풍 가는 관광버스에서는 맨 앞자리에 혼자 앉아 수
학 문제만 풀었다. 에버랜드 소풍의 자유 이용권도 모두 다른 아
이들에게 주고 벤치에 쪼그려 앉아 문제만 풀었다. 내려오는 길
에서도 책에서 눈을 떼지 않았다. 나도 에버랜드 가는 버스에서
장숙이 옆자리에 앉아 책에서 눈을 떼지 않았으니 그런 포즈만
큼은 스승과 제자가 한통속이다.

　그녀는 한 때 나와 도대회 논술을 준비하기도 했다. 첨삭 도중
뒤로 갈수록 문장이 조금씩 거칠어지기 시작해서.

　"왜 여기부터 문장이 깨지기 시작하지?"

　"이때는 밤 두 시 반이거든요."

　뒤쪽 문장은 더욱 허술해서 맞춤법도 하나 틀렸다.

　"거긴 세 시요."

　그러다가 아예 문장이 막혀 버렸다. 조금 심하다고, 눈총을 줬
는데도 박꽃처럼 환하게 웃는다 .

　"네 시요. 여기서 끊어졌지요. 학교는 가야 하니까 책상에 엎
어져 눈을 붙였죠."

　이제는 십 년이 지난 사연이니 그미는 지금 등 푸른 청춘이다.

　이 순간 하필 '2009년 〇〇교육청 일제고사 해프닝'이 화면처

럼 떠올랐을까.

전국 모든 학교가 동시 다발로 치른 일제고사에서 유독 OO군
에서만 한 명의 낙오자도 나오지 않은 사건이다. 서울이나 대도
시가 아닌 읍 단위 소도시가 매스컴의 중앙에 선 것이다. 그런
돌발 영상이 떠오르자 교육부는 즉시 분석을 통하여.

OO교육장과 학교장이 자녀들의 학력은 학교가 책임지겠다고 학부모
들을 설득하여 전 학교가 매일 6시까지 방과후 학교와 보육교실을 운영
하고 있으며, 농어촌 학교의 가장 취약한 교과인 영어 교육을 강화하기
위해 전국 최초로 지역교육청 주도의 영어체험학습센터와 생활관을 만
들어 영어 교육을 강화함. (중략)

그 순발력을 문서로 쏘아 대자마자 보수 언론들은 '기회는 찬
스다.'를 외치며 '개(犬)발의 땀'을 뽑아 내기 시작했다. '촌동네
의 반란, 강남보다 낫네.' 등의 기발한 제목을 뽑아 내면서 '형설
의 공 파이팅.'을 외치며 예술적 극치를 이뤄 내었다. 그러나 그
뉴스는 이틀 후에 성적 조작으로 판명되었으니, 그런 희극적 무
대를 보면 나는 자꾸 눈시울이 젖는다.

지금(2013년)은 6월 25일 63주년 아침.
나는 국가 수준 학업성취도 평가 1교시 언어 영역 부감독이
다. 학생들은 성취도 평가에 관심이 거의 없지만 실제 수능 시험
처럼 '감독관 서약서'도 쓰고 교실 당 두 명씩 배치시켰으며 복도

아이들과 긴 그림자 적편

73

감독관도 있다. 감독관 주지 매뉴얼에 뜬 대로 실시간 인원수 변동 사항도 교육청에 보고하란다. 그러나 정작 학생들은 내신과 수능 어느 쪽에도 해당이 안 되는 이 제도에 관심이 전혀 없다. 당연히 커닝도 없는데, 상급 관청만 다사다난하게 체크할 뿐이다. 이튿날 C도 교육청 공문이 인터넷에 떴는데.

성취도 평가 가채점 결과를 부탁드립니다.
6월 25일 성취도 평가 시험을 치르면 가채점을 해주시고(특히 학습 부진 예상 학생) 그 결과를 붙임 양식으로 보내주시기 바랍니다. 선택형, 서술형 합해서 맞은 개수대로 학생수를 기록해주시면 됩니다. (특히 10개 이하는 정확하게 파악했으면 좋겠습니다.) (중략) ○○지역 기초미달 제로 달성!!! 꼭 이루어지기를 기원합니다. (2013. 6. 25, "가채점 결과 보내라" 비밀 지시. 일제고사 부정 조장?, 오마이뉴스)

교장실에서 가채점했다고 증언한 교사들의 기사도 실렸으니, 이는 일제고사 관련 지침에서도 공식적 금지 행위다. 시험 직후 '즉시 회송용 봉투에 답안지를 넣고 밀봉한다.'라는 지침에 위배된 것이다. J교육청 관계자는, "학생들이 제대로 공부했는지 빨리 보고 싶어 순수하게 가채점을 하도록 한 것이다."라고 해명했고.

러시아의 쌍트페테르부르크에 사는 '그레고리 페렐만'(45세, 2013년)은 수학천재다. 이미 중딩 시절에 수학과 물리 올림피아드에서 만점으로 금메달을 수상했으니 그의 아이큐는 '측정 불가'.

그즈음 미국의 부호 랜던 클레이가 세운 연구소에서 미해결 문제 7개를 내걸고 한 문제당 100만 달러의 상금을 내건 것이다. 그 중 프랑스 수학자 앙리 푸앵카레가 내건 '100년 간 아무도 풀지 못했던 문항'도 포함되어 있다.

'3차원에서 두 물체가 특정 성질을 공유하면 두 물체는 같은 것.'이라는 이론이다. 이는 1904년 푸앵카레가 논문 〈단일연결인 3차원 다양체는 구면과 같은 것인가〉를 제기하면서 비롯된 것인데 '닫힌 3차원 공간에서 모든 폐곡선이 수축되어 한 점이 될 수 있다면 이 공간은 반드시 3차원 구로 변형될 수 있다.'는 것을 증명하는 문제다.

그 문제에 도전했던 세계적 천재들이 수학 전투에 100년 간 매달렸다가 화병이나 공황 장애로 쓰러졌으니 가히 악마적 코스다. 그 100년 난제를 페렐만이 단칼에 해결했으니 수학계가 뒤집혀 버렸다. 그러나 증명 과정도 만만치 않았다. 프린스턴 대학 초청 강연에서 전 세계 수학 천재들이 쿠웨이 연구소에서 몇 시간 동안 강연을 받았는데도 판도라 상자를 이해하지 못한 것이다. 결국 쿠웨이 연구소에서 인터넷 내용을 분석한 결과.

'증명이 맞았다. 그러나 우리의 능력으로 설명하긴 힘들다.'

그 후 기자들이 그의 아파트에 우르르 찾아갔으나 판도라의 주인공은 항상 숨어 있었다. 교수도 연구원도 아닌 그 천재 수학자는 지금 홀아비의 몸으로 바퀴벌레 기어 다니는 노모의 아파트에 얹혀 산다. 교직을 퇴임한 노모의 연금 30파운드(한화

5만 4천 원)가 그의 유일한 식자재 해결책이다.

클레이 연구소에서 그에게 100만 달러(한화 12억 원)의 상금을 주겠다고 했으나.

"나는 원하던 바를 해결했으니 그게 끝이다."

수학 저널에 논문을 싣는 게 수상 조건인데 페렐만이 끝내 거부한 것이다. 그는 스페인 마드리드에서 열린 시상식에 참석하는 대신 고향 상트페테르부르크 외곽 숲으로 버섯을 따러 갔단다. 저녁 반찬거리를 장만하러 산에 오르는 그의 구겨진 운동화도 식물성 나무로 합체되는 순간이다.

우리들의 일그러진 성적표

* 허정 교수에게 들은 얘기를 조금 첨삭했다.

이제는 돌아와 교문 앞에 선, 나는 아직 가슴이 뜨겁다

  대여섯 살 때의 그 자리로 50여 년만의 귀향이다.

  까마득한 강촌의 시국 어디쯤, 나(5세)는 아들이 없던 큰집 대산 양조장에서 떡잎처럼 얹혀 살았었다. (지금은 대산항이 된) 예전의 바닷가와 신작로 추억들은, 주마등처럼 알싸하다. 손님만 오면 할머니 등 뒤에 숨는 겁쟁이 어린 떡잎은 신작로로 즐비한 판자때기 점포를 쏘다닐 때마다 신기하게 힘이 솟았다. 조기나 박대가 걸린 어물전 지나 농기구 상회 옆자리 풀빵 가게가 단골이었다. 10환이 1원으로 바뀌던 화폐 개혁 즈음 앙꼬가 묻힌 풀빵을 가장 달게 쬐끔씩 떼어 먹었다. 할머니는 10환짜리 풀빵(국화빵)이 1환인 줄 알고 눈이 번쩍 커지셨으나 단위가 '환 → 원'으로 바뀐 걸 설명하자 '이게 아닌데.' 하시며 1원 어치인 두 개만 사서 모두 나에게 주었다.

  할머니는 옛날 얘기를 많이 해 주진 않았지만.

밀짚방석에 앉아 〈해와 달이 된 오누이〉 얘기를 딱 한 번 들려 준 적이 있다. 길목을 막은 호랑이에게 수수팥단지 죄다 빼앗기고 이제 잡혀 먹힐 판이다. '팥 한 짝만 주면 안 잡아먹지.' 그 말주머니에 귀를 쫑긋 세우면 망일산 부엉이 울음이 후두투투 쏟아졌다.

마침내 팔다리 죄다 빼앗기고 눈, 코, 입까지 깨물리고 발라 먹혔단다. 머리통까지 아삭아삭 베어 먹은 호랑이 혼자 포만감으로 오누이네를 찾아갔더라나.

'엄마랑 목소리랑 다른 데요.'

'일 호다가 지쵸서 고래. 빨리 문을 열어 조오라.'

'엄마라면 손을 보여 주세요.'

'온냐. 오오냐 그래, 착하지 오뉘는 얼굴도 곱고 살집도 틈실하당. 오빠부텀 잡아먹어야겠다. 후르렁. 흐릉. 시발.'

털이 숭숭 박힌 밀가루 팔뚝을 집어 넣었단다. 에비 무서워라. 오누이는 호랑이 팔뚝을 피해 감나무 꼭대기로 도망쳐 해가되고 달이 되었고, 호랑이는 썩은 동아줄이 끊어지는 바람에 수수밭에 떨어졌다나.

'그래서 수수깡 속살이 시뻘건 거여.'

수수깡 사연을 들은 밤이면 반딧불도 무서워 뒷간 출입을 못했다. 울음을 달랜다고 '어비 왔다. 호랭이.' 하시는 바람에 새도록 신열에 시달리기도 했고.

신작로 넘어서면 온통 초록 벌판이던 그 자리로 반세기만에 돌아가는 것이다.

상전벽해랄까. 개울물과 공동 빨래터 건너 초록빛 보자기 벌판도 삽시간에 사라졌다. 아무도 없다. 하얀 이빨로 웃어 주던 새까만 머슴 아저씨들은 모두 어디로 떠난 것일까. 지금은 아스팔트 양쪽으로 찜질방, 농협 건물이나 한정식집 그리고 PC방과 아파트 단지 앞 철공소가 울쑥불쑥 자라는 중이다. 그러다가 밤이 되면 모두 어둠에 덮이고 네온사인만 번뜩인다. 단란주점과 핑크빛 모텔, 회색 벽돌의 당구장과 야식집, 대리운전과 룸살롱 불빛만 드문드문 휘황하다. 그 언덕길 교문으로 이 땅의 꿈나무들이 갈매기 떼처럼 드나드는 것이다. 통학 버스와 승용차의 행렬이 밀물처럼 밀리고 썰물처럼 쏠리는 등굣길 행렬이 싸—하게 서린다.

안식년 동안 가끔 거울 앞에 서서 부임 인사 연습을 했다. 전입 교사 중 가장 고령자가 대표 인사를 할 거라는 정보를 입수하고부터 일찌감치 모노 드라마 모드에 들어가 보는 것이다. 그 거울 앞 몸짓은 거대 담론과 미시적 담론의 혼재다.

'여러분과 함께 통일 조국을 꿈꾸며 이 어두운 세상을 밝혀 주고 싶습니다.'

조금은 연출이 섞인 문장이지만, 아이들이 그렇게 후미진 구석을 밝혀 주는 등불이 되기를 바랐던 부분은 분명히 진심이다. 벗들은 골목길 밝히는 '희망의 등불'이 되고 나는 이정표 가리키는 안내자를 꿈꾼 것이다. 맨주먹 불끈 쥐면 큰 산이 조심조심 서 있는 것 같았다.

그런데 과연 백의종군 결의 세우던 교단이 관념처럼 아름다웠을
까. 오래볼수록 설레설레 도리질 쳐진다. 학교는 여전히 눈코 뜰
새 없이 바빠서, 스승들은 불평을 터뜨릴 시간조차 없다. 교원
평가, 보충 수업(예전에는 그냥 수업만 했으나 지금은 온갖 준비
물들이 각다귀 떼처럼 달라붙는다.) 성과급(여기서도 온갖 공문
들이 메주 덩이처럼 주렁주렁 매달린다), 연구 학교, 자율 학습,
동아리 활동, 각종 연수 시간을 어거지로 채우라는 공문이 우박
처럼 쏟아진다. 그리고 학교 평가와 차등 보수, 승진 점수 자투
리를 건빵처럼 던지며 동반자끼리 경쟁하라고, 정글에서 승리
자가 되어야 살아 남는다고 등을 떠민다.

그런데 생뚱맞게 나 혼자 심심한 것이다.
교정은 장터처럼 부산한데 초로의 사내 혼자 머뭇대는 건 나
이 탓이 가장 크다. 어렵쇼. '격랑의 외딴 섬에서 혼자 모닥불 쬐
는' 마음으로 외로운 것이다. 그 학교 최연소 총각 선생 시절이
지척인데 시나브로 고령자 열외 군번으로 댕그라니 서있다. 당
연히 비담임이며, 보충 수업도 빼 줬으며 보직이라곤 문예게 하
나만 달랑 맡았다. 왠지.
'골방에서 장기 한 판 때리고 기슈. 밥은 챙겨 드린다닝께.'
이불 뭉치로 문짝을 틀어막은 느낌이다. 나는 88올림픽처럼
팔팔한 근육을 보여 주며 '나가서 짬뽕 국물로 영양 보충하면 안
될까요?' 바깥 출입을 시도하고 싶지만 왠지 '근양 기슈. 배달 시
켜 줄께요.'하며 어깨를 지그시 누를 것 같다.

그래도 나는 아직 가슴이 뜨겁다.

복도나 급식실을 어슬렁거리며 정태춘의〈떠나가는 배〉를

흥얼거리다 보면 아, 지금도 평교사의 자존감으로

밀물처럼 감회에 젖는 것이다. 오늘은 자발적으로

부서별 교무실 찾아 전교조 신문을 돌렸더니

몸이 베개처럼 홀가분해진다. 이 세상에서 가장 착한 사내가 되어

봄 바다에 풍덩 빠지고 싶다.

인문계 고등학교로의 전출을 망설인 적이 있다.

5시 칼퇴근의 중학교와 10시 이후에 퇴근하는 고등학교와는 엄연한 물리적 간극이 존재하는 것이다. 수능 준비 수업 역시 긴장은 했으나 예전에 인문계 고교 보충 수업 지원 나갔던 경험으로 방패삼았다. 가장 불안한 건 소통 공간이다. 나는 어느새 젊은 교사들의 부모 뻘이고 학생들의 큰아버지 나이가 되었다. 얼핏 유리창 너머 훔쳐본 젊은 교사들의 수업은 카리스마가 넘쳐서 '그렇구나. 저 앳된 스승들이 꿈나무들의 눈높이를 가깝게 맞추는구나.' 하는 위기감이 들기도 했다. 선배들에겐 깎은 밤톨 같은 예의를 갖췄고 아이들에겐 엄격함을 보여 주는 신세대 스승들, 그 젊은 눈높이들이 시국과 변혁의 화두에는 무심해 보여서 나의 행보가 조심스러웠다.

그 학교에서 제일 젊었던 초임 시절이 있었다.

선배 여교사가 어떤 화장품을 쓰느냐고 묻기에 '20대는 생피부로 사는 거라.'고 큰소리 꽝꽝 치던 스크린도 이제 아득하다. (하긴 그 후로도 수십 년 동안 얼굴에 무엇 하나 바른 적이 없긴 하다.) 그보다는 불의의 시국에 굴복하는 교육 풍토가 절망스러웠다. 그 신군부 시국에 폭탄을 지고 섶에 들어가야 한다고 결의를 다지다가 실제로 작두를 맞기도 했다. 그때까진 '시대의 아픔도 교사의 기쁨'이라며 행복할 수 있었는데.

세월은 피도 눈물도 없이 흘렀고 언제부터였나, 강산도 바뀌고 내 몸도 바뀌었다.

사진 찍기를 저어하며 카메라 초점을 실실 피하기 시작할 즈음이다. 소풍이나 수학여행에 동행해도 사진 찍자며 팔짱을 당기는 숫자가 폭싹폭싹 줄어들었다. 운동장에서 함께 땀 흘리던 축구 선수 동참도 도중 하차했고 소풍 때 합류하던 개다리 춤 몸짓도 그만두었다. 웬만하면 교무실 책상에 붙어 공문서를 작성하거나 자투리 글쓰기에 몰입하곤 했다. 후배들의 술자리도 피하기 시작했고 혼자서 창밖을 바라보는 시간이 늘어날 즈음.

세월은 눈가의 주름살부터 내려오기 시작했다. 충남교육연구소 회지의 '배현준 선생 인물 릴레이 사진'에 찍힌 내 이마의 주름살을 보고 기절초풍하게 놀랐던 게 시초다. 꼭 신경림 선생님처럼 쪼글쪼글한 사내가 야윈 웃음을 짓는 게 도대체 뽀대가 없는 것이다. 게다가 윤여관 선생이 진짜 호의적인 마음으로 '천상병 시인 닮았다.'고 평을 주는 바람에 나는 완전히 코가 빠졌다. 이대근이나 강호동을 바란 건 아니지만 하필 천상병 시인의 판박이란다. 그 후 사진기 앞에선 아예 빠지기로 작정했는데.

생애 최초의 외국 나들이인 북유럽 여행 사진에 찍히며.

또 절망했다. 화사한 선글라스 관광객 틈새에서 불콰하게 달아오른 화상 하나가 우헤헤 쪼글쪼글 웃고 있는 것이다. 기실 주름살은 젊은 날부터 패어 있었는데 장발로 이마를 가리며 감췄을 뿐이다. 나이를 먹으면서 머리카락이 빠지더니 비밀의 화원처럼 깝데기가 홀라당 드러난 것이다. 누나 강병옥은 요새 주름살 제거쯤은 '식은 죽 먹기'라며 도움말을 주었으나, 차마 시도할 자신이 없어 이대로 버틸 참이다.

어쨌든 초로의 솔로 정착을 위해 최소한의 살림을 장만했다.

아내가 대산읍 독곶 숙소까지 세간을 실어다 주마고 착한 발언을 던졌지만 마음이 놓이지 않았다. 남편을 바닷가 아파트에 내려 놓은 후 혼자 두 시간 이상 운전대를 잡아야 하는 아낙네의 스크린이 불안한 것이다. 초로에 접어들면서 가족의 설렘이 잦아든 대신 안쓰러움이 강해졌다. 그날 밤 어둠에 사무쳐 기어이 눈물이 흘렀다. 또 이렇게 헤어지는구나. 아들, 딸, 아내와 나까지 네 식구가 따로따로 사는 각패 생활도 이력이 붙었는데……. 모처럼 이맛살 맞댄 둥근 밥상 풍경을 시큰하게 떠올려 보았다.

고장 난 뻗정다리 밥상을 책상 대용으로 쓰고 빨래 건조대를 옷걸이로 사용할 참이다. 세탁기 대신 손빨래로 버티기로 했다. 자취생 시절 얼음물 빨래도 했는데 뜨거운 물 콸콸 쏟아지는 아파트에서 못할 게 무엇이랴 싶은 것이다. 5,000원짜리 '밥풀이 묻지 않는 주걱'을 산 게 가장 큰 투자인데 정작 밥을 해먹을 시간은 없다. 그리고 1회용 면도기 한 개와 댕기머리 샴푸와 빨랫비누 한 장이 살림의 끝이다. 쓰레기장 찾아 고물 책꽂이나 버린 침대 그리고 박스 몇 개를 줍다가 담벼락 너머 리아스식 바다를 잠깐 바라보았다. 뭍끼리 꾸불텅꾸불텅 연결되어서 얼핏 저수지처럼 아담한 이 좁은 바닷길을 따라가면 가로림만과 격렬비열도가 나온다.

사돈의 몇 촌 아줌마뻘인 노부부를 20년 만에 찾아갔다.

50여 년 전쯤 시장 모퉁이에서 국화빵을 굽다가 호떡집 가겟방으로 신분 상승하면서 또 30년 넘게 살아온 부부다. 그 앉은뱅이 좌판 경력 탓에 관절이 굳었다며 팔순의 그미가 작대기처럼 딱딱한 무르팍 주무르신다. 그리고 틈입객의 방문에 환하게 퍼졌던 얼굴에 갑자기 그늘이 서린다. 나는 그 이유를 잘 알고 있다.

눈빛이 착했던 그 소년, 동호兄이 떠올랐기 때문이다.

유년의 연날리기와 쥐불놀이, 패싸움과 막걸리 추렴까지 함께 나섰던, 2남 2녀 중 큰아들인 그는 지금 세상에 없다. 초등학교 졸업 직후 양복점 종업원으로 일하다가 나이 마흔이 넘자마자 덩치 큰 아들 둘을 남기고 서둘러 눈을 감았다. 헤어진 지 십오 년, 팔순의 노인네 둘이 남아 시금치 키우고 빨랫줄 걸으니 이제 기쁨도 슬픔도 없는 것이다. 아무튼 곁방살이 10여년을 함께 붙어살면서 우리 가족과 얼굴 한 번 붉히지 않았다고 회고하셔서, 나를 안도하게 했다.(이 풀빵 풍경은 성장소설 〈닭니〉에도 등장했었다.)

대산 양조장도 사라졌다. 중·고등학교 방학 때 큰집의 양조장 배달 조수로 따라다니기도 했다.

그 바람에 독곶, 대로리, 삼길포, 대죽리 바닷가 주막을 섭렵하며 가끔은 대폿집 밥상도 대접받았었다. 나는 방학 때마다 술도가니 체형으로 바뀌었다. 사무실에서 막걸리 독촉 전화를 받다가 일꾼 아저씨들이 움직이지 않으면 직접 자전거에 술통을 매달았다. 주막의 뺀니 아줌마들은 배달이 늦다고 타박은 했으나 가끔은 귀엽다는 표정으로 오징어 다리를 건네기도 했다. 밤마다 판매 실적 계산과 간조까지 끝내면서 여드름이 생기고 거웃이 돋았다. 침 발라 가며 남의 지폐 세는 재미도 있었던 것 같다.

　내 동생들이 대산 토박이들과 패싸움을 벌이기도 했다.
　대산중학교에서 김일 레스링 중계방송을 보던 여름날이다. 박박머리 하나가 가로막는 바람에 흑백 TV가 보이지 않자 동생 강병호(10세)가.
　"야, 안 보여. 비켜."
　그게 발단이 되었다. 박박이 토박이가 '이 쉐끼.' 하며 병호의 먹살을 잡았고 곧바로 밑의 동생 병준이(12세)와의 맞장으로 연결되었다. '찰싹', '퍽퍽' 소리가 터졌고 귀싸대기와 발길질이 팽팽하게 맞섰다. 그런데 조무래기들이 벌떼처럼 몰려들며 '죽여라, 죽여라.' 응원하는 숫자가 구름처럼 불어나는 것이다. 내(15세)가 재빨리 끼어 들어 가로막았는데, 아니, 조무래기들의 숫자가 수십 명까지 넘치면서 진퇴양난이 되었다. 특히 덩치 큰 중딩들의 등장에 위기를 느낀 나는 전투 중인 동생들의 손을 잡아당기고 그대로 튀었다. 재빠른 판단이 없었으면 3형제 모두 '어둠 속의 팥죽'으로 깨질 상황이었다.

　열일곱 사춘기 여름 방학 때 발가벗은 여자를 보았다.
　망일산 부대 어디쯤 유곽 입구 징검다리로 막걸리 자전거를 끄는 중이었다. 어디선가 풍덩풍덩 키득거리는 소리가 들려서

무심히 솔밭 개울로 고개를 돌렸을 뿐이다. 그리고 색시 두 명의
알몸을 보았다. 한 여자는 화들짝 돌아서서 희뿌연 뒤태만 비쳤는
데 또 한 명 뚱뚱이 색시는 까르르르 희뿌옇게 물장구만 치는 것
이다. 이상하다. 속살을 들킨 여자는 당연히 은장도를 꺼내 가
슴 복판을 찌르는 줄 알았는데 웬걸, 파안대소로 물보라만 홀라당
홀라당 튕기는 것이다. 소년 혼자 수치심으로 벌겋게 페달을 밟으
며 '훗훗훗' 소리를 털어 내었다. 그날 밤 여자의 몸이 천장에 붙어
'오려진 색종이'처럼 나풀거렸으나 차마 일기장에 옮길 엄두를
못 냈다. 오밤중에 벌떡 일어나 요강 뚜껑을 굴리거나 돼지 저금
통을 걷어차면서 궁금증의 몸을 죽였다. 사십 년 지난 일이다.

내 나이 58세(2013년). 그럭저럭 잘 산 것 같다.

지방대 졸업 후 선생이 되면서 봉을 빼먹고 사는 팔자가 되었
다. '삶의 문학' 동인으로 문청의 정기에 취했다가 해직 교사가
되었고 신문사와 잡지사를 부평초처럼 떠돌며 비정규직의 밥을
먹기도 했다. 시국의 배를 타며 벗들의 찬사와 타박을 번갈아 받
았고 나는 미소와 울분 사이를 시계추처럼 오갔다. 제자들 역시
부풀려서 존경하다가 배반의 꼬리표를 던지기도 하면서 인생의
동반자로 함께 하는 것이다.

괜찮다. 운전 면허증은 없지만 자전거는 한 쪽 손으로도 탈 수
있고 언젠가 TV도 장만해서 소파에 기대어 리모컨도 누를 것이
다. 곁눈질 커닝으로 컴퓨터 시험 재수강에서 꼴찌를 벗어났으

며(꼴찌에서 두 번째) 독수리 타법으로 워드를 잘 친다. 아내의 승용차 속도 위반도 50만 원이 넘지 않으며, 골목길 주먹다짐으로 이마가 부은 것도 두 번밖에 없다. 폭력 전과는 이빨 값 30만 원 물어준 게 전부며 지하도 노숙도 딱 두 번뿐이다. 벗들로부터 핀잔을 먹은 게 백 번도 못되며, 길바닥에서 2만 원도 주은 적이 있다. 깊은 밤까지 술을 마셨으나 해장술을 끊었으며, 골초지만 뻐끔 담배라 허파의 손상이 약한 편이며 새벽 흡연을 잊은 지는 이미 오래다.

해직 기간도 4년밖에 안 되며 안식년도 재빨리 찾아 먹었다. 유치장 살이를 빼면 그 흔한 수감 경력도 없다. 이빨은 열한 개만 뽑았고 머리카락도 남은 숫자가 더 많으니 십여 년간 당당하게 이발소 출입을 할 수가 있다. 그렇게.

'덤비기만 하면 엎을 거여.'

그렁그렁 주먹을 쥐지만, 솔직히 아무도 경계하지 않는다.

그래도 나는 아직 가슴이 뜨겁다. 복도나 급식실을 어슬렁거리며 정태춘의 〈떠나가는 배〉를 흥얼거리다 보면 아, 지금도 평교사의 자존감으로 밀물처럼 감회에 젖는 것이다. 오늘은 자발적으로 부서별 교무실 찾아 전교조 신문을 돌렸더니 몸이 베개처럼 홀가분해진다. 이 세상에서 가장 착한 사내가 되어 봄 바다에 풍덩 빠지고 싶다.

II. 우리들은 나쁘고 힘이 없다

우리들은 나쁘고 힘이 없다

삼결포 그림자는 어디서 지워졌을가?

수능이 끝나면 초겨울이다

잃어버린 가방 그리고 〈변호인〉

아내와 함께한 26년 만의 탐라 여행

글쓰는 교사로 늙기 위하여

우리들은
나쁘고 힘이 없다

물에 빠졌던 아홉 살의 기억이 있다.

대산에서 독곶 어디쯤 포강인데 장소는 기억나지 않고 돌담과 신우대 무성한 제방의 잔상만 흐릿하다. 사실은 예전에 옻나무골 아낙 한 사람이 돌멩이를 몸에 묶고 뛰어들어 자살했던 자리라서 중학생들도 헤엄치기 꺼리는 곳이기도 했다. 내가 짚토매 두 뭉치를 옆구리에 끼고 가운데까지 진출하여 첨벙첨벙 물장구 치는 그 자리로 동구형이 다가왔다. 그리고 짚토매 뭉치를 후닥탁 낚아챈 건 순전히 장난이었다. 몸이 수렁으로 빠지면서 숨이 완전히 막혔고, 죽는구나, 혼절한 것이다. 그 순간 어린 날의 기억 수십 장면이 파노라마처럼 펼쳐졌으니 기이한 일이다.

가장 먼저 떠오른 건 작은형과의 싸움이었는데.

"형이 가족이 된 게 인생 최고의 불행이야. 죽어서 귀신이 되어 복수하겠으니 지금은 내 목숨이 끊어질 때까지 마음껏 때려라."

그래서 마음 약한 작은형이 나보다 서럽게 울던 기억이다. 나
는 죽음 앞에서.

'형, 그때 저주를 퍼부은 건 순전히 내 잘못이야.'

용서를 빌었던 것 같다.

동생과 바둑 두던 중 싸우던 장면도 덩그라니 따올랐다. '매기
치기'에 걸린 대마를 끝까지 물려 주지 않는 동생이 알미워서.

"네가 싫어. 나뿐 아니라 우리 식구와 형제 모두가 널 싫어해."

하얗게 질린 동생의 표정을 보며 고소해했던 나를 뼈아프게
책망했다.

'너를 미워했던 건 나 혼자뿐이었어. 미안해.'

용서를 빌다가 숨이 막혀 정신을 잃었다. 눈을 떴을 땐, 신열
이 잉잉 달아오르는 머리맡으로 가족과 동구형 식구들까지 둥
그렇게 모여서 나를 바라보던, 그 기억도…… 지금은 떠올리기
조차 사치스럽다.

벚꽃이 눈사태처럼 흐드러지게 쏟아지던 사월,

처음에는 그저 시간차로 가끔 벌어지던 '답답한 방송 사고' 정
도인 줄만 알았었다. 그날 아침, 수학여행 학생들을 태운 여객
선 침몰 속보와 동시에 분명히 '학생 전원 구출'이라는 자막이 떴
을 때에도 '아니 뭐야.' 하는 정도로 일상에 빠졌을 뿐이다. 시험
문제 출제에 바쁜 그 시각에 혹시 하며 인터넷 뉴스를 재빨리 힐
끔거렸던 그 이유는 소심증 탓이다. 구조 자막을 밝은 한 사내가
긴장된 브리핑 목소리로.

'학생들은 338명 전원이 구조되어 팽목항에서 진도 체육관으로 이동하고 있습니다. 두 명 정도가 경미한 부상을 입었다고 합니다.'

'두 명 정도의 경미한 부상'

구체적 수치까지 제시되자 학부모마다 자신의 자식이 제발 그 '경미한 대상자'가 아니길 바라며 가슴을 쓸었을 것이다.

중간고사 문제 검토를 위해 다른 교사들보다 서둘러 노트북을 펼칠 즈음.

또 만난 인터넷 속보를 '자본주의의 불안한 속성'으로 대강 정리하며 공문서 작성에 몰입하려는 중이었다. 그랬다. 구조 헬기와 구명 보트가 수백 대 등장했다는 자막이 나타날 때까지도 그냥 혼란과 드라마틱의 혼재 스크린인 줄 알았었다. 행여 배가 기우는 영상이 돌출할까 봐 불안증이 급등했지만 나는 표정을 감추고 싶었다. '2007년도 태안 기름 유출 사고'가 떠오르던 그 조바심이 나의 모태 소심증의 발로이길 바라면서.

수업 중간에 프린트 챙기러 교무실로 내려가 갸웃갸웃 하던 오전 11시.

"이상하네요. 전원 구조라는데 왜 그 아래로 실종 몇 백 명이라고 자막이 뜨지요? 이거 엄청난 사고가 터지는 거 아녜요?"

연구부장 송신영 선생님이 의문을 제기하기에.

"상상력이 풍부하시네요.

대충 넘기려는데

"저도 당연히 아무 일도 없기를 간절히 바라지만……."

평소에는 당차 보이던 그의 표정이 불안하게 떨려서 아차, 하는 불길함이 뒤통수를 치는 것이다. '하느님도 이 배를 쓰러뜨릴 수 없으리라.'던 믿음이 풍비박살 나던, 타이타닉 스크린이 쿵, 하며 얼굴을 때리는.

그후 나는 스무 날이 넘도록 인터넷에 미쳐 일상을 잃었고.

'카카오톡의 마지막 문장'들을 껴안으며 수도 없이 흐느꼈다. 부르르 떨리는 입술을 막느라 동료 교사들과 눈길 맞추기조차 고통스러웠던…… '2014년 4월16일 08시 52분'으로 마감된 그 시각 영상이 가장 아프다. 다급한 소식에 놀란 세월호 학생의 어느 형이 카카오톡 답변으로.

'괜히 우왕좌왕 당황할 필요 없고 정신 차리고 천천히 하라는 대로만 하면 돼.'

침착하게 달래 줬으나 그 조언은 안타깝게도 현실이 되지 못했고, 시키는 대로 움직이지 않았던 아이들은 기가 막힌 죽음을 만나야 했다. 그랬다. 세월호 꿈나무들은 '기다리면 구조가 되리라' 기도하면서도 하나씩 마지막 유언을 남겼다.

'엄마, 말 못할까 봐 그냥 문자로 내보낸다.'

'누나 사랑해. 그동안 못해 줘서 미안해.'

'연극부 아이들아, 진짜 내가 잘못한 거 있으면 용서해 줘. 사랑한다.'

동아리 후배의 '형, 왜 그래. 보고 싶어요.'라고 불안하게 보낸

답장이 마지막 소통이었던 것 같다. 아이들은 유년의 나처럼 '미 안해.' 대신 '사랑해요.'를 작별 인사로 남겼다.

선원들의 잰 몸놀림이 미디어를 도배했었는데.

그들은 '승객을 위해 내 몸을 던진다.'라는 다짐의 과정을 제 대로 체득하지 못했던 것 같다. 단지 그네들끼리의 사발통과 발 빠른 생존력으로 십중팔구 목숨을 건졌고, 이젠 살았다, 하며 몸 을 구명 보트에 옮겨 놓자마자, 돌팔매 맞으며 철창에 갇혔다.

그 배는 일본에서 18년간 운행했던 중고품 선박을 개조한 것 이란다. 낡은 부분은 페인트를 칠해서 디자인 단장했고 승객을 더 확보하기 위해 화물칸을 늘이고 객실을 올렸단다. 불안한 고 용과 박봉의 일상에서 과적된 선적 요구도 뿌리치지 못했을 것 이다. 승용차와 트럭 그리고 화물 적재 공간에도 고정 장치가 턱 도 없이 부족했고 그런 안전 점검조차 소홀했으니 여객선 관리 를 너무 편안하게 생각했던 것 같다. 구명정까지 쇠사슬로 묶어 놓아 무용지물이 되었으니 그게 안전 불감증이다. 그 무심한 관 성들이 무더기 화살로 심장을 쑤실 줄을 전혀 예측할 수 없었으 리라.

안락한 둥지가 소원이던 중년 가장의 '깊지 못한 판단'도 벼락 을 맞았다. 이제 막 취업의 문턱을 넘은 스물다섯 여성 항해사의 꿈도 추락했고 푼돈을 추럼해 퇴근길 쏘주 한 잔을 기다리던 장 삼이사의 술상도 쇠고랑을 만나게 되었다.

그들은 타이타닉의 선원들처럼 '어린이 → 여자 → 남자' 순으 로 탈출시키는 매뉴얼을 익힐 기회조차 없었다. 침몰 중에도 승객들의 안정을 위해 연주하던 관현악 악사들, 승객들에게 빵을 권하던 주방장의 승무원 정신 ― 그런 건 영화 장면인 줄만 알았을 뿐이다. 노약자 승객의 70%가 목숨을 건진 대신 선원들의 생존율이 24%였던 타이타닉의 비장한 범절도 까맣게 놓쳐 버린 것이다.

몇몇 다른 승무원들은 지체 없이 죽음을 택했다.

시퍼런 청춘의 박지영 승무원(22세. 여)은 당황하는 고교생들에게.

"물이 차오른다. 내 구명 조끼 얼른 네가 입어."

아이들이 머뭇머뭇 대답을 못하자.

"선원들은 맨 마지막이다. 얘들아, 너희들을 먼저 탈출시키고 나도 곧 따라갈게."

매점 근무자인 그미는 '마지막 승객을 대피시키고 따라가겠다.'는 그 약속을 끝내 지킬 수 없었다. 어머니 역시 장례식 직후 딸의 몫으로 돌아온 성금 모두를 이번 사고로 부모와 형을 잃은 조모 군(7)을 돕는데 써달라고 전달했으니, 필경 그 순백의 핏줄이다.

승객을 구조하던 양대홍(45세) 승무원 역시 눈물 겨운 최후를 맞이해야 했다. 마지막임을 직감한 그는 부인 안 씨에게 전화를 걸어.

"배가 많이 기울었다. 통장에 있는 돈으로 아이들 등록금 해라. 지금 학생들 구하러 간다."

그 말을 마지막으로 가장의 목숨을 초개처럼 던져서 남은 목숨들을 부끄럽게 했다. (그의 이름이 한때 출국 금지 명단에 끼어 있었더라는 해프닝은 나중 얘기고.)

스승들은 저 밑바닥 심해의 저승을 택했다.

착한 스승 남윤철 선생님(36세)은 갑판까지 나왔다가 '선실에 있는 아이들을 데려와야 한다'며 다시 선내에 진입했다가 하늘로 떠나셨다. 이제 교단에 첫 발을 디딘 새내기 최혜정(여. 25세) 선생님도.

'너희들 먼저 내보내고 선생님도 곧 따라 갈게.'

마지막 문자를 띄운 뒤 슬프고 아름다운 파도가 되었다. 나머지 10명의 스승 모두 4·5층에 있다가 아이들을 구하기 위해 3층으로 우르르 내려가 수마와 싸우다가 그렇게 제자들과 함께 거품이 되었다. 살아남은 두 교사들 역시 아이들을 구조하다가 배가 급하게 기울 때 미끄러지면서 구조되었단다. 교감 선생님 역시 아이들 10여 명을 구하다가 기사 회생으로 살아나온 후 스스로 숨을 끊었으니, 원통한 일이다.

사망한 김초원 선생님(26세)의 부친 김상옥님이.

'딸이 제자들을 제대로 보살펴 부모들 곁으로 무사히 돌아가게 했어야 하는데 아이들을 지키지 못한 채 세상을 떠나게 되어 죄송하다.'

그렇게 떠난 풀잎들을 떠올리며 지금도 나머지 스승들 모두 찢겨진 가슴으로 교실을 세우려는 중이다.

야간 자습 직전의 저무는 창가 그리고 초록 벌판.

시간이 멈춘 한반도 교정에도 진부한 초록 물결들이 거침없이 번지니

자연의 법칙이 무심하기도 하다. 나는 입시 준비에 몰입하는

아이들의 숙인 고개를 물끄러미 바라보며.

'용서하지 마라.' 그 고백을 짓누르는 중이다.

'우리들은 나쁘고 힘이 없다.' 길이 끝나는 곳에

반드시 길이 이어진다고 했지만

지금은 아무 희망이 없다.

그리고 한반도 전체에 깃발처럼 펄럭이는 노란 손수건의 바람.

노란 색깔의 유래는 '교도소에 간 남편을 기다리는 아내의 징표'다. 토니 올라드의 노래 'Tie a yellow ribbon the round old oak tree'는 아리고 쓰릴망정 눈물겨운 낭만으로 젖어있는 사연이다.

3년 형량을 마친 사내 죄수가 출옥 직전 아내에게 편지 쓰기를.

'감옥 3년이 지났습니다. 당신이 아직도 날 원하시면 떡갈나무에 노란 리본을 달아 주세요. 리본이 보이지 않으면 그냥 지나치겠습니다.'

집 가까이 다가설수록 노심초사되었고, 차마 확인할 자신이 없는 그는 버스 기사에게 사정을 얘기하면서 대신 확인을 부탁했단다. 유리창을 바라보던 기사의 얼굴이 환하게 퍼지면서.

"묶여 있어요. 나무 전체가 노란 손수건으로 꼭 차게 덮여 있다오."

그렇게 승객들의 와— 하는 환호성으로 기쁨의 징표를 공유했단다. 그러나 노란 색깔 지천으로 더께를 이루고 있었다는 그 떡갈나무 유래는 기실 얼마나 사치스러운가. 이라크 전쟁 미군들의 무사 귀환 기도에도 재생되었다는 그 사연도 '세월호 참사'와는 내용이 전혀 다르고.

당연히 삼풍 백화점 때와도 다르다.

'삼풍' 때처럼 붕괴된 건물 골재 틈새기에 고립되어 있는 게 아니라 사월의 심해 춥고 깊은 수렁이다. 저체온을 막을 수도 없고 숨을 쉴 공기도 없다. 그래서일까, '삼풍'은 붕괴 1주일 뒤에까지 여기저기 생존자가 나타나는 기적이 터지면서.

"코카콜라가 마시고 싶었어요."

"롯데 캔 커피가 먹고 싶었어요."

기사 회생된 젊은이들의 첫 마디가 순백의 청량제로 브라운 관을 채우기도 했다. 호명된 상품들이 전파를 타자 해당 청량 품목들이 수백 박스씩 허공에 날아다니던 알싸한 수맥 같은 낭만도 있었지만.

아이들은 지상에서의 마지막 우정을 꽃잎처럼 날리기도 했다.

구명 조끼 끈을 서로 묶은 채 함께 떠난 커플 청소년도 있으니 저승에서도 우정을 영원히 함께 하리라. 또 있다. 지상 소녀의 목소리가 망자 소년에게.

"널 좋아했었어. 짝사랑을 예쁘게 고백하지 못하고 보내서 미안해."

손수건 꼭꼭 찍는 눈물 사연을 우리는 과연 어떻게 설명할 수 있을까.

지난 해병대 캠프 장례식장에서도 여고생 하나가 망자 소년의 어머니에게 '제가 여자 친구예요.' 라고 눈시울 적시자.

"여자 친구가 없다고 했는데 네가 오다니 우리 아이가 엄마한테 거짓말 했구나."

사연마다 눈물의 의미가 그렇게 진하게 다르다.

가장 우왕좌왕 헤맨 건 행정 부처 및 관료들의 행태다.

교육부에선 당장 1학기 수학 여행 금지를 공문으로 하달했다. 기다려 본 적은 전혀 없었지만 5월마다 개최하던 '교육자 대회' 도 취소되었고 출구마다 잠금 장치를 점검하라는 공문들이 날 아오기 시작했다. 이제 스승들은 민감한 변화를 맞춰 주느라 울지도 못한다.

보수잡지 J 편집위원은 북한의 선동에 놀아나는 종북 세력을 색출하란다. '시체 장사'이니 제2의 5·18 폭동에 대비하라는 극우의 문장이 뒤를 이었고, 전직 앵커 J 씨는 세월호 추모 집회에 참석한 중고생들이 일당 6만 원씩 받고 동원되었다고 주장 했었다. 손석희 앵커가 인터뷰 도중 울컥 목을 메이자 보수 논객 B 씨는 '국민들을 선동한다.'며 방송위원회의 즉각 징계를 촉구했었고.

"장관님이 오셨습니다."

유족들에게 귀띔하던 관료 한 사람은 쑥떡이 되도록 뭇매를 맞았다. 사진을 찍기 위해 휴식 중인 잠수복에 물을 뿌리기, 난파선 현장을 보트로 재빨리 탐사하고 돌아온 금배지, 인증샷 귀한 몸, 관료들의 생뚱 추모시 사태도 발했으니 그게 우리 시대의 초상이다. 황제 컵라면 먹던 장관이 사진에 찍히자,

"계란을 넣어 먹은 것도 아닌데 뭘 그러느냐?"

는, 어리둥절 멘트의 비극성 코미디가 고통스럽다.

야간 자습 직전의 저무는 창가 그리고 초록 벌판.

시간이 멈춘 한반도 교정에도 진부한 초록 물결들이 거침없

이 번지니 자연의 법칙이 무심하기도 하다. 나는 입시 준비에 몰입하는 아이들의 숙인 고개를 물끄러미 바라보며.

'용서하지 마라.'

그 고백을 짓누르는 중이다.

'우리들은 나쁘고 힘이 없다.'

길이 끝나는 곳에 반드시 길이 이어진다고 했지만 지금은 아무 희망이 없다.

삼길포 그림자는 어디에서 치워졌을까?

봄의 출근길은 꽃 천지의 진입이다.

통근 버스를 타러 나올 즈음에는 벚꽃 봉우리들이 부어터질 듯 팽팽했었다. 그리고 '아차' 깜빡 신발장의 핸드폰을 가지러 다시 엘리베이터 타고 올라갔다가 돌아오는 중이다. 이상하다. 그녀들이 십분 남짓 사이에 일제히 처녀막 터치고 꽃 잔치로 피어난 것이다. 봄비를 받아 물미역처럼 미끈거리는 종아리마다 울긋불긋 꽃이 피리라. 이슬비 내리는 이른 아침, 교정의 봄은 뒤죽박죽 생동적이다. 책상머리 봄과 문장의 봄이 대부분이지만, 새새틈틈이 지우개 밥 먹이려는 심술보 봄도 있고 점심 종 울리자마자 공중제비로 급식실까지 치달리는 야생마 봄도 있다. 그리고 스승이 교실을 비운 사이 사물함에 농구공을 꽂아 보는 에너지 봄도 있어서, 나는 부글부글 끓이기도 한다. 수시로 B 사감이나 유치장 간수로 변신하지만, 그래 봤자 마음뿐이다. 내가 불같이 화를 내면 아이들은 빠샤샤 웃는다.

아이들은 어쩌면 그렇게 통학 버스 출발 시각에 딱 맞추어 탑승하는 것일까. 7시 40분 출발인데, 35분까지 텅 비어 있다가 마지막 1, 2분 남짓 사이에 60여 명이 우르르 올라타는데 신기하게도 지각생은 없다. 주로 신흥 소도시로 정착한 대기업 샐러리맨의 자제들이거나 그들을 단골로 하는 요식업자의 자식들이고 간혹 오리지널 농업 토박이의 후예도 있다. 덕분에 나까지 그 버스 탑승 자격증을 받은 것이다.

속 태우는 부류들은 여기서도 쬐끔 존재한다. (예전 학교보다는 현격히 적지만) 애정 결핍족이나 애연족도 숨어 있을 것이고 오토바이 마니아와 미니스커트 걸도 호시탐탐 기회를 노리리라. 그래도 대부분 형광등 아래 글자 수 맞추는 걸 운명으로 받아들여서 스승들이 편안하다. 내 수업 시간에만 유독 닭병 사춘기가 눈에 띄어 불안하지만 그래도 왔다갔다 좌충우돌하지 않아서 눈물이 좔좔 흐르게 고맙다.

1학년 3월, 입학하자마자 밤 10시까지 야간 자습을 시킨다.

작금의 교육계는 모든 시스템이 문서화된다. 마찬가지다. 서산 시내 인문계 학교가 그렇고 공주나 온양 같은 소도시가 100프로 동일 시스템이다. 대도시는 야간자습에 덜 시달린다지만 내내 학원 수강에 의탁하므로 '아랫돌 빼서 윗돌 괴기'다. 이제 교사는 아이들과 눈동자 맞추기보다는 체크와 관리 모드가 더 중요해졌다.

아이들은 그 와중에도 전광석화 같은 웃음을 터트린다.

야간 자습의 표정은 처연하지만 이들 에너자이너들은 틈새 돌풍을 일으키며 뻐근하게 성장하는 중이다. 시시각각 기차 화통이나 비상 싸이렌을 터트리지만 통학 버스에 오르자마자 다시 스마트폰 액정에 집중하는 21세기형 하굣길이다. 고요와 소요가 시계추처럼 넘나드는 그들이 나의 동반자이고.

오늘의 중식 메뉴는 잡곡 혼합밥에 쇠고기 미역국, 깍두기, 마늘종볶음 그리고 도넛과 애플 쥬스가 특식으로 나온다. 그런데 어럽쇼, 창수가 식기 비우는 것을 분명히 보았는데 또 배식줄에 서 있는 것이다. 장난도 치지 않고 근엄한 표정으로 서 있는 게 무언가 꿍꿍이가 숨은 게 틀림없다. 아닌 게 아니라 식기를 받자마자 밥은 잔반통에 버리고 도넛과 애플 쥬스만 달랑 들고 나오다가 딱 걸렸다.

'우히히 간식거리 두 번 받았다.'

좋아서 미치겠다는 표정을 짓다가 덜미 잡히는 순간 스승의 판단에 따라 죄인 여부가 결정된다. 예전 같으면 식기를 머리에 이고 '양심 불량', '오리 꽥꽥'을 시켰을 것이나 요즘은 훈방 조치나 벌점 부과로 처리하니, 그 정도는 봐줄 만하다.

아침마다 아파트 엘리베이터에서 아이들이 성냥개비 빠져나오듯 오그르르 등굣길을 서두른다. 이 꿈나무들은 미래의 등불과 부채 덩어리로 혼재된다. 그러다가 불쑥.

"선생님이 나이가 가장 많으시다매, 왜 교장 선생님이 안 되나요?"

봄 햇살마다 꽃 잔치가 하늘하늘 열리는 중이다. 묵묵부답으로, 네온사인이 터질 때까지 벚꽃 잔치에 홀려있는데.

"얌마, 안 되는 거냐? 못 되는 거지. 너는 화법 시간에 배운 '안 부정문과 못 부정문의 차이'를 벌써 까먹었냐? 골드 미스 우리 누나는 시집을 안 간 거냐? 못 간 거냐? 아—싸."

객쩍은 소리조차 대구법 문장을 구사하는 게 인문계 꿈나무들의 언어 능력이다. 일단 그럴싸하다.

사춘기 끝물 고3들의 '수험생 나기'도 눈부시고 눈물겹다.

사내아이 계집아이 이맛살 맞대고 책장 넘기는 풍경도 어디선가 그려 봤던 그림이다. 사내 아이 의자에 반쯤 기대어 눈을 감는 소녀의 모습도 뽀얗게 애처롭다. 옆 반까지 가서 여학생의 학습지를 빌려 와 이어폰을 한 짝씩 끼우고 함께 문제를 풀기도 한다. 내가 소시적에 이런 남녀공학을 다녔으면 '이성에 대한 사춘기 공복'으로 시달리지 않고 아마 공부도 훨씬 신명나게 했으리라, 몽상에 젖는다. 그랬다. 그 시절 나는 여학생들과 담을 쌓은 만큼 외로웠고, 그래서일까, 그 결벽증이 오래도록 지속되었었다.

청년 시절의 나는 순결 본색주의자였으니.

젊은 남자들끼리 부곡 하와이로 놀러 갔던 첫 발령지 총각 선생 시절 얘기다. 해물 잡탕으로 저녁을 때리고 2차 호프집을 거쳐 우르르 나이트로 진출했나 보다. '쿵짝쿵짝' 계단을 내려가면서 스무 살 고고장 풍경도 떠올라 초장에는 감회도 새로워서, 모처럼 술 마시고 노래하고 신나게 춤도 추었다. 그런데 맨살 위에 장식품을 주렁주렁 매단 무희가 등장하면서 호흡이 막히는 성고문의 시간으로 변신하는 것이다. 불안하다. 여자가 옷을 벗기 시작하면서 달랑 껍데기 두 종류만 남을 즈음 나는 숨을 쉴 수 없었다. 마침내 벌떡 일어났으니, 솔직히 술기운 탓도 있긴 했다.

"형, 이건 안 돼."

침을 짝짝 말리고 있던 채 선배가 어리둥절 바라본다.

"안 되는 건 안 되는 거야. 춤추는 여자가 형의 어머니고 누이도 될 수 있고 형의 여동생이나 딸내미도 될 수 있잖아."

선배는 쓰뭉하니 쳐다보다가 대답하기 곤혹스러운 표정으로.

" …… 지금 우리는 놀러온 거고 이건 하나의 유흥 문화일 뿐이야. 네 순수함은 인정하지만 제발 판을 깨지는 마라. 마음이 불편하면 조용히 사라지는 거야. 취향이 다르다고 모두 천박한 무리로 치부하다니."

잠시 후 웨이터를 붙잡고 '당장 쇼를 중지시켜야 한다.'고 소리친 작태가, 돌이켜 보면 미안하다.

소도시의 상전벽해는 신작로 안쪽일 뿐 저 멀리 산맥과 벌판은 아직 그대로다.

인간은 개발에 미쳐 있지만 대자연 앞에서는 '부처님 손바닥 꼬집기 정도의 위력만 발휘할 뿐이다.' 라고 주장하고 싶다. 그런데 무섭다. 빙하가 허물어지고 방사능 소낙비가 쏟아지는 사

고교 시절, 삼길포 주막에서 따뜻한 점심 밥상을 받기도 했다.

큰집 양조장 술 배달 트럭 조수석에 앉아 가로림만을 돌아다니며

가끔 '밥상에 숟가락 하나 더 얹어 주쇼.'하며 막국수도 얻어먹었다.

이번에는 빨랫줄이 목련꽃처럼 하얗게 매달리던 툇마루에서의 시골밥상이다.

시금치, 콩나물, 깍두기와 무나물 같은 식물원 밥상에 밴댕이 한 종지가

해산물의 존재감을 나타내었었다. 숭늉 한 대접 마시다가 고개 들면

문설주 너머 시퍼런 바다가 펼쳐 있었다.

태가 우리들이 뿌린 죄의 씨앗이 틀림없다, 고 설레설레 흔들며 푸른 산으로 눈길 돌린다.

큰 산 아래 작은 산이다. 소나무 둥치 걷어차며 오르던 유년의 그 산이다. 누군가 똥 누고 간 자리에 개똥참외 줄기가 시퍼렇던 기억도 아슴아슴하다. 소나무 사이로 억새풀들이 대궁을 치고 오르는 중이었고 고사리나 취나물이 그늘 아래 박혀 있었다. 그 맞은편 언덕에 여우 무덤이 있다고 했으나 어디서나 보이는 흔해 빠진 낮은 능선이었으므로 그냥 무심했다.

관심의 초점은 망일산 꼭대기의 레이더 기지였다.

큼지막한 수박을 엎어 놓은 것처럼 보이는 기지국은 아랫녘에서는 세 개로 보였고 서산 쪽에서 보면 두 개로 줄었고 지곡 면사무소를 지나면 딱 한 개만 보였다. 그 레이더 너머 푸른 하늘 뭉게구름이 슬로비디오로 움직이기도 해서.

'레이더 기지에 올라가 볼 거야.'

아홉 살 소년은 무지개 잡으려는 유년의 나폴레옹 흉내로 망일산 꼭대기를 향해 기어오르기도 했다. 누군가 초록빛 보자기를 뒤집어씌운 게 틀림없던 그 신록의 계절이다. 저 초록들을 뭉턱뭉턱 수제비에 넣으면 메생이 맛일까, 시금치 맛일까. 소년은 매듭이 풀리지 않을 때마다 막대기로 소나무 아랫도리를 후려 갈기다가.

쥐똥나무 숲에서 석고처럼 멈췄다.

철조망이다. 숨이 멈춘 수풀에서 콘크리트의 적막이 '쿵'하고 목을 죄었다. 군인들의 손에 들린 무시무시한 총구도 불을 뿜을 듯 위압적이다. 그런데 아니었다. 소년 혼자 조바심할 뿐 숲속의 모든 물상들은 초록의 잔치판에 빠져 있었다. 참새와 때까치도 포롱포롱 날갯짓했고 민들레 홀씨까지 철조망과 어우러져 너울너울 춤을 춘다. 그랬다. 바람과 새는 이방인의 총구에서 자유로웠다, 풀벌레와 꽃씨조차 안팎으로 너울너울 넘나드는데 정작 그 나라 백성인 소년 혼자 옴짝달싹 묶인 것이다.

그 낮은 능선에 5층 건물이 들어선 것이다.

방울꽃과 벌 나비 어우러지던 여우 무덤 그 자리로, 언제부터였나, 포클레인이 언덕을 허물고 콘크리트 골재를 세우기 시작했다. 그 골재가 고등학교 건물로 변신한 것이다. '돌아오지 않는 해병' 같은 가설극장이 펼쳐지던 그 옛날 숲속의 공터에, 지금은 야간 자습 으로 불야성이다. 아침이 되면 예술미 갖춘 건물로 화사하게 변모하면서.

6층 옥상까지 엘리베이터를 타면 운동장과 강당으로 연결되어 있다. 아스팔트에서 올려 보면 푸른 하늘이 끝도 없이 펼쳐져 있던 기숙사 맞은편 그 자리다. 차임벨이 울리면 책과 씨름하던 터진 자루 쌀톨 부대가 후덜덜덜 쏟아져 나온다. 일등 탈출 선수가 눈썹을 휘날리며 급식실 출구에 도착한 채 '아싸!' 엉덩이 흔든다. 곧바로 기차 행렬처럼 쪼르르 나래비 선 아이들은 뒷줄을 쳐다보며 '아찔하군.' 하며 흐뭇해한다. 스승들 역시 슬리퍼 뒷굽 치듯 계단을 뛰어오르며 그렇게 인생의 줄을 보내기도 했다.

고교 시절, 삼길포 주막에서 따뜻한 점심 밥상을 받기도 했다.

큰집 양조장 술 배달 트럭 조수석에 앉아 가로림만을 돌아다니며 가끔 '밥상에 숟가락 하나 더 얹어 주쇼.'하며 막국수도 얻어먹었다. 이번에는 빨랫줄이 목련꽃처럼 하얗게 매달리던 툇마루에서의 시골 밥상이다. 시금치, 콩나물, 깍두기와 무나물 같은 식물원 밥상에 밴댕이 한 종지가 해산물의 존재감을 나타내었었다. 숭늉 한 대접 마시다가 고개 들면 문설주 너머 시퍼런 바다가 펼쳐 있었다.

장마철에는 그 바닷가 주막으로 술통 배달 트럭 운행이 정지되었다. 신작로 황토 흙이 무너져 삼길포는 물론 대죽리, 대로리, 독곶까지 싸그리 통행 불능이 되었다. 장대비건 고기잡이건 농사일이건 싸그리 묶어 버렸고 그때마다 산지사방 주막집 전화통이 양조장 소년에게 불을 뿜었다. 수동식 전화기로 쏟아지는 주모들의 따발총 질타가 소년의 볼을 벌겋게 만들었으나 아무 방법이 없었다.

40년 후, 그 삼길포까지 점심 원정 칼국수를 먹기도 했으니.

5교시 수업이 빈 노장 교사들 패거리에 끼었던 봄날의 점심 나들이었는데, 사실 그건 40년만의 방문길이기도 했다. 그때도 벚꽃 단장이 스티로폼처럼 떨어지고 있었다. 저 흰 꽃 사태가 바다에 날아가 그대로 거친 파도의 흰 이빨로 변신하리라.

문득 아랫집 곁방살이였던 정다운 핏줄들이 떠오른다.

동호형의 동생 효순이(지금은 손주를 본 초로의 아낙)는 70년대에 태안여상을 1년 늦게 입학하였다. 졸업 이후 대산 농협에 다니다가 삼길포 횟집을 차려 이십 년의 신산고초 이후 마침내 6층 빌딩을 올렸다고 했다. 인간 승리 그미도 이제 초로에 접어들었으니 재상봉해도 편안하지 않은 나이다. 어쨌든 동행인과의 점심 타임에서 혼자 빠질 수도 없으므로 삼길포 6층 건물을 힐끔힐끔 훔쳐보면서 '저 집이구나.'하며 다음 방문을 꼽아본다.

문득 큰며느리 작은며느리 함께 모인 상상의 저녁상을 덩두렷이 떠올린다. 사내는 자갈치 트럭을 몰고 아낙은 횟칼을 갈며 돈을 모았을까. 사내의 활어 꾸러미에서 비린내가 쏟아지면 아낙은 풋것 골라 수족관에 넣고 시든 생선은 저녁 밥상에 올렸을지도 모른다. 아들 하나는 1층 마트 사장님이고 둘째 아들은 주방장 출신 횟집 대표리라, 소설처럼 밑그림을 펼쳐본다. 그렇게 아이들이 죽순처럼 성장할 때 어른들은 등걸처럼 피부가 쪼그라들었으리라.

총각 선생 시절 유도혁 선배가 월간지 〈여고시대〉에 기고한 글에서.

'우리 아이들이 행여 어른들이 원하지 않는 길을 가더라도 크게 우려할 만한 것이 아니라는 것을 나는 믿는다.'라고 썼었다. 그 문장 중에서 '우려할 사안이 아님을 믿는다.'에 밑줄을 그었고, 나 혼자 '믿는다'라는 서술어 앞에 '감히'라는 부사어를 새롭게 붙여 놓고 결의를 다졌었다. 그냥 '믿는다'가 아니라 '감히 믿는다'니 얼마나 아스라한가. 실제로 논산 쌘뿔여고 보리 이삭 소녀들의 일탈이란 게 그런 수준이었다. 자율 학습 시간에 실내화 바람으로 빵을 사먹으러 가거나 교회 남학생들과 분식집에서 '하하호호'하는 사소함이니 안도할 만했다.

나머지는 감당하기 힘들었다. 교단 경력 30여년, 여덟 학교를 거치면서 '차마 옮길 수 없는 험악한 상황'들을 겪으면서 '아이들을 스승처럼 섬기리라.' 주술처럼 외우던 문장을 꺼이꺼이 지웠다. 알몸에 붕대를 칭칭 감던 누에고치 소년이나 물속에서 영원히 눈을 뜨지 않았던 조약돌 제자를 떠올리며 나는 절망했다. 오토바이로 하늘을 날거나 망루에서 떨어지는 새파란 몸들을 체득하면서 조심조심, 살얼음판 깨질세라 소심증이 더 심해졌다.

'독곶 — 대산' 통근길은 대도시의 출근길처럼 차량 통행이 밀리고 줄을 잇는다.

차이점이 있다면 무시무시한 대형 트럭과 통근 버스 사이사이에 승용차가 끼어 있다는 점이다. 작은 승용차 바로 뒤를 쫓아가는 덤프트럭은 '병아리를 쪼으러 쫓아가는 어미 닭'처럼 조마조마하다. 더러는 '어린 아이를 때리려고 후두두 쫓아가는 주정뱅이 아비를 아슬아슬 지켜보던 가슴 여린 소년의 눈빛도 있었다.

장마철이었던가. 아랫집 익구네는 가로림만으로 흐르는 새천의 오두막집 가족이다. 그 오두막에는 아비와 아들 단 둘만이 살았다. 일곱 살 아들이 새로 산 검정 고무신을 물살에 떠내려 보낸 게 문제다. 익구네 아저씨가 고무신을 찾아오라며 당장 작대기 들고 쫓아갔다. 술 취한 아비는 식식대며 쫓아다니고 쬐끄만 아이는 사타구니에 방울 소리 나게 도망치는 풍경을 보다가, 나는 빗물 장판에 주저앉아 버렸다.

장마철 급류에 익구의 몸이 겁 없이 담겼기 때문이다. 버드나무 끝에 걸린 고무신을 꺼내기 위해 이미 배꼽이 찰 정도로 첨벙첨벙 들어가는 것이다. 그 순간 여울목 물살이 바지개처럼 쏟아져 온다. 위험하다. 아저씨가 작대기를 내밀어 아들을 꺼내 올렸으니, 두들겨 패려던 몽둥이가 구명줄로 변신한 것이다. 익구는 울고 아비 혼자 장대비 맞으며 풍년초 빨던 그 바다다.

이제 나는 나이를 먹었다.

밤 두 시, 슈퍼 문짝 두들기며 소주를 꺼내 오던 내 청춘은 지나갔다. 이제 아스팔트에서 캔맥주 마시며 꽁초를 주워 피울 수도 없으며, 지하도 노숙에서 구두를 베개 삼아도 로망이 아니며, 신새벽 부뚜막에서 동치미 국물을 들이키면 품격이 떨어질 연륜이다. 내 마음을 억제하며 몸을 지킬 시점이다.

그러나 '혼자 있을 때를 삼가라.'는 율곡의 경구를 아직 지키지는 못한다. 4월 쑥떡으로 아침을 때우기도 하고 컵라면에 물을 붓거나 햇반을 데워서 새벽 곱창을 채운다. 가장 편한 건 역시 빵인데 설탕이 너무 많아 당뇨가 위험하다. 초로의 자취생은 전자레인지가 없으므로, 밥통에 보온을 찍고 냉동고의 찬밥을 넣은 다음 온기를 기다린다. 요새는 교무실 탁자나 상점 진열대에서 공짜 먹거리를 만나면 슬그머니 주머니에 집어넣는다. 도넛이나 꽈배기, 방울토마토나 새우나 오징어를 푸대 자루에 꽉

섬진포 그림자는 어디서 지워졌을까?

채워 놓고 야금야금 꺼내 먹고 싶다.

오늘은 전입 이후 처음으로 전교조 서명을 받았다.

언제부터였나, 비장감이 잦아지면서 서명조차 잡무처럼 진부해졌다. 1980년대 신군부 시국처럼 목숨 거는 결단이 아니라 그냥 이름자를 올렸다가 상황이 생기면 공동 대처하는 것이다. 전교조는 그렇게 노익장의 몸이 되어 '유리 항아리 안고 바위산 오르듯' 조심조심 보듬어 가는 중이다. 젊은 교사에게 서명 용지를 주면서 그들의 가부 판정이 내려질 때까지 옆에 서서 기웃대며 기다리는 초로의 몸이 불편한 것이다. 이번에는 쿨 메신저를 사용해서 단순화시켰다.

선생님들께 교원노조법 개정 청원 서명을 부탁드립니다.

지난 2월인가요, 해직 교사를 전교조에서 제외시키지 않으면 법외노조로 만들겠다는 방침에 대한 반대 청원입니다. '교단을 쫓겨났으니 이제부터 교사가 아니므로 노조에서 탈퇴시켜야 한다.'는 논리는 참으로 생뚱하고 비정합니다. 15년간의 합법 정책이 잘못되었다는 뜻인가요. 현재 ILO(국제노동기구)에서도 우리 정부에 시정권고를 내린 상태입니다.

전교조 조원합원이 아니라도 우리는 한 울타리에서 살아가는 동반자입니다. 서명 용지를 받으신 선생님께서는 옆 선생님께 돌려주시고 맨 나중 선생님께서 강병철에게 돌려주세요.

그리고 4장을 복사하여 부서별 교무실에 따로따로 돌렸다. 3교시 수업 후 자리에 돌아오니 넉 장의 용지가 내 자리에 옹기종기 모여 있어서 안도감으로 가슴을 쓸었다. 서명 용지를 전교조 충남지부에 팩스로 보냈으니 지금은 일단 마음이 편하다. 그렇게 봄날의 일상이 시작되는 것이다.

수능이 끝나면
초겨울이다

수능 시험 감독 새벽 출근을 위해 어머니 집에서 잤다.(老父
母님은 서산에서 사시고 나는 대산읍에서 자취를 한다.) 내 집
에 없는 TV 앞에서 아주 오랜만에 뉴스도 보았다. 리모컨을 누
르자 한반도 최초의 여성 대통령이 영국에서 꽃마차에 오르내
리는 팡파르 장면과 통합진보당 의원들이 눈물을 흘리며 삭발
단식 중인 스크린이 번갈아 나타났던가.

비바람 때문에 잠을 설쳤고, 단숨에 새벽.

수험장 가는 늦가을, 가으내 노란 폭소 터치던 은행나무가 나
목으로 변신한 건 간밤의 비바람 탓이다. 지금도 바람이 불 때마
다 은행잎과 단풍, 오동잎이 뚝뚝 떨어진다.

'봄은 기쁨의 계절이고 가을은 슬픔의 계절이다.'

그 표현은 관념이지만, 기쁨의 단순 표정보다는 슬픔의 섬세
한 표정이 훨씬 복잡다기한 것은 분명한 사실이다. 이제 저 은행
잎도 가을비 한 차례로 죄다 쏟아졌으니 천상 늦가을의 풍광을

표성전 큰가들이 울리라우

훔쳐가는 '도둑비'가 되리라.

　제 53지구 수험장 입구.
　각자 학교 수험생을 기다리는 후배들 인파로 술렁인다. 수험
생 안내 교사로 나온 대산고 학생부장 김영곤 선생이나 사립 전
교조 이준환 선생도 만나면.
　'그 나이에 왜 고생을 사서 해요?'
　그런 사람 좋은 문장들은 무덤덤하게 받아들이며 새벽 찬바
람 속 생강차 한 잔을 마신다. 나이를 먹을수록 입은 다물고 지
갑만 열라고 했던가. 그저 시험장 최고령 등장 인물임을 보람 있
게 해석하는 중이다. 여기저기 플래카드.

　'느낌 오잖아. 합격 대박 감사하쟈냐.'
　'아싸 – 수능 ★거 아니라구.'

　생경하던 문장도 지금은 익숙하게 다가온다.
　이 학교는 참으로 깨끗하다. 건물과 잔디밭이 쾌적한 조화를
이루는 게 마치 대학 캠퍼스 같은데 무엇보다도 관리 요원 모두
가 생글생글 친절해서 좋다. 수험장 본부팀이 괜히 인상이나 구
겨서 기분 잡치던 기억도 있었으니.

　某 공립학교 수능 감독관 예비 소집 때였으니 16년 전의 일이다.
　문어 이마 번뜩이는 교감님은 감독관들에게 초장부터 인상을

쓰며 미주알고주알 쑤셔댔다. 입실이 3분 늦었다는 둥 신발 정리가 산만하다는 둥 두렁을 파더니, 끄떡끄떡 조는 스승 하나를 딱 겨누어.

'전투에서 패배한 지휘관은 용서하지만 경계를 놓치는 지휘관은 사형인 거를 모르시홋!'

완장 포즈로 제압하려기에 또 기분이 잡쳤지만, '참다, 참다, 끝까지 참을' 수밖에 없었다. 그랬다. 교단에는 천태만상의 스승이 있는데, 그중 괜찮은 동료가 있어서.

'저니와 함께 근무하고 싶다.'

함께 가는 분필밥 동지로 흐뭇하게 규정하다 보면 느닷없이 명퇴를 신청해서 나를 허탈하게 했고, 더러는.

'저런 사람이 왜 교직을 택했을까?'

한심하게 보며 혀를 차던 사람 중 몇몇은 갑자기 카리스마 통솔자로 변신해 착한 스승들을 놀라게 했고, 오래도록 부글부글 끓게 만들었다.

나중 얘기지만, 그해 다른 시험장보다 점심값 5,000원이 덜 지불되었다. 몇몇 감독관 동지들에게 항의하자고 했으나.

'…… 바빠서.'

'그냥 대충…… 넘기지. 5,000원인데 모.'

우물쭈물 발을 빼기에 내가 즉각 전화를 했다.

'모든 교사에게 당장 돌려 주시오. 여차하면.'

일을 대판 벌이겠노라 별렀었는데,

다음 날 '사무 착오였다.'는 절절한 사과 편지와 함께 돌려받았고.

10여 년 전 연구부장 시절에 나는.

수능 업무 기획 담당자였다. 감독관 명단과 매뉴얼을 작성하고 공문 발송, 교실 책상 배치, 각종 도구 점검, 그리고 신새벽 어둠을 뚫고 시험지를 인수하러 교육청까지 택시 질주를 했다. 경찰차를 앞세우고 숙직실에서 새벽밥을 먹던 그때까지가, 왕성하게 활동하던 중태기 스승 시절이다.

'수험생들이 편안하고 안정되어야 한다.'

8시 10분에 시작하나 아주 쪼끔 늦는 것은 봐줄 수밖에 없다. 30분 이후는 완전히 출입 금지니, 마감 직전 경찰차나 오토바이로 퀵서비스 상품처럼 배달되던 장면도 삼삼하다. 날씨가 따뜻하면 석유 값도 절약하면서 정신없이 일하는 게 때로는 재미도 있었지만.

듣기 평가 직전 스피커 고장이 나서 미치고 환장하는 줄 알았다. 돌발 상황에 대비하여 교실마다 라디오를 들여놓긴 했지만 만약 누군가가 라디오 작동을 못하거나(꼭 나 같은) 에러가 생기면 당장 감당할 수 없는 사태가 터질 수도 있다. 다행히 딱 30초 전에 고쳐졌던 것 같다.

먼저 수험생들에게 핸드폰 제출을 요구한다.

시험장 반입 금지 물품은 그 외에도 디카, MP3, 전자사전, 카메라 펜, 전자 계산기, 라디오 등인데 그중 핸드폰이 가장 위험하다. 휴대 가능 물품은 신분증, 수험표, 연필, 흑색 지우개, 수정 테이프, 연필심이며, 나머지 모든 물품은 시험 시작 전에 가

수능이 끝나면 초겨울이다

방에 넣어 시험장 앞으로 제출한다. 일단 일사분란한 움직임을 보면 그럭저럭 진행 중인가 보다. 그래도 조마조마하다.

OMR카드 아랫 부분에는 필적 확인란이 있다.

'문제지 표지의 안내 필적 문구를 아래 필적 확인란에 정자로 반드시 기재해야 합니다.'라고 쓰는 이유는 혹시 시험이 끝나고 오답 여부 이의제기하는 수험생의 시험지 본인 여부를 감정하기 위함이다. 이번 문장은.

'꽃초롱 불 밝히듯 눈을 밝힐까'

그 아름다운 문장이 순전히 필적 확인용이다. 대학 동기 최인경 선생의 시화전에 걸었던.

저마다

산둥성이 너머

외등을 타고

오는 손님

그 문장을 오버랩시키며 나 혼자 흘러간 센티멘털에 젖어 본다. 꽃초롱 위로 외등이 겹치면서 첫눈 덮이는 밤풍경이 알싸하게 펼쳐진다. 모든 게 등불 같다. 늦가을 은행잎도 알전구로 반짝이고 비탈길 억새꽃도 네온사인 군무(群舞)다. 그러니까 촛불시위가 몸을 당기는 마력이 존재하는 것은 어둠과 불빛의 대비 때문이다.

수험생은 굳어 있고 감독관은 유의 사항 몇 가지를 읽어 준다.

· 답란의 수정을 원할 경우에는 수정 테이프를 사용하여 완전하게 수정하여야 합니다. 불완전한 수정 처리로 인해 발생하는 불이익은 수험생에게 있습니다.

· 답안지 교체를 원할 경우 교체 가능합니다.

두 번째 '답안지 교체' 운운의 속뜻 역시 책임 소재에 대한 규정이다. 수험생이 종료 직전 답안지 교체를 요구할 때 감독관이 먼저 '시간이 부족하므로 바꿔 줄 수 없다.'고 판단하지 말라는 것이다. 답안지의 완성 유무는 수험생 책임이니까 일단 교체해 주는 게 원칙이나, 위험천만의 소리다. 마킹 도중 종료 벨이 울리면 엄청난 갈등이 생길 수밖에 없다. 솔직히 감독관으로서는 답안지 개수가 중요하지만 수험생에겐 인생이 걸린 문제다. 그래서 나는 반드시 5분 전에.

'여러분 마킹 다시 확인하세요.'

이 말을 덧붙인다. 종료 2분 전. 누군가 손을 번쩍 들기에 깜짝 놀라 다가갔더니 오히려 어리둥절 처다본다. 하품한 거란다.

웅진여중에서 수험생 관리실 요원으로 일할 때이니 이십 년 전이다. 종료 벨이 울렸는데 웬 여학생이 감독관을 따라와 울며 불며 항의하는 것이다.

"쓰고 있는 답안지를 어떻게 빼앗아갈 수 있어욧?"

"종이 났잖핫!"

멸치 감독관의 안경 속으로 시베리아 찬바람이 쌩 — 몰아친다.

"어떻게 빼앗아 가느냐구요? 쓰고 있는 중인데."

"종이 울리면 손을 머리 위로 올리고 일체 아무 것도 쓸 수가 없는 거라구."

시험장 본부장인 학교장 역시 어쩔 수 없다며 난감한 표정으로 고개 돌린다. 옆에 있던 유지남 선생이.

"교장님 입회 하에 쓰게 합시다. 어차피 답안지에 빨간 볼펜으로 표시가 되어 있으니 커닝은 아닙니다. 시험장 본부 합의 하에 결론을 내리면 수험본부 공동 책임이니 아무 이상이 없습니다."

교장님의 마음이 유 선생의 판단 쪽으로 갸웃갸웃 돌아서려는 순간, 젊은 팬더 교사님이.

"저는 반대입니다. 저 학생이 답안지를 쓰게 되면 그 때문에 이 나라의 다른 수험생 하나가 불이익을 받게 됩니다."

길을 막는 것이다. 1초가 급한 '발등의 불'앞에서 '종이 울리면 가차 없이 답안지를 걷어야 하는가.'를 주제로 찬반 토론을 벌이게 될 판이다. 그때 50대 해마 교사가.

'애야, 이리 와라. 너는 나하고 얘기하자.'

졸도 직전의 생머리 수험생의 눈빛이 구원의 지푸라기라도 잡으려는 반짝 표정으로 회오리처럼 빨려 들어간다. 그러나 결론은.

"남은 시간 열심히 임해서 실수를 최대한 만회하라."

겨우 그 얘기다. 400점 만점에 100점이 날아갔는데 나머지 점수를 잘 채우라는 얘기만 간곡하게 되풀이하다니, 참으로 안타깝다, 수험생 소녀는 그렇게 한 시간짜리 답안지를 통째로 날려 버렸다.

내 피붙이 수험생 하나는 딱 한 문제 실수로 절망의 나락에 빠지기도 했는데.

'x의 3배를 구하라.'인데 'x의 값을 구하라.'인 줄 알고 단박에 마킹했다나. 그 한 문제가 빗나가는 바람에 대학 레벨을 지방으로 낮췄으니, 그게 운명이다. 그러니까 '400점 중에서 100점을 잘라 내고 나머지 시험이라도 최선을 다해야 한다.'는 논리는 관념적 착각이거나 거짓말이거나 감독관의 오만이다.

내용의 차이가 있겠지만, 某 수험장 남학생의 경우.

완성을 못한 채 종이 울려서 답안지를 걷어가자 옥신각신하다가 울컥 자기의 답안지를 구겨 버렸다. 파손된 OMR 카드는 사유서를 받아야 하는데 그 터프 수험생이 절대 응할 턱이 없으므로 아주 난처해지는 것이다. 상부 기관으로의 보고 자체가 점입가경으로 골치 아파지니까 어쩔 수 없이 답안지가 교체되었다나, 이건 목로주점에서 들은 얘기다.

또 있다. 종이 울리면 손을 머리에 얹으라는 규칙이 못마땅하다.

내가 수험생에게 그냥 책상 위에서 손만 떼라고 하는 이유는 '머리에 손 올려.'가 오랏줄 체벌 자세이기 때문이다. 전쟁 포로 소환 방법이 그렇고 교도소 죄수들이나 범인 체포 현장도 바로 그 자세다.

중2 때 수학님은 졸거나 한눈 파는 아이들을 불러내어 손을

수능이 끝나면 초겨울이다

올리라고 한 다음 아랫도리를 더듬었다.(그게 《토메이토와 포테이토》에 나오는 '선생님의 나쁜 손')이다. 구경꾼인 줄만 알았던 나도 걸렸다.

"손 올렷."

나는 몸을 비틀었지만 사타구니로 침범하는 '선생님의 나쁜 손'을 피하진 못했다. 그의 손이 문어 흡반로 더듬을 때 이웃 학교 수송공고 담벼락으로 금빛 꾀꼬리가 날아가는 것을 보았다. 너무 아름다워서 아, 탄성을 지르자, 선생님이.

"존냐?"

아이들이 책상을 치며 자지러지는 순간 나는 자살의 충동을 느꼈었다.

1교시 부감독은 내 딸처럼 젊고 풋풋한 여교사다.

보리 이삭 그미는 총기 서린 부사수처럼 '넷.' '넷.' 하며 **빠릿빠릿** 움직인다. 아무튼 등푸른 초임 교사와의 동행만으로도 마음이 편안하다. 교실의 수험생들도 새싹처럼 조심조심 움직인다. 한 배를 탄 동반자를 혼자 속으로 해부한다.

1980년대 필리핀 마르코스 군부 정권 때였던가.

민주화 운동가이자 대통령 유망주였던 니노이 아키노(코라손 아키노 대통령의 남편, 노이노이 아키노 대통령의 아버지) 암살 직후다. 마르코스 21년 독재와 싸우기 위해 혁명가들이 섬을 지고 불길에 뛰어들던 중, 그가 암살자의 총에 맞았다. 그 후 시민들이 더욱 뜨겁게 광장에 모였고, 그 자리로 진압 탱크가 굉음을 터뜨리며 돌진하는 것이다. 대학생과 노동자, 승려와 수녀, 시민과 집시풍들이 탱크 정면에 우, 우, 우, 엎드리니, 그게 도도한 역사의 흐름이다. 하지만.

크르르르르르.

절을 하듯 납작 엎드려서 탱크 소리에 맞서는 것이니, 저 쇠붙이 괴물이 몸을 덮치는 순간 모두 죽는다. 아, 탱크가 멈추니 일단은 살았다. 그러나 뒤로 물러서던 탱크가 철컹철컹 돌진하니 저항하는 시민들 모두 다시 오징어포가 될 것이다. 수녀는 옆자리 스크럼 팔짱 사내가 잘 생긴 총각이길 바라면서 죽음을 기다린다.

그 순간 최루탄이 터진다. 인간 사슬이 풀린 수녀는 문득 자기만의 팔짱 사내가 '미남이었을까.'를 설레설레 지우며 대열 속으로 흩어진다. 진한 인연이 그렇게 잊혀지듯.

그렇듯 우리도 필연의 스크린들을 놓치곤 한다.

1987년 6월 항쟁 서울역 광장 시위 때, 경찰들에게 '최루탄 쏘지 마.' 절규하며 웃통 벗고 달려오던 장발의 사내 필름도 떠오른다. 베트남 전쟁 때 네이팜이 쏟아지는 도로를 울부짖으며 도망치던 알몸의 소녀 판 타이킹 푸크로 사진도 그렇다.

'답안지에 낙서를 하건 불필요한 표기를 하였을 경우 불이익을 받을 수 있으므로 답안지를 깨끗한 상태로 제출해야 합니다.'

이건 옛날 수기 채점 시절에 수험생과 채점관 사이의 면식 암호를 방지하기 위함이다. 이 문장을 보며 가슴 아팠던 기억도 이 제 까마득하다.

엄지고 입시 때니 40여 년 전.

내 점수는 커트라인에서 30점 가량 높았으므로 불합격을 예 상하는 사람은 당연히 없었다. 아슬아슬한 경쟁을 피하려고 일찌감치 몸을 낮췄고 또 장학생이 되어 부모님께 기쁨을 드 리겠다는 기대도 숨겨져 있었다. 그러다가 그만 답안지에 낙 서를 한 것이다. 먼저 마친 시험 점수를 계산해서 답안지에 적 었고 얼떨결에 고바우 그림도 하나 그려 넣었고…… 답안지 를 자석에 끌리듯 어물어물 제출했다. 그날 밤 이불을 뒤집어 쓰고 울었고 오래도록 절망했다. 그리고 40년이 지난 나는 흘 러간 스크린을 떠올리며 답안지 낙서 여부를 더욱 조심스럽게 확인한다.

2교시 수학은 100분이다. 예전엔 네 과목짜리 사회·과학 120 분도 넘겼으므로 그까이꺼는 문제가 안 된다. 나는 80분과 100 분짜리로 비교적 긴 시간에 걸렸으나 노교사답게 불평 없이 받 아들일 줄 안다. 1교시 감독을 끝낸 다른 스승들이

'부럽습니다. 3교시를 쉬잖아요. 난 겨우 60분짜리를 쉬는데.'

즈이끼리 수런대지만 나는 '엎어치나 메치나 세월이 가게 되 어 있다.'며 초탈한 척한다.

3교시 영어 듣기 평가 직후 앗, 방귀를 뀌었다.

소리 나지 않게 엉덩이를 오므렸더니 냄새가 더 지독하다. 이 냄새가 물수제비처럼 퍼져 방귀 최루탄으로 변신한다면 고요의 수험실로 무시무시한 아수라 폭풍이 터질 것이다. 자칫 '수능 시험 가스 중독 질식 사태'가 터질 수도 있다. 여교사들의 화장품 냄새까지 인터넷에 오르는 판인데 감히 구린내를 풍기다니……. 다행히 게시판 옆 자리 두 수험생은 시험지를 받자마자 숙면에 들어가는 바람에 냄새를 느끼지 못하는 것 같다. 나머지라도 차단하기 위해서 입술을 쫘악 벌려 흡흡 빨아 마시니 목구멍이 바싹 마르면서 내가 먼저 질식할 것 같다. 그런데 이상하다. 애를 태우는 나 혼자만 바늘방석일 뿐 아무도 반응이 없다. 어려운 문제가 마음을 정화시키는 것일까? 수험생의 절반 이상이 초탈 도인처럼 가부좌 수면에 빠지니 감독관의 부담이 대폭 줄어든다.

기실 감독관 역시 3교시 때부터 맛이 가기 일보 직전이었다. 마이크에서 '타종 없이 시작합니다.'가 '사정없이 시작합니다.'로 들리는 바람에 나 혼자 '인정사정없이'로 바꿨다가 '피도 눈물도 없이'로 변신시키는 언어유희에 빠지기도 했다. 저물녘에는 '감독관님'이란 호칭이 '목욕관님'으로 들려서 나 혼자 키득대었다. 지치면 맛이 간다.

다섯 시 조금 넘었는데 날이 저무니 그게 동절기가 오는 신호다.
'여러분, 답안지 확인 방송이 끝난 후에야 귀가할 수 있습니다.'

아직은 모두 양떼처럼 다소곳이 길들여진 모습이다. 그러나 게임 아웃 직후 봇물처럼 빠져나가며 와자지껄 비늘 털기로 대번에 변신하니 아, 튼실한 젊음들이 눈부시게 아름답다. 오늘 밤 끼리끼리 일탈을 꿈꾸거나 웅성웅성 답안지 맞추면서 희비를 연출하리라.

이제 나는 감독관 일당으로 두부 부침에 겉절이 김치를 찢어서 막걸리 한 사발 마시고 싶다. 수능이 끝나면 억새꽃 하얗게 흩날리며 초겨울로 접어든다.

잃어버린 우방
그리고 <변호인>

함술래 시인 출판 기념회가 끝난 다음의 소소한 사단 하나.

시인은 내가 한국작가회의 대전·충남지회장을 맡던 2001년 즈음 초대 사무국장을 맡아서 지역 문단의 진보적 디딤돌을 만든 장본인이자 심지 출판사 대표다.(남편 윤영진님이 대표일 수도 있다.) 그가 시집 《혹시나?》(삶이보이는창)를 발간해서 지인들과 출판 기념의 자리를 갖는다는 소식통을 접수하고 공주의 유지남 선생, 최은숙 선생과 함께 동행했다. 대전시 변두리 어느 시골 산장에 30여 명가량이 모였던 것 같다. 소설가 송기원 선배, 그리고 유용주, 안상학, 한창훈, 박수연, 이정록, 이경호, 박남준, 이강산, 김해자, 조동례 등……. 익숙한 지인과 초면 얼굴의 합종으로 취하고 노래 부르다가 떡이 되기 일보 직전에 재빨리 줄행랑 놓은 것까지는 분명히 지혜로운 판단이었다.

공주에 도착해서 심야에 유지남 선생을 붙잡고 '딱 한 잔 더.'

를 사정한 게 가방 실종의 이유다. 충남작가회의 차기 회장 문제까지 상의하면서 술상 하나를 놓고 미주알고주알 중인데…….

겨우 밤 한 시에 투다리 아줌마가 댕동댕 시마이 시간을 알리는 것이다. 사실은 한 잔 정도는 더 마셔도 된다고 했지만 손님이 우리밖에 없어서 일단 바깥으로 나왔다. 그리고 옆집 바에서 딱 세 병 15,000원어치를 마신 다음 '유'가 잡은 택시를 얻어 타고 내가 먼저 다숲 아파트에 내린 것이다. 그리고 엘리베이터 번호판을 누르려다가.

'얼러, 가방이 읎네.'

중얼대며 아파트에서 떨어져 잠을 잤으니, 두 가지 실수를 범한 것이다.

첫째, 분실 순간 재빨리 '유'에게 전화를 해서 '택시 안에 가방이 있는가.'를 확인했어야 했다. 둘째, 가방 분실을 알았을 때 마지막 술집으로 되돌아가 분실 공간을 완전히 파악했어야 했다. 택시로 4분 거리 이내이므로 도보로도 10분이면 가능하니 당장 다녀왔더라면 어쨌든 단박 해결도 가능할 뻔했다. 하지만 나는 알딸딸 중독 상태로 판단을 잃어버린 채 침대에 누웠다.

'새해에는 더욱 감동이 넘치는 글을 쓰고 싶다. 그런데 마음대로 될까? 헤롱헤롱.'

'노 교사는 후배들의 존경과 사랑을 받아야 하는데 내 위치는?'

'나 혼자라도 짝사랑하듯 아이들을 좋아해야 되는 거야. 산이 나에게 다가오지 않으면 내가 산이 있는 곳까지 움직여야 하는

거지…… 하모하모. 우이씨— 정년 퇴임 타임이 4년 반이라. 길고도 짧다.'

　이런 한갓진 상념에 빠졌다가, 까무룩 잠이 들었고 천국과 지옥을 오르내리는 꿈에 시달렸던 것 같다. 낯익은 얼굴들의 표창 공격이 들어오면 나 혼자 매운 맛을 삼키며 억지 미소를 짓는 장면이다. 하긴 요즘 내가 노여움을 숨기고 미소와 친절 마인드로 바꾸려고 노력 중이긴 하다.

　이제 이순(耳順)의 문턱으로 달리며.

　세월이 늙고 고독하게 진행 중이므로 아이들을 대하는 자세도 조금 바뀌었다. 수능을 마친 고3 졸업반 소녀들이 촐랑촐랑 망아지처럼 등짝을 들이받으며.

　"선생님 저랑 헤어지더라도 울지 마세욧."

　날름 혓바닥 내밀면, 예전의 내 스타일은.

　"떠난 아해들 그리워하며 훌짝거리기에는 나도 바빠."

　송곳 농담으로 비켜났을 텐데 요즘은 노익장답게 유순해지고 부드러워져서.

　"울지는 않겠지만 가끔은 보고 싶어질 거야."

　한 발 빼며 유순하게 운을 뗀 다음.

　"이제 스무 살 청년답게 영화도 보고 술도 마시고 데이트도 해야겠지만…… 불현듯 옛 선생님도 떠올려 주라."

　'보고 싶어질 거야.', '떠올려 주렴.' 따위의 립서비스(?)를 던질 정도의 착한 버전으로 품성이 변신했다는 얘긴데.

〈변신〉 그리고 〈유혹〉

2013년 가을, 쌘뿔어고 1986년 졸업생 모임에.

28년 만에 나갔을 때에도 40여 중년 제자의 복판에서 내가 먼저 돌발적으로 마이크를 잡았다. 그러니까 스마트폰 밴드 모임에서 시작되어 28년만의 해후를 만들었단다.(밴드라는 명칭의 의미를 나는 현악기 2중주 모임으로 알았었는데, 그게 아니고 일종의 21세기 디지털 시대의 집단 소통 방식의 하나였다.) 이제 지천명으로 치달리는 그미들끼리의 수다 공간 중, '딸기 연구사'인 김현숙 제자가 내 작품《선생님이 먼저 때렸는데요》를 거론하며 전화번호를 깔아 주는 바람에.

기십 년 만에 그 옛날 보리 이삭 소녀들의 전화를 뭉텅이로 받기도 했다. 김은정, 김종분, 이옥희, 정정임, 송영희, 박정태, 서영숙, 김재숙, 강선빈, 도숙경 그리고 낯익고 낯설던 더 많은 목소리들……. 기실 나는 기억력이 좋은 편이라서 30년 전 담임반 소녀들의 번호를 좔좔 외우기도 해서 수탉 같은 아줌마 제자들을 깜짝깜짝 놀라게 만들기도 했었다. 그러나 절반쯤은 지워져서 가물가물한 그미들이 '나는요?' 하며 확인하러 올 때마다 두근두근했고.

마침내 그들의 28년만의 해후의 자리에 아주 잠깐 끼어들었다. 때까치처럼 재잘대던 소녀들이 어느새 장닭처럼 너털웃음치는 게 일단 편안해 보였다. 다음 일정 때문에 서둘러 자리를 나와야 할 때, 자발적으로 일어서서.

"여러분, 만나서 반가워요. 벗들의 2학년 3반 담임을 맡았을 때 저는 그 학교 남교사 중에서 두 번째로 젊었었거든요. 강산이 몇 차례 바뀌고 지금 근무하고 있는 대산 고등학교에서는 가장 연장자가 되었답니다."

운을 떼면서 지그시 눈꺼풀을 붙여 감회를 다듬은 다음.

"우리는 동시대를 함께 살아온 동반자입니다. 오늘 모인 자리가 이 순간 다른 자리에 있는 것보다 훨씬 보람 있는 시간이 되었기를 기대합니다. 보고 싶었구요. 앞으로도 오랜 동안 기억을 더듬을 것입니다."

그 간지러운 덕담마저 거울 보며 한참을 연습한 것이고.

이 순간 가슴이 아픈 것은 흘러간 제자들의 아슴아슴한 필름 사연이 아니라.

'잃어버린 가방' 때문이라니, 더욱 구체적이고, 유물론적이랄까?

그렇다. 가방을 떠올린 나는 화들짝 공황에 빠졌고 얼굴 색깔 자체가 파랗게 질려 버렸다. 누렇게 뜬 내 얼굴을 본 아내 왈.

"가방 잃어버린 걸 가지고 왜 그리 울상이셔? 거금이 들어 있는 것도 아니고 가방 속에 있는 원고는 USB나 개인 홈페이지에 저장되어 있을 거 아뇨?"

통 크게 달래 주지만 나의 누렇게 뜬 죽상 표정은 펴지지 않는다.

'메모가 수십 페이지 정도 적혀 있는 수첩 두 개', '김광선, 이재무, 함술래, 이정록 시집', '현기영 선생의 똥깅이', '2013년 작가마루 기관지와 시선집', '원고지 뭉치 250쪽(이건 다행히 USB

와 홈페이지에 옮겨 놓은 상태임.)', 'LPG 주유소에서 얻은 휴지 두 장'.

남들에겐 전혀 필요가 없을 소도구들이 나에게는 심장 반쪽이 떨어져 나간 것처럼 고통스럽다. 아무튼 호프집은 치킨집과 달리 날이 저물어야 영업을 개시하므로 그때까지 목을 빼고 기다릴 수밖에 없다. 문제는 가방을 찾더라도 월요일 출근을 위해 공주에서 서산까지 날아갈 수단이 없다는 점이다. 승용차가 없으므로 아침 첫 차로 움직여도 제 시간 도착은 도저히 불가능하다. 서산행 승용차 수배를 위해 두어 군데 전화를 했으나 모두 연결이 되지 않았으니 방법은 초저녁에 출발해서 일단 서산 방향 중간 경유지까지라도 가보는 것이다. (학교는 서산에서 시내버스로 또 40여 분을 더 간 다음 10분가량 또 걸어야 함.) 그게 안 되면 갈 수 있는 데까지라도 움직이는 수밖에.

그런데 중간 경유지라?

출근 전날 소도시 어디쯤 여인숙이나 찜질방을 더듬거려야 한다는 건 웬 청승인가? 운전 면허증이 없다는 특이성이 순간 구차함으로 변신하던 찰나다.

걱정은 또 있다. 만약 호프집에 가방이 없으면 택시에 놓고 내렸다는 결론인데 그걸 무슨 수로 찾을 수 있을까? 공주시 택시 연합회라는 게 있을까? 있다면 가방 소재 파악이 가능할까? 택시기사가.

'우이 씨. 무슨 가방이 책밖에 없네. 원고지는 또 모야. 꺼꼇.'

아스팔트로 집어던지면 어쩌나? 만약에 습득하고도 그네들이 시치미 뚝 떼면 무슨 방법으로 설득할 수 있을까? 도리질 치며 안절부절한다.

이튿날 한낮,

망자 윤중호의 장인상 상갓집에서 '동갑계 우금치 모임'의 최태규 · 민혜경 부부에게도 대뜸.

"가방을 잃어버렸어요."

울먹울먹 고백하며 위안을 받으려 하니 합석했던 망자의 친동생 윤광호 선생이 소주잔 채워 주며 흘흘흘 웃는다. 그러거나 말거나 황호명 · 황재학 등의 벗들에게도 듣거나말거나.

"지구여, 멈춰라. 깜빡 가방을 놓고 왔다."

후엉후엉 일그러진 내 표정이 안쓰러워 보이니까 저마다 한마디씩 립서비스 말씀으로.

"걱정 마. 가방이 불쑥 나타나 '주인님, 나 여기 있슈. 워디 갔다 이제 오셨댜?' 할 거야. 강 작가. 힘 내슈."

구경꾼들이 깔깔깔 던져 주는 건빵 조각을 날름날름 받을 뿐이다. 그러니까 제3자에게 가방 분실 사연에 애타게 동참해 달라는 호소 자체가 말이 되지 않음을 안다. 아무튼 초저녁 공주터미널에서 도보로 20분 거리 투다리 호프집까지가 그날따라 아득하게 멀었다. 황량한 시베리아 벌판처럼 춥고 배고픈 이유는 거뭇거뭇 땅거미 탓일 것이다.

5시 21분 15초.

투다리 문은 아직도 굳게 잠겨 있었다. 까치발 서서 유리창 안쪽을 요기조기 살폈으나 아무 기미가 보이지 않는다. PC방이라도 가서 자투리 시간을 때워야 하나? 거긴 중고생들이 시불시불 욕설을 내뱉으며 광기 세우는 전쟁터일 텐데…… 경사진 도로를 쭈뼛쭈뼛 두세 번 오갔더니 그 사이에 호프집 문이 열렸다. 여기에 가방만 있으면 모든 게 해결된다. 아자자자, 씩씩하게 문을 열어 제킨다. 그러나 사람 좋아 보이는 주인 아줌마가.

"어제 아저씨가 큰 가방을 메고서 휘청휘청 나가셨잖아요."

그러니까 여긴 아니라는 얘기다. 더욱 불안한 마음으로 마지막 맥줏집으로 직행했으나 그마저 문이 굳게 잠긴 것이다. 투다리에 물어보니 그 집은 여덟 시는 지나야 문을 연단다. 두 시간이나 남았다. 아, 저 철옹성 문이 영원히 열리지 않을 것 같다,며 조바심 주특기에 빠진다. 간밤에 인질극이라도 벌어졌으면 경찰이 출동하고 사건 해결 때까지 외부인 출입을 금지시킬지도 모른다, 며 혼자 수렁에서 허우적거린다. 서산행 버스는 완전히 종을 쳤지만 지금은 그게 문제가 아니다.

그때 저만치 번뜩이는 시네마 극장 '공주 메가박스'다.

영화 제목은 〈변호인〉.

주저 없이 표를 끊었으니, 〈변호인〉 관람의 부채 해결도 있으나 어쨌든 스크린 몰입으로 불안감을 벗어나려는 작전이 더 크다. 소문대로 극장은 만원이었다. 작년도 안식년에 토지문화관에 거(居)할 때 원주 영화관 입장 이후 처음이다.

"대한민국 주권은 국민에게 있고, 모든 권력은 국민으로부터 나옵니다.

국가란 국민입니다."

그 순간 감회에 빠져. '영화가 사람을 이렇게 설득시킬 수 있구나.

민주주의여 만세.' 그런 힐링에 젖었던 게 확실하지만,

극장을 나오는 순간 쌩— 날아가 버렸으니,

다시 가방이 떠오른 것이다. 찬바람이 이마를 스치면서

'잃어버린 가방'이 벽돌처럼 머리를 때리는 것이다.

변호인

나는 원래 영화에 취미가 없는 편이다. 독서처럼 머리를 쥐어 짜지 않아도 되는 장점이 있다지만 솔직히 몸의 세포가 영화 체질이 아닌 것이다. 특히 외국 영화는 도대체 그 얼굴이 그 얼굴 같아서 인물 구분이 헷갈리고, 국산 영화라도 잔인한 장면만 나오면 눈을 감는 겁쟁이 체질이라 〈설국 열차〉나 〈피아테〉까지 시도하지 못했다.(물론 인터넷 예고편도 보았고 내용도 빠드름히 외운 상태다.) 뱀파이어나 좀비가 나오는 영화도 무서워서 못 보고 너무 야한 영화는 뚜껑이 열려서 견디지 못하니, 〈전우치〉나 〈미워도 다시 한 번〉, 〈8월의 크리스마스〉 수준이 내게 딱 어울린다. 아무튼 잃어버린 가방 덕분에 극장 맨 앞자리에 앉을 수 있었다. 구태여 망자 노무현을 떠올리지 않아도 칼날 같은 대사들이 가슴을 후볐다. 먼저.

"이의 있습니다."

그 소리다. 1992년인가? 김영삼 정권 직전 그들끼리의 '3당 합당' 선포 때 국회 회의장 구석에 묶인 채 그가 부르짖었던 외마디 문장이 '죽은 제갈공명의 마차'처럼 불쑥 앞을 막는다. 그랬다. 금배지들이 무게추 따라 우르르 줄을 맞출 때 그 사람 혼자 일탈하여 '바보'가 되었다. 아무도 보는 사람이 없었으므로 안심하고 나 혼자 펑펑 울었다. 모두가 침묵할 때 나 홀로 일어나 '아니오.'라고 가로막기 위해 식은 땀 흘리던 기억들에 대한 죄책감들이다.

'계란의 생명성으로 죽은 바위를 이길 수 있는 날을 꿈꾸며.'

알전구 아래서 책을 읽고 가리방을 긁었다. 계란에서 깨어난 닭이 언젠가 바위를 뛰어넘어 저 푸른 자유의 하늘을 날아다닐 수 있으리라, 손바닥 모으며 《우상과 이성》이나 《페다고지》를 읽었을 것이다. 민초들은 그렇게 다시 일어서는 들풀이 되어 포클레인 그릉그릉 밀려오는 아스팔트에서 눈빛 맑은 사마귀로 길을 막기도 했다. 하여, 1980년대 초, 젊은 지사들은 오랏줄에 묶인 채 지옥을 만났으니.

만신창이가 된 그들의 원군은 가방끈 짧은 상고 출신 변호사 송우석.

그가 돈벌이 변호사로 승승장구하다가 부림사건을 맡으면서 처음으로 세상에의 눈을 뜨는 것이다. 국밥집 아들이 국가 보안법에 연루되어 끌려가자.

'그 애가 그럴 리가 없어.'

하는 식으로 '계란과 바위의 싸움'이 시작되니 그게 잠든 세상 깨쳐 가는 출발점이다. 아람회 사건, 오송회 사건, 금강회 사건이 모두 실체 없이 국가 보안법 올가미에 걸렸듯이 부림사건 역시 '깨어 있는 영혼끼리의 행복한 울타리' 이외의 아무 실체가 없다. 아무튼 재판 초입에 젊은 변호사가 그렇게 외친 것이다. 영화 속의 그 문장은 1981년 신군부 정권이 배경이다.

"이의 있습니다."

"아니 재판을 시작도 안 했는데 무슨 이의요?"

"헌법 ○○조 ○○항에 의하면 재판정에서는 피고인들의 손목에 채인 수갑을 풀어 줘야 하고 의자에 앉은 상태로 재판에 임해야 합니다."

범인으로 단정해 놓고 재판하는 법은 없는 거라며 법정 공방이 파도처럼 출렁거린다. 변호인 반대 심문 과정에서 피고들이 고문과 구타의 과정을 조목조목 털어 놓자 방청석은 금세 울음 바다가 되었다. 또 있다. 육군 중위 계급장의 맑은 눈 군의관이 결정적 증언을 할 때는 아, 하는 안도감이 채워졌으나 곧바로 헌병대에 의해 체포당하는 등 반전에 반전을 거듭한다. 승리의 반전 장면에선 60년대 천막극장 관객들처럼 박수가 터졌고 패색이 짙어지면 고요 속에 마른 침 넘어가는 소리만 꿀꺽꿀꺽 들렸다. 그가 검사 측 증인과 재판정을 향하여 다혈질의 혼을 짜내며 절규하는 장면이 카타르시스의 절정이다.

"대한민국 주권은 국민에게 있고, 모든 권력은 국민으로부터 나옵니다. 국가란 국민입니다."

그 순간 감회에 빠져.
'영화가 사람을 이렇게 설득시킬 수 있구나. 민주주의여 만세.'
그런 힐링에 젖었던 게 확실하지만.
극장을 나오는 순간 쌩─ 날아가 버렸으니, 다시 가방이 떠오른 것이다. 찬바람이 이마를 스치면서 '잃어버린 가방'이 벽돌처럼 머리를 쾅 때리는 것이다.

"오— 가방아, 너 본 지 오래구나."

머리에 인 어항처럼 흔들리던 번뇌의 스크린이 단칼에 해결되었음을 탄성과 함께 재빨리 밝히고 싶다. 고맙다. 내 가방은 맥줏집 카운터 옆 어둠 속에서 박제상의 망부석처럼 조붓하게 주인장을 기다리는 중이었다.

'장하다. 내 가방. 이제 아무리 맛이 가도 너와 헤어지지 않을 거야.'

내일 등굣길 걱정은 까맣게 지운 채 초로의 그 사내 혼자 감격에 서려 어깨를 떤다. 가방 안에 건빵이나 소주가 있었더라면 일단 마시고 깨무는 것부터 시작했을 것이다. 지금은 단지 벅찬 가슴을 달랠 길 없어.

'이보시오. 나 가방 찾았오. 당신도 기쁘죠?'

여기저기 문자를 띄워 보냈더니, 흐흐흐, 유지남과 최은숙 선생이 축하의 메시지를 보내기도 했다. 겨울 밤, 썩은 새같은 어둠이 소도시 빌딩을 덮는데 나 혼자 '조심조심 징검다리 건너듯' 노래 부르며 가슴을 쓰다듬는다.

그리고 아주 잠깐이지만 '자전거 타던 망자 대통령'보다 내 가방에 초조했으니, 지켜 주지 못해서 미안하다. 사랑한다.

아내와 함께한
26년 만의 탐라 여행

내 아내 박명순, 그미는 '젖은 손이 애처로운' 신파조 청순가련형은 아니지만.

어린 한 때 신산의 고비들이 있었으니 대부분 농투성이 집안의 맏딸이라는 내력 탓이다. 생계형 농사꾼 8남매의 맏딸로서 동화책에 몰입했던 유년을 보내고 깡순이 소녀로 단련된 중학교 졸업 즈음이다. 고모네와 이모 등 동종 염색체 피붙이들이 우르르 몰려와.

"고등학교에 가지 마라. 아들을 가르쳐야 집안이 산다."

길을 막고 노란 딱지를 내미니, 그 시절 평범한 중농의 집안 여자들이 대개 그랬다. 6남매나 8남매 중에서 똑똑한 피붙이 두엇만 뽑아서 가르쳤고 나머지 조갑지들은 일찌감치 공장이나 식모살이, 밭매기 품앗이꾼 배치 대상 일순위였다.

"네가 돈을 벌어 와야 사내 동생들이 공부할 수 있다."

쐐기를 박으려는 순간 열여섯 소녀는 단호하게.

"농사 땡볕에는 제 피부가 너무 약하구요, 백화점 취업은 얼굴이 예뻐야 하는 거라구요. 저는 공부해서 선생이나 공무원 시험을 볼 참입니다."

곡절 끝에 파란의 고등학교 3년 과정을 간신히 마쳤는데,

다시 예전의 그 여성 돌격대 멤버들이 몰려오긴 했지만 이번에는 차마 대학 진학을 강력하게 제지하지는 못하고,

"대학 졸업하면 월급 받는 대로 돈을 꼬박꼬박 부쳐라. 집안에 돈이 필요한 때이니 결혼은 최대한 늦게 해야 한다."

그러나 직장을 잡자마자 다섯 살 더 많은 해직 교사와 결혼을 했으니,

난세의 시국 탓이 가장 크다. 해직 직후 최교진 선배가 주축이 되어 '짤린 스승'끼리 '민주교육실천협의회'를 꾸렸는데 시위 전력자 미발령 교사였던 그미가 사무실 간사였다. 그 시절 깨어 있는 청년들은 세상을 바꾸기 위해 육신의 희생이 지당한 줄 알았으므로 위장 취업과 벽보 작업, 직장 해고 그리고 불법 시위자가 되어 지하실에서 취조를 당하는 게 시국의 운명인 줄 알았었다. 그뿐이었다. 그 후로도 오래도록 소주병 비우는 것 빼고는 도통 놀이와 여흥을 몰랐다. 어쨌든 둥지에 내려앉은 식솔까지 책임져야 하니 '대추나무에 연 걸리듯' 주렁주렁한 꾸러미 보호 체제에 들어가야 했다. 봄날 햇살을 기다리는 사이에 병아리 새끼처럼 아들 딸도 태어나니 혼인 몇 년 동안은 절약을 몸에 달고 다니기도 했다.

강산이 몇 차례 바뀌는 세월이 훌쩍 지났고.

그 사이에 아장아장 떡잎들은 세포를 무럭무럭 배양시키며 미루나무 청춘으로 쑥쑥 뻗었다. 어느새 아비의 그늘에서 부은 발등을 식히지 않을 만큼 튼튼해진 이후 '젊은 산지니'들은 혼자만의 바깥세상 비행이 더 재미있단다. 보금자리에는 다시 초로의 접동새 둘만 남아 빨래를 널며 전화 소리를 기다리곤 한다.

어느 날 욕조 거울 앞에서 진하게 패인 주름살을 확인하면서 어디론가 훌쩍 떠나고 싶었던 건 순전히 이른 봄 햇살 탓이다. 그랬다. '노세 노세 젊어서 노세.'는 절대로 아니었지만, 기실 나는, 우리는, 노는 방법을 도통 모르면서 노동의 몸만 굴렸었다.

문득 떠오른 문장 '비행기 한번 타 보자.'였으니 부부살이 26년 만이다.

재작년 마라도 풍경을 떠올리며 둘만의 행차 나들이를 내질러 버렸다. 원래 2박 3일 정도 예상했는데, 공항에서 《탐라의 사생활》 저자 조중연 작가와 벗 박근희 선생을 만나 고등어조림과 제주 똥돼지와 선술집 소주를 번갈아 불 지르다 보니 대번에 5박 6일로 늘어났다. 중년의 그니들과 어울리면서 이마의 주름살이 조금은 부담스럽기도 했고.

기실 주름살은 초딩 때부터 반백년 관록이니.

청년 시절에는 바람 머리로 이마를 숨기고 살았는데 장년 이후 머리카락이 빠지면서 원조 속태가 들통 난 것이다. 벗들은 '모발의 재구성'에 대한 각종 정보를 제공했으나 나는 관심이 없었다. 빨랫비누 한 장으로 몸의 청결을 해결하려는 수전노 순결을 지키고 싶었으므로 컬러판 선전물들은 일찌감치 창고에 재워 두었다. 관심사는 오로지 '소주판 정복하기'였지만 그마저 프로급 선수는 아니고 상위 10% 정도였는데.

스물다섯 이후 놀이 종목 모두를 제거했는데 유일하게 탁배기 끈만 놓치지 않은 것이다. 비 오는 날에는 낮술도 때리면서, 아무리 미운 놈도 술상 앞에 마주하는 순간 마음이 하해같이 너그러워졌던 것 같다. 술을 사흘 정도 멀리 하면 얼굴이 뽀얘졌다가 다시 사나흘 거푸 알현하면 오리지널 빛깔로 불콰하게 회귀했다. 그렇게 도서관과 술독에 빠지기를 기십 년 쳇바퀴로 반복했다. 온가족 모두 도서관 마니아로 합체되어 출동했다가 저물녘에는 나 혼자 빠져나와 술에 젖었다. 그건 그렇고.

비양도 가는 선착장 한림 골목은 전형적 1970년대 신파의 재생품이었는데.

횟집보다는 조림이나 매운탕을 파는 집이 더 많았다. 자동차 엔진 소리 그리고 짐짝처럼 쏟아져 나오는 활어의 비늘 냄새는 마초 영화 어디선가 낯익은 풍경이지만 작부집 젓가락 장단 대신 단란 주점 조명으로 바뀐 점이 다르다고 할까.

"그냥 취침은 그렇고 맥주나 두어 병 비우자."

그러나 내가 귤과 맥주 세 병을 들고 숙소로 돌아왔을 때,

정작 먼저 운을 뗀 아내는 바위처럼 딱딱하게 곯아떨어져 있었다.

나 혼자 파도 소리에 엎치락거리다가 재미 교포 변무성의 전화를 받은 건 새벽 네 시다. 모텔의 여명 그리고 멀리 아메리카의 음습한 전파음을 들었다는 게 신기해서 초등학교 동창회 홈페이지에 뚝딱뚝딱 올렸더니.

이튿날 동창생 권오봉으로부터 문자 폭탄이 쏟아지기 시작했다.

"강 작가 제주도 이야기 좀 부석초 44회 홈페이지에 올려. 잉."

"인생 별 거 아냐. 죽을 때까지 마시는 거라구."

초등 시절 조무래기패들은 권오봉을 위시한 몇몇 벗들에게 깨지지 않기 위해 요리조리 피해 다녔었다. 나도 힘이 약한 편이 아니었으나 왈자패 여남은 명은 이길 수가 없었으니, 물리적 파워에서도 버거웠지만 깡다구에서부터 당할 재간이 없었다. 주로 송시리의 이종만, 김주회, 권오봉, 최병천 등(김태홍과 김기인은 초식 동물이었음.)과 취평리 서배근, 변무성 (김병수, 박양렬은 초딩 때까지는 내가 이겼었음.) 갈마리 서홍석, 서장원 등은 도통 겁이 없는 물건들이어서 내가 먼저 꼬리를 내려야 했다.

그 대신 우리 동네 대두리의 이장원, 서맹원, 서대원, 김원춘 등.

이들은 우연히도 식물성 성품에 좀씨 체격들이어서 내가 모두 이겼다. 악동 친구처럼 딱지나 개떡을 빼앗아 먹진 않았으나 오징어 가이셍때마다 뻥뻥 넘겨 버렸다. 그런 기억이 떠올라 나는 갈매기를 보며 히죽히죽 웃었다.

"그럽시다. 그 가이꺼."

가장 소담스러운 곳은 역시 비양도.

여객선이 담요처럼 작아서 소소한 파도에 통째로 흔들릴 때
부터 심상치 않았다. 섬 전체에 바퀴 달린 쇠붙이가 아예 없었으
므로 당연히 걸을 수밖에 없다. (한 바퀴 도는데 30분 정도) 해안
선을 돌다가 '뿨슈슈수' 숨비 소리를 만났으니 그건 해녀들이 숨
을 내뿜는 현장이다. 그랬다. 고전 영화 스크린에 등장하던 풋
풋한 '비바리 처녀'는 절대로 없고 모두 세파의 훈장이 주렁주렁
한 저물녘 인생이다. 간혹 40대 후반이나 50대도 있긴 하지만 대
개 6~80대 이상 노인급인데, 7~80대 늙은 해녀들은 가까운 해
안선 근방에서 자맥질하고 5~60대의 젊은 해녀(?)들은 좀더 깊
은 바다로 잠수한다. 서귀포 어디쯤의 플래카드에.

'삼춘 손지들 생각하영 물질할 때 명심합성.'

제주도에서는 남녀를 막론하고 어르신을 '삼춘'이라고 부르는데.
해녀는 정년 퇴임이 없으므로 섬나라 노친네들은 지팡이 짚
을 힘만 있어도 파도 속에 서슴없이 자맥질이다. 미역이나 돗나
물을 따고 더러는 호미날 세워 문어나 우럭을 두들겨 패서 바구
니에 담으니 그게 리얼한 생존 현장이다. 문제는 해마다 늙은 해
녀들 몇 명씩 바닷가에서 심장마비나 물살에 쏠려 숨지는 사태
가 일어나는 것이다. 바다에서 숨을 거두는 해녀의 원초적 비극
을 경고하는 현수막이 아, 가슴 아프다.

동창회 홈페이지에 올리고 싶었던 내용은 화가 이중섭의 생가.

서귀포 올레시장에서 연결되는 이중섭 거리는 보도블록이나 전신주, 맨홀이나 입간판 군데군데마다 망자의 자취를 아기자기하게 조각해 놓았다. 밤마다 조형물에 불이 들어와 장관을 이룬다.'며 자랑을 늘어놓는 사람은 주차 단속원 김 씨였던 것 같다. 공휴일마다 차 없는 거리를 만든다고 덧붙이는 그의 앞에서, 나는 깨진 가로등과 썩은새 같은 어둠만 떠올렸다.

기실 생가가 아니라 달랑 1.4평짜리 문간방이다.

이 칙칙한 공간에서 담배갑 은박지에 물고기와 게와 소와 짱뚱이를 그려서 반찬거리 적선하는 이웃들에게 한 장씩 선물로 주었다니 그게 이중섭식 생존 방식이다. 촌로들은 다락이나 수납장에 쑤셔 넣었다가 벽지로 땜방하거나 아궁이 불쏘시개로 소각시켰으니, 만약 그 그림을 남겨 놨더라면 한반도의 엄청난 문화유산으로 보존되었으리라. 그는 그렇게 평생 가난했고 술 담배에 절었으며 워커홀릭들의 코스처럼 정신 착란에 시달렸다.

이중섭, 이중섭 너를 죽이리라.

이중섭, 이중섭 참으로 신산의 사내를 만났다.

인터넷에서 '닭니'를 치면 강병철의 절판된 성장소설 《닭니》 사이에 이중섭의 몸에 옮은 '닭니'가 혼재되어 등장한다. 닭니의 몸은 1밀리이며 두상이 큰 체형이다. 닭의 연한 깃털을 먹고사는 기생물이니, 그걸 몸에 끼고 살았다는 건 맛이 간 환쟁이 이외엔 아무 뇌 구조도 남지 않았다는 얘기다. 그래서 그의 소는 미꾸라지처럼 용틀임하고 실에 묶인 게는 걀걀대며 거품을 끓이는가 보다.

무엇인가. 그의 소는 왜 차분하게 달구지를 끌지 못하고 그림 자처럼 휘어졌을까.

왼 뿔이 잘라진 이유와 벌름거리는 콧구멍의 실체가 궁금하다. 이상하다. 그의 생전이 허허롭게 덮일수록 그 울림의 거리로 봄날 풍경이 더욱 화사해지는 것이다. 그랬다. 입춘의 길목에서 서귀포는 이미 만발한 봄이었다. 유채꽃, 동백꽃, 수선화 향내가 미친년 치맛자락처럼 만세 삼창 중이어서 나는 서둘러 옷깃을 풀었다.

그 작업 중독 부류들은 왜 천편일률로 광기 속에서 생명을 태우는 것일까.

벗 고갱과 자화상을 놓고 다투다가 귀를 자른 고흐의 일화는 진부하다치자. 베토벤의 머리카락에는 왜 정상인의 100배가 넘는 납성분이 검출되었고, 윤심덕은 왜 〈사의 찬미〉를 부르다 현해탄에 몸을 던졌고, 뭉크의 현관문을 열면 하필 바퀴벌레들이 탑새기처럼 우수수 쏟아졌을까. 도대체 무엇이었을까. 그네들은 무엇을 구하려고 한 평생 광기에 몰입했고 남아 있는 우리들은 무엇을 저울질하며 부유하고 있을까.

노르웨이의 '뭉크'도 살아생전 고통의 연속이었으니.

그의 여자는 모두 불신과 동의어다. 결핵에 시달린 유년의 모친이 그랬고 일찍 죽은 누나가 그랬고 정신질환의 여동생도 그렇다. 뭐니뭐니해도 가장 큰 상처는 첫 사랑의 트라우마다. 짝

사랑 여인 헤이베르의 등허리 뒤로 짙게 드리워진 그림자의 은밀한 의미가 심상치 않으니 진정성의 승화란 과연 상처와 비례하는 실체를 드러내는 작업일까. '술에 취해 쓰러져 있는 누이'처럼 그는 항상 멀리 있는 여자들만 천사처럼 스케치한 것 같다. 멀리서 부유하던 천사표들이 가까이 안기는 순간 고깃덩이가 되는 것이다.

"이중섭과 함께 변시지 화백이 양대 산맥입니다."

조중연 작가의 멘트에 가슴이 뜨끔한다.

변시지, 그는 누구인가.

절대 고독과 인간 한계의 처절한 벼랑 끝에서 한 평생을 보낸 또 다른 망자를 떠올릴 자신이 아직은 없다. 최연소 광풍회 심사위원을 맡으면서 일본 열도를 뒤집어 놓았던 그가 한반도에 들어와서는 아무런 답을 찾지 못하다가 마침내 제주도에 천착한 것이다. 파초의 넓은 엽록소, 억새풀, 까치와 파도 소리 같은 제주의 풍광을 먹빛 단순하게 처리하는 으스스함이 소름 끼친다. 그리고 폭풍우 몰아치던 그의 일생은 작년 여름(2013년 6월)을 끝으로 격랑의 획을 마무리한다.

그는 나의 마포고등학교 40년 전 미술 교사였고.

우리들은 진주를 발견하는 혜안이 전혀 없었으므로 그의 절름발이 장애만 가지고 천방지축 골탕만 먹었다. 그의 붓 끝에 집중할 능력도 당연히 없었다. 학동들 역시 아주 가끔 미술 잡지 어디쯤에 실린 그의 그림을 침 발라 넘기기도 했지만 솔직히 눈곱만큼도 감회를 느낄 수가 없었다. 오로지 교련 검열과 두발 검사, 예비고사 준비에 집중하느라 미술 도구 따위는 안중에도 없었다. 준비물 없이 몸으로 때우는 70년대 빡빡이 제자들 언저리에서 스승 혼자 외롭게 화폭을 지켰을 뿐이다. 그 40년 세월을 쏜살같이 흘려 보냈으니, 우리는 사제의 연이 없다.

사흘차, 여독에 지쳐 찾아간 곳이 기껏 탐라 도서관이니.
아내와 내가 마음에 맞는 궁합 중 하나가 도서관 중독자라는 점이다. 제주도 유람 중에도 도서관에 들어서는 순간 마음이 아늑해지는 것이다. 컴퓨터에 아들 딸의 주민등록번호를 쳐서 온종일 사용하는 것도 능란하고 식당 메뉴와 식판 밥은 선택의 망설임이 없어 단순 우직해진다. 그렇다. 책이 우리들에게 깊은 깨우침을 주지는 않았으나 마주 앉으면 안도감이 서리니 일용할 양식처럼 친숙해야 하리라.
풍경을 벗어나 교실을 반성하는 시간도 갖는다.
칠판과 분필에만 길들여진 갈참 교사는 꿈나무들과 의례적 소통에 익숙해진다. 이제는 집 나간 아이를 조우해도 예전처럼 가위눌림에 시달리지 않는다. 밤하늘의 별을 보면서도 기껏 도종환의 교과서 문장 정도나 떠올릴 뿐이다. 그렇게 책상머리에서 충남교육연구소 연재 산문도 누 차례 고치다가 푸른 물결에 눈길을 멈추니, 비행기가 뜬다. 그렇다. 여기는 제주도였다. 잔물결 제방마다 파릇한 색깔이 덮이기 시작하니 그것은 봄이 오는 소리리라.

3층 정보 검색실, 인터넷 전교조 홈페이지에서.

정은교 선배의 글을 보았다.

그가 조합 원마당에 '살림터'에서 출간한 자신의 저서《교실 밖에서 배우는 인문학》을 홍보하는 내용이 툭 튀어나와서 이채로웠다. 오랜만이다. 그는 1986년 여의도 동아일보에 있을 때 내 옆자리에 있던 출판부 임시직 동지며 나보다 두 살 연상이다. 유신 시대에 불법 집회에 참석해서 교직이 취소된 그 사내와 센티멘털 소설쟁이 해직 교사가 가끔 영등포 역전에서 뼈다구탕에 쏘주를 걸쳤다. 술 먹는 시인과 선각자 사내가 그렇게 '칠판과 시국' 문제로 의기투합하다 오류동 어디쯤 그의 신혼방 신세를 지기도 했다. 그의 쪽방은 두 칸이었지만 베니어합판으로 가려져 있어서 옆방의 숨소리도 들릴 지경이어서 잠자리가 조마조마했다.

6월 항쟁 이후 우리들은 복직 판결로 스승이 되었다가 다시 짤리거나 유치장에 끌려 다녔다. '혁명가는 사랑하는 사람과의 작별을 몸에 달고 다녀야 한다.'고 각오하던 지난 세월도 흔적이 아스라하다. 동지의 무덤풀을 베며 '미운 사람은 끝까지 미워하겠다.'는 결의만큼 진한 상처로 뒤척였던 지난날이다. 아 ― 이 순간 눈시울이 젖는 이유를 어떻게 표현할 수 있을까.

돌아가는 제주 공항, 다시 인터넷을 마주한 순간.

잊혔던 세상 풍경이 우수수 목을 조른다. 러시아로 귀화한 안현수는 그 나라의 금메달 영웅이 되었고, 1980년대 씨름 선수 이

만기는 집권당 후보로 시장 출사표를 던지겠노라 공표했단다. 경주에선 신입생 오리엔테이션에 참석했던 대학생 10명이 저 세상으로 떠났고 이집트를 순례하던 크리스찬 3명이 유명을 달리했다. 걸 그룹들은 노출 강도를 19금 수준으로 서둘러 변신하며 북새통인데, D일보 칼럼엔 '해직된 노동자 복직 판결이 잘못된 거.'라는 비열한 문장으로 나를 힘들게 한다. 어지럽지만.

'낮은 자세로 아이들을 만나리라.'

결의의 강도를 세워 본다. 내가 만날 아이들 모두 열아홉 살이니 꽃잔디 청춘들이다. 그들이 입시 강박증에 지쳐 늘어진 테이프로 풀릴 때마다 등푸른 길잡이로 지느러미 달아 주리라. 초로의 몸에서 봄맞이 채비를 벌이자 까맣게 쥐불 놓았던 자리마다 노란 쑥들이 일제히 기지개를 켜고 있다. 마른 살비듬이 부스스 쏟아진다.

글 쓰는 교사로 늙어가 우하여

1987년 겨울, 서울 지구 운동권 2년차 대학생이었던 제자 임지연(지금은 문학평론가)은 모교 쎈뿔여고의 교지에 해직 교사가 된 두 스승들의 얘기를 수록했는데.

'벌판의 채소와 곡식들이 시들고 백성들도 허기지던 지난한 가뭄의 여름 강원도 원주 어디쯤 농막에서 글에 몰입한 반백의 작가가 있었단다. 그미는 소설을 쓰다가 바깥에 나와 우물의 물을 텃밭에 뿌리곤 했는데 감자나 채소, 화초뿐만 아니라 밭두렁 잡초들에게도 똑같이 물을 적셔 주었다. 그 이름은 박경리라는 작가인데.'
라고 화두를 떼시던 선생님이 계셨는데.

단발머리 소녀들은 '박경리'라는 이름이 나오는 순간 아, 하는 감탄사 합창을 내뿜었던 것 같다. 그 말을 들려준 사람이 강병철 선생이라고 적혀 있지만, 기실 같은 학교에서 근무하다가 함께 해직되었던 유도혁 선배한테 들은 이야기다. 그즈음 나는 '글 쓰는 교사'로 자리잡는게 지상의 목표였고.

그리고 27년 후 나는.

학습연구년을 맞이하여 마침내 토지문화관 작가촌에 입소하게 되었다. 강원도 원주시에서 시내버스로 50분가량 더 걸리는 매지리 종점에서 무거운 배낭을 지고 다시 회촌 방향 고바위로 15분쯤 오르던 그 길을 잊을 수가 없다.

십여 년이 넘은 얘기지만.

나는 박경리 선생께서 창작촌을 개소했다는 신문 기사를 두근두근 읽은 적이 있다. 그리고 가끔 그네들끼리의 무게 추를 비교해 보곤 했다. 열다섯 명의 작가가 동시에 저울에 올라서면 과연 선생의 무게와 수평을 이룰 수 있을까. 아니면 낱낱이 일대일 겨루기가 가능한 것일까. 무릇 저마다 고혈을 쥐어짜며 처절하게 싸우는 프로들의 '맨땅의 헤딩'들이므로 아무래도 후자 쪽에 손을 들어 주고 싶었던 것 같다.

그런데 도대체 입소 작가들은 어떻게 생긴 모습들일까.

사법고시생들처럼 머리띠 동여매고 하루 스무 시간씩 글만 쓰는 야행성 동물들일까, 하는 궁금증을 끌어안고 사무실에 들어섰다. 토지문화관은 세 동의 건물로 구성되어있는데, 가운데 3층 건물이 본관이고 양쪽으로 작가들의 집필 사동이 있다. 매지관에 열 명이 집필 중이고 흰색 건물 귀래관에 소설가 강석경 선생을 위시한 다섯 명이 있으니 도합 15명이다.

자택 앞 텃밭에 야채들이 엽록소를 쏟아 내고 있었는데.

선생께서 생전에 텃밭의 상추를 따서 작가촌 후배들의 밥상에 얹어 주기도 했다는 그 텃밭이다. 그래서일까, 그가 망자가 된 후로도 토지문화관의 식탁에는 유독 푸성귀 천지였다. 얼핏 자상한 툇마루 어머니를 떠올릴 수 있지만,

기실 중생들은 그미의 도도함에 기가 죽기도 했으니.

2003년 SBS 드라마에서 대하소설 〈토지〉를 상영하게 되었는데.

남자 주인공 길상 역을 맡은 젊은 탤런트는 원작자 박경리 선생과 소통을 갈망하며 전화를 걸기로 마음먹었는데 벌써부터 불안하게 설레는 것이다. 발신음이 조마조마 떨어졌고.

"제가 SBS 〈토지〉에 길상역으로 나오는 유준상입니다."

라고 하자 수화기 저쪽에선 대략 4초 동안 침묵이 흐르더니

"그런데요?"

쌍둥 자르는 바람에 숨이 콱 막힌다. 그러나 용기를 내어.

"SBS 〈토지〉를 꼭 봐주세요."

"여기는 SBS가 안 나오는데요."

― 2004. 11. 5, 유준상, 「박경리 선생님 댁엔 SBS가 안 나온데요…」,

스타뉴스

수화기 속의 침묵보다 더 무거운 것이 있을까. 어리광 부리고 싶은 속세의 잔정은 그렇게 슬며시 묻히는 게 당연한지도 모른

다. 그리고 왠지 '토지'의 도도함이 당연하게 느껴지기도 하고.

　이듬해 여름, 진부한 신록의 절정 즈음이었던가.

　아내 박명순 선생은 국어과 대학원 수강생들이 동행한 원주행 문학기행을 떠난다. 이차구차 도착한 회촌 언덕 회색집에 〈토지〉의 작가는 부재중이었다. 땡벌과 호랑나비들이 부르르 날개 치는 산골의 초여름을 배경으로 오리 두 마리가 다라에 채워진 물을 마시며 하늘 보기 하는 마당에서, 그들은 하염없이 서성이며 〈토지〉의 배경을 조마조마 떠올리는 중이다. 작가가 한 번도 답사해 보지 않은 통영과 만주 벌판 모두가 실제 장소와 똑같이 배치시켰다는 전설 같은 문장도 두런두런 곱씹어 보는데.

　"누구신데 남의 집 마당에 허락도 없이."

　목소리는 크지 않았지만 단호했다. 국문학자들 모두 '허락도 없이'라는 말을 우왕좌왕 해석하며 어리버리하는 중인데, 아내 박명순이.

　"문학을 공부하는 사람들입니다. 선생님의 작품 〈토지〉의 현장 답사를 문학 청년들에게 생생하게 전달하기 위해 찾아왔습니다."

　납작 엎드린 이후 한참 후에 화해와 소통의 분위기를 만들었다던가. 선생께서도 상추 이파리도 한 소쿠리 씻어 주는 여유도 보였으나 동반했던 국문학도들은 첫 상봉의 긴장감이 쉽게 가라앉지 않고.

또 있다. 10여 년 전이었을까, 벗 임우기의 기획으로 토지문화 관 건립에 참여했던 한창훈 소설가가 승용차를 모는데 조수석 탑승객 유용주 시인이.

"앗, 김지하 선생이다."

문을 열고 훌쩍 뛰어내렸는데 하필 그 자리가 개울가여서 풍덩 빠졌단다. 그렇게 밥상머리에서 유용주 시인이 물수달이 된 사연 을 말하며 낄낄대던 중, 한창훈 작가의 딸 일곱 살 한단하 왈.

"김지하? 아주 유명한 사람이잖아?"

밥상머리 팀이 '오− 어린 소녀까지.' 하며 새롭게 감탄하려는 데, 다시 한단하 소녀가.

"일제 강점기 독립운동가 맞죠?"

사람들이 배꼽을 잡으며 웃자.

"아니당. 조선 시대 의병장이당."

재빨리 바꿨더란다. 십여 년 후 그 자리에 내가 입소하게 된 것이다.

토지문화관의 일상은 한가하면서도 중압감으로 어깨가 무거 웠지만.

주로 먹고 자고 글 쓰는 일상의 쳇바퀴 속에 잊을 만하면 가끔 양념처럼 술상이 차려지기도 한다. 숙취의 다음날 옥수수 밭 사 이로 산책하고 노트북 앞에서 두어 시간 글을 쓰다가 완행버스 로 원주 시내 나가서 혼자 영화에 빠져 센티해지다가 시장 골목 에서 어슬렁어슬렁 센치에 젖었다가 다시 버스 타고 들어와 당뇨 약 먹고 자다가 벌떡 일어나 노트북과 씨름한다.

아침부터 베란다 감자밭 보며 담배 피우고 커피 마시면서 책 보고 영화 〈코리아〉를 볼까 하다가 (나는 평소에는 영화를 전혀 보지 않음.) 기다리는 시간이 지리해서 포기하고 저물녘에는 혹시 술쾌 없나, 하며 옆방 작가를 기웃대기도 한다. 저무는 논 두렁길에서 개구리 울음소리에 취했다가 일회용 커피잔 치우고 다시 당뇨 약 먹고 〈창작과 비평〉 펼쳤다가 빨랫비누로 머리 감고 글을 쓰다가 창문을 열면 신새벽이다. 아, 오늘 하루를 어떻게 보낼까, 막막해 하다가, 하하하 심심하게 행복하다며 이빨 닦다가 '밥 먹으러 가자.' 혼잣말 하며 식당으로 올라간다. 침목 계단 또각또각 다져주며 '어럽쇼 물상은 변화가 없는데 생명은 성장하네요.' 상념에 취한 채 내 생애 최초로 한가한 세월을 보냈다. 순간은 지루한데 세월은 쏜살같다.

주당 이틀 정도는 술판에 끼어들었다. 가겟방이 머니까 주로 피티병 맥주를 죽였는데 그게 떨어지면 2차가 불가능하므로 술통 작가들 주량 치고는 쿨하게 끝나는 편이다. 안주는 주로 과자나 오징어채가 주류였지만 언젠가 십오 분 거리에서 치킨을 시켜서 별식처럼 먹는 방법도 배웠다.

휴게실에 가스레인지가 없는 건 '주(酒)사파' 작가들의 '밑 빠진 독'에 대한 우려 때문인 것 같다. 가스 불 켜놓고 깜빡 잠이 들 수도 있으므로 커피 포트와 전자 레인지만 있다. 그러니까 뜨겁게 데워 먹을 수는 있지만 찌개를 끓이는 건 불가능한 시스템이다.

식단은 푸성귀 웰빙 식단이지만 일요일이나 휴일은 식단표가 없으므로 각자 알아서 먹어야 한다. 그러니까 달력의 빨간 숫자가 문제다. 나도 생전 처음 인스턴트 누룽지나 일회용 봉지 김치 그리고 컵라면과 햇반 같은 물품들을 냉장고에 재워 넣었다. 김치 두 조각으로 라면 두 끼니를 때우기도 하면서.

가스 불 없이도 그냥 라면 끓이는 법도 전수 받았는데.

'먼저 라면을 용기에 담는다 → 커피포트에 물을 끓여 컵라면처럼 그릇에 물을 붓는다 → 그 그릇을 다시 전자 렌지에 3분간 돌리면 라면이 되는 것이다.'

그게 아니면 그냥 커피 포트 뚜껑을 열고 끓이는 방법도 있긴 하다. 스프를 미리 넣으면 커피 포트를 닦기가 힘드니까 그냥 라면만 넣고 끓여 용기에 옮긴 다음 맨 나중에 스프를 합치는 방법이다. 그마저 없으면 생라면을 깨물어 먹어야 하지만 잇몸이 흔들려서 아주 고생을 했다.

열다섯 명의 입주 작가 중 교사는 나 하나뿐이었고.

소설가 강석경 선생은 내가 젊은 날 《숲속의 방》으로 감동했던 기억이 있으므로 낯설지 않았다. 목회 일을 하는 고진하 시인은 집이 근처여서 양계장을 돌보며 오락가락 입주한 상태였고, 싱가포르의 작가 Ohviar는 30여 편의 시나리오를 올린 재원인데 수사가 밝고 명랑하다. 베를린의 설치 미술가 이옥련 선생은 입주하자마자 텃밭을 만들어 물을 주는 모습이 생경해서 나는 가끔 베란다에서 그미의 뒷모습을 한참 동안 바라보곤 했다.

《로봇콩》이란 동화책을 선물한 신정민 선생을 비롯한 동화 작가는 제자 이상미 선생과 추계예술대학 문예창작과 동기생이라고 밝혔다. 특히 동화작가가 많았는데 이미애, 김란주, 임정자, 김난중 등 모두가 인터넷에 접속하자마자 몇 십 권에서 몇 백 권의 이름이 떠서 뜨악했다. 소설가 마윤제는 〈문학동네〉신인상 출신이고 평론가 신형철의 《몰락의 에티카》는 아내의 책꽂이에 소장되어 있어서 낯이 익은 상태였다. 르뽀 작가 송기혁으로부터 《강물처럼 흘러서》를 받았는데, 그가 나를 알아본 유일한 작가다. 작년 가을 한겨레신문에 4대강에 대한 르뽀를 기고한 적이 있었는데 그의 저서와 통했기 때문이다.

김희정, 민용근 등 젊은 영화감독들이 있어서 그들이 제작한 독립영화를 몇 개 보았다. 〈열세 살 수니〉, 〈혜화, 동〉(가운데에 쉼표가 있음. '혜화'는 소녀 이름이고 '동'은 '겨울'과 '마을'의 중의적 의미를 지닌다고 했음.) 〈청포도 사탕〉('사랑'이 아니라 '사탕'임) 등을 함께 관람하기도 했다. 대박 치는 영화들을 소위 추리 소설로 비유한다면 독립영화는 한 편의 서정시였다. 일반 영화 시장에서는 전혀 화려하지 못하지만 독립영화관들이 따로 산재해 있으며 특히 마니아들은 한 편의 영화를 여러 차례 반복해서 감상한 다음 토론의 시간도 갖는단다.

"제작비가 얼마가 들지요?"

"저는 최소 경비입니다. 아주 적게 들었어요. 2억 정도."

글쟁이들은 보통 소요 예산이 달랑 복사비 3,000원과 볼펜 몇 자루면 해결되는데 참 미안하다는 생각이 들었다. 예술가 중에서 가장 최소 경비로 시작할 수 있는 게 문예 창작이며, 밑천이 안 드는 만큼 중도 포기자도 많다.

'인생은 짧고 예술은 길다.'라는 경구에 전혀 동의하지는 않지만.

꿈나무들은 지금도 '시시포스의 돌'처럼 예술 세계에 대한 도전을 멈추지 않는다. 그래서일까, 내 아이들이 시인을 꿈꾸며 무수히 문예창작과에 입문했고 가수를 꿈꾸며 실용 음악의 행진으로 방향키를 틀곤 했다. 더러는 화가를 꿈꾸며 이젤을 들고 캠퍼스 화폭에 몰입하니 그게 젊음의 무대가 된다. 그러나 현실은 당장 경제력부터 위기를 맞이한다. 생활비가 턱없이 딸리므로 논술 학원이나 기타 학원에서 경제를 충당하며 고단한 꿈을 지탱한다. 문제는 스무 살에 결정한 첫 선택이 세월이 흘러가도 잘 바뀌지 않으니 평생 그대로 갈 수밖에 없다는 점이다. 혹자는 구름 잡는 사람이라고 쌍동 자르기도 하고.

그미의 사위 김지하 시인의 이름을 다시 듣게 된 짧은 스냅 하나.

나는 태생적으로 부끄러움이 많아서 처음 맞는 눈빛들과 살갑게 마주치지 못한다. 그래서 한동안 혼자였다. 입소 작가들이 저녁 식사 후 개울 따라 매지리 종점까지 산보를 떠난 사이 나 혼자 사무실 컴퓨터 앞에 앉아 있는 저물녘이다. 트럭의 시동이 그치고 중년의 택배 기사가 총총총 계단에 오른다.

"우편물이 왔는데…… 누구 없나요?"

"지금 아무도 없는데요. 저는 여기서 입소 중인 사람이구요. 누구인가요? 수신인요?"

"김지하라는 분인데 혹시 아시나요?"

"…… 그 분은 저를 모르죠."

그렇게 1970년대가 파노라마처럼 펼쳐지기도 했다. 떠올리기만 해도 아, 하는 감탄사가 나오던 암흑 속의 시국이다. 〈창작과 비평〉과 〈자유실천문인회〉가 있었고, 평화시장 전태일과 민중 가수 김민기 그리고 시인 김지하가 있던 시국을 떠올리면서.

1985년 학교를 쫓겨나던 날, 소녀들이 느티나무 까치집 아래 교지 편집실로 모여 마지막으로 부른 석별의 노래가 양희은의 〈아침 이슬〉이었고 나는 김지하의 〈타는 목마름으로〉를 부르며 그 학교를 마감했다.

숨죽여 흐느끼며
네 이름을 남 몰래 쓴다.
타는 목마름으로
타는 목마름으로
민주주의여 만세

마지막 문장을 채우지 못한 채 '꺼이꺼이' 흐느끼면서 담장 밖으로 떠났었다. 더 크게 울던 때까치 소녀들이 수탉 같은 아낙네가 되었으니 이제 수십 년 지난 과거지사다.

한때 나는,

거목들의 그늘 속에서 음지식물로 남아도 행복할 거라고 생각했었다. 《토지》의 그미나 사위 김지하, 《태백산맥》의 조정래나 《농무》의 신경림, 권정생, 고흐와 발자크, 뭉크와 고리끼 그리고 공주의 조재훈 스승의 그늘 아래에서 이삭처럼 떨어지는 글만 읽어도 평생 충만할 거라는 믿음을 추호도 의심한 적이 없었다. 그 '하수와 고수'의 관계로 살아가는 게 가장 큰 행복인 줄 알았으나, 그네들도 예상과 빗나가기도 했다. 눈빛의 포커스가 다르기도 했고, 더러는 역사의 과녁을 빗맞히는 바람에 추종자를 부메랑으로 아프게도 했다. 세상이 바뀌듯 내 몸도 변해서 언제부터였나, 세상이 마음대로 움직여지지 않음을 알았을 때 나는 이미 쇠해 있었다.

지금은 본관 로비에 걸린 박경리 소설가의 사진을 살피는 중인데.

빛바랜 베이지색 건물 2층이 배경이다. 슬라브 아래로 장독대까지 호스를 빼어 내어 그미가 다라에 물을 담는 흑백 사진이다. 옥수수나 감자들은 오월의 햇살 받으며 묵묵히 수도하듯 엽록소를 성장시키는데 슬리퍼 차림으로 넌지시 오리 두 마리를 바라보는 장면이 암연히 수수롭다. 대가의 그늘을 전혀 의식하지 않고 먹는 데만 몰입하는 오리들이 오히려 행복하다고 곱씹어 본다.

저무는 산책로에서 노구의 사내가 두 명의 기자와 인터뷰 중이었고.

나는 그들 옆을 지나야 내 작업실로 들어갈 수 있다. 옷깃이 스치면서 누군가 목덜미를 잡는 것 같다. 김지하 시인이다. 그는 지팡이를 짚고 있었으나 여전히 인상이 진했으며 목소리에서 카리스마가 쏟아져 나왔고.

III. 《닭니》의 연화는 어디에 살고 있을까?

《닭니》의 연화는 어디에 살고 있을까?
그 여자의 졸업 정원제, 그 어두운 시대의 풍경화
사랑의 매 그리고 악어의 눈물
스칸디나비아 반도는 그렇게 떠 있었다
그리고 세월은 쏜살같이 흘렀다
금강이여, 아, 금강이여
공주여, 안개의 도움이여

《닭은》의 연화는
어디에 살고 있을까?

마을에는 바다가 있었다. 서해안 격렬 비열도에서 가장 가까운 태안반도 천수만 리아시스식 연안은 땅 끝 그림자끼리 꾸불텅꾸불텅 이어져서 얼핏 보면 커다란 호수처럼 출렁거렸다. 유년의 소년은 이 세상 모든 마을에는 반드시 바다가 옆구리처럼 붙어 있는 줄만 알았다. 장원이네 뒤란이나 현숙이네 마당에서도 바다가 보였고 외갓집이나 당숙네 대밭에서도 언덕바지만 넘으면 바다가 있었다. 그리고 갯바구니를 들고 바닷가 백사장에 앉아 있으면 수평선 너머로 안면도 끄트머리가 희미하게 보였다. 게와 조개와 망둥이를 잡던 악동들이 겁도 없이 고두리 해안선(800미터)까지 개헤엄 내기를 거는 바람에 나 혼자 쪼그려 앉아 조마조마하게 구경하곤 했다. 내가 이렇게 바다를 바라보듯 수평선 저쪽에서도 누군가가 건너편 바다를 바라보며 있으리라 상상하며 하염없이 웅크려 있었다. 나는 '바다'가 모든 것을 '받아'들이기 때문에 그렇게 이름 지어진 줄 알았다.

우리들을 읽그리진 성적표

어린 나이에 서울 유학길에 오른 나는 향수병에 시달리며 콧물을 삼키곤 했었다. 우선 서울 표준말에 적응하는 게 고통스러웠다. 만원 버스와 콩나물 학급, 매연과 소음, 미로처럼 **빽빽**한 골목길과 전선줄 사이에서 내 몸은 싸— 하게 가물어갔다. 자취방 벽을 타고 스미는 빗물 그 방구석을 받치는 썩음썩음한 걸레 냄새를 견디기 힘들어 숟가락 잡을 때마다 울컥 어지럼증에 시달려야 했다. 한동안 키가 자라지 않아서 왜소증의 불안에 떨었고 학급 석차 역시 꺼져가는 연탄불처럼 푸석푸석 바닥을 보이기 시작했다. 딱 한 가지, 자취방 포마이카 밥상에서 일기만큼은 열심히 썼다.

그러나 고향의 여자 동창생들에겐 내 힘듦 자체가 사치스러웠던 것 같다. 키 작은 중학생 하나가 교복을 입고 동구 밖에 들어서면 그미들은 아줌마들 틈에 섞여 마늘밭 매다가 재빨리 밀짚모자를 깊게 덮고 얼굴을 감추기도 했다. 그랬다. 겨울철, 바다에서 게와 조개를 담은 갯바구니를 들고 우리 집 마당으로 지나려다가 나를 피하여 서낭당 길목으로 돌아가곤 했다. 그미들의 아비는 모두 가난하면서도 남존여비를 받들어 온 토종 고집쟁이들이었다. 육남매 건 팔남매건 모두 초등학교 졸업장으로 마감시키고 대개 머리 좋은 사내 하나만 골라 찍은 다음 중학교에 입학시켰다.

나이 삼십 직후쯤, 천수만 누이들의 얘기를 쓰고 싶었다.

대보름 전날 사내아이들이 나를 따돌리고 즈이끼리 쥐불놀이를 떠나면, 모둠불 태우던 누나들 옆에 서성이던 거뭇거뭇 그림자 같은 기억들이다. 보리 이삭 같은 그미들조차 심심할 때 소년을 놀리기도 했다. 내가 술을 잘 마시거나 장가를 두 번 이상 갈 거라고 하여 우우 보름달 아래서 울리기도 했는데, 언제부터였나, 나는 그미들의 좁은 어깨를 바라보다가 무심히 '연화'라는 이름을 붙여 보았다. 꺾어 온 아카시아를 내 책보 속의 찐고구마와 바꿔 먹자는 영악스러운 연화도 있었고, 우는 나를 껴안고 달래다가 함께 우는 착한 연화도 있었다. 아픈 얼굴들이 한꺼번에 바구미 떼로 몰려들기 시작했다. 묵은 항아리 바닥을 박박 긁어냈는데도 또 어디선가 또 기억의 물이 고여서 그 옆에 웅크린 채 흙탕물이 가라앉길 기다리곤 했다.

불혹의 나이를 지나 《닭니》를 썼고 나중에 《꽃 피는 부지깽이》와 《토메이토와 포테이토》까지 연결시켰다. 두 자리 수의 책을 발간했는데 그때마다 나는 탈진 상태가 되어 다음 책을 시도할 엄두를 내지 못했다.

먼저 '닭니[鷄虱]'의 기억이다.

닭니는 보통 이(虱)보다 더 까맣고 십분의 일 정도로 훨씬 더 작으며 일단 몸에 달라붙으면 떨어지지 않는다. 우리 집 닭장은 담벼락을 기준으로 안팎으로 나뉘어 있었는데, 닭들은 바깥에서 모이를 쪼다가 저물녘이 되면 바가지만 한 구멍을 통하여 안창에 들어가 잠을 잤다. 닭장 철망 사이로 토끼풀이나 흘린 곡식도 뿌렸고 더러는 미꾸라지도 던져주면 어미 닭들이 구구구 대가리 디밀고 모여들었다.

나와 병준이(3세)만 남기고 나머지 가족들은 서울 박람회에 구경 갔던 1960년대 초반이 배경이다. 외할머니가 병준이를 업고서 외갓집에 다녀왔으므로 나 혼자 토방에 앉아 햇볕을 쬐던 이른 봄날 오후였다. 노랑 병아리 한 마리가 무심히 철망 사이로 몸을 들이미는 것이다. 순간.

'아차 큰일 났다.'

생각이 드는 것이다. 아닌 게 아니라 들어가자마자 어미 닭들이 부리로 쪼아 대면서 병아리의 노오란 깃털이 금세 빨갛게 물들기 시작했다.

"안 돼. 쥑이지 마."

나는 울면서 닭장 안에 뛰어들었다. 갑작스런 틈입객에 깜짝 놀란 닭들이 날개 치며 푸타타탁 뛰어올랐고 그 바람에 부리에서 빠져나온 병아리가 구멍을 통하여 안창으로 도망쳤다. 어미 닭들이 안으로 쫓아 들어가 마구 쪼아 대면 큰일이므로 소년은 담벼락 구멍을 몸으로 막아 버렸다. 그리고 더 이상 옴싹달싹 못했다. 움직이는 틈새에 어미닭들이 구멍을 침탈하면 병아리를 쪼아 죽일 게 분명하므로 소년은 통로를 막은 채 울멍울멍 버텨야 했다. 그렇게 몸으로 구멍을 틀어막은 채 까무룩 잠이 들었다.

"아이구. 울 액이."

병준이를 업고 토방을 넘으려던 외할머니의 비명 소리에 잠이 깨었다. 밀려오는 저녁놀이 태연스레 모이를 쪼는 어미 닭의 그림자까지 빨갛게 뒤덮는 그 자리로 외할머니의 파랗게 질린 얼굴이 뾰똑 나타난 것이다.

"우리 액이 닭니 때문에 위젼다?"

닭장 바깥으로 도망치는 병아리를 보며 안도하는 순간 나는 온몸의 힘이 빠졌다. 외할머니는 발가숭이 손주를 아궁이 아래로 끌고 가더니 참빗으로 머리칼을 벅벅 긁어 대었다.

티팃텃팃.

빗살 사이로 걸린 닭니들이 우수수 떨어지며 불길에 타는 소리가 쟁쟁 어지러웠다. 땡감나무 가장이가 통통하게 물오르던 이른 봄의 환영이다.

다음으로 연화라는 작명의 이름들인데.

기실 첫 번째 연화는 실증 여부도 가물가물하다.

그미는 쇳밭둑 당숙 회갑 때 장님 거지를 따라온 아홉 살 단발머리 소녀다. 아무 이유가 없었다. 한머리 악동들은 바랑을 지고 나타난 초로의 사내가 단지 장님이었다는 이유로 악마로 돌변했다. '생강밭을 밟았다.'는 거짓말을 꾸미면서 돌멩이를 던지며 벌떼처럼 쫓아다녔다. 온몸에 돌우박을 맞은 늙은 장님 거지는 분기탱천 지팡이를 휘둘렀고 맨 앞에 쫓아가던 영환이가 스쳐 맞았다. (제대로 맞았으면 눈알이 빠졌을 정도로 '빠각' 소리가 났다.) 마을 어른들이 조무래기들을 나무라며 내쫓았고, 포장 아래 잔치 국수와 술 한 잔으로 그니를 간신히 달랬던 것 같다.

잠시 후 감나무 그늘 아래에서 포만감으로 잠이 든 장님 거지 옆에서.

"야."

단발머리가 멋쩍은 표정으로 나를 불렀다.

"글씨 좀 가르쳐 줘. 넌 학교에 다니니까 공부 잘 하겠지. 나도 열 살이 넘기 전에 글자를 배워야겠다."

공책과 몽당연필을 내미는 손바닥이 은행잎처럼 샛노랗게 반짝였다. 나는 네모 칸마다 아라비아 숫자를 써 줬고 해와 달과 토끼와 모자를 그린 다음 그 아래에 '해', '달', '토끼', '모자'라고 써 줬다. 소녀가 연필심에 침 발라 가며 글씨 연습을 시작하자 아주 잠깐 산토끼 맑은 눈이 반짝거렸고 공책 속의 모자가 조붓하게 고개를 조아렸던 것 같다. 그뿐이었고 우리들은 영원히 만나지 못했지만, 이따금 꿈속에서 '성냥팔이 소녀'로 되살아나 아, 하고 벌떡 일어서기도 했다.

두 번째 연화는 내 아내의 어린 시절 이야기다.

8남매의 맏딸이었던 그미네는 소도시 초등학교 뒷문 골목길에서 구멍가게를 했다. 가을이 되면 학교마다 운동회를 열었는데 그게 완전히 면 소재지 전체의 잔치였다. 그미는 아이스케키통을 짊어지고 운동장 틈새를 누비며 팔았다고 한다. 아이스케키 세 개를 팔면 한 개가 남았으니 구멍가게에 앉아 온종일 손님을 기다리는 것보다 이문이 남았던 게다.

그러다가 한 시간 거리의 이웃 학교 운동회까지 진출한 것이다. 젊은 아낙이었던 장모님과 일곱 살 소녀가 아이스케키 통을 하나씩 메고 만국기 휘날리는 낯선 동네 교문에 들어섰단다. 처음에는 그럭저럭 팔렸는데 갑자기 날이 흐려지더니 비가 쏟아지는 것이다. 운동회를 집행하던 학교 측은 파장을 선언했고 구경꾼들이 비를 피해 썰물처럼 투덜투덜 빠져나갔다. 모녀의 아이스케키 장사는 더 이상 불가능했다. 아이스케키 통을 든 채 빗길을 치렁치렁 헤치는데, 아뿔싸 통 안의 얼음과자가 녹기 시작하는 것이다. 아이스케키 공장에 도착하기 전에 죄다 녹을 게 뻔하므로 묘책이 없었다. 어머니가 딸의 손을 잡고.

"우리 둘이 죄다 먹어 버리자."

그들 모녀가 장대비 쏟아지는 추녀 밑에 앉아 막대기 비린 맛이 날 때까지 아이스케키를 깨물었다고 했고.

세 번째 연화는 사돈의 팔촌 되는 일가붙이 여동생이다.

아줌마는 시장에서 국화빵(풀빵이라 불렀음)을 구워 팔았다. 빵틀은 가로 세로 구멍이 다섯 개씩 총 스물다섯 개였다. 먼저 연탄불 위의 빵틀 구멍마다 헝겊 막대기로 재빨리 기름을 칠한다. 구수한 칫칫 소리와 동시에 아주 엷은 밀가루 반죽을 담은 주전자를 들이붓는 것이다. 밑바닥부터 노릇노릇 익어질 때쯤 양재기에 준비해 온 앙꼬뭉치를 갈고리로 떼어 가운데 집어넣는 동작이 아주 빠르다. 마지막으로 다시 팥소 위에 밀가루 반죽을 붓고 빵틀을 한 바퀴 돌려 양쪽 다 구워지면 갈고리로 빼내는 것이다. 번갯불에 콩 구워 먹듯 재빠른 솜씨였지만 아무리 열심히 손을 놀려도 가난의 등짐은 벗어날 수 없었다. 사돈네 소녀는 연탄불 옆에서 동화책에 빠지다가 나와 눈이 마주치면 끝말 이어가기나 스무 고개를 했던 기억이 가장 또렷하다. 그러다가 손가락 빨아 대는 나에게 사돈 아줌마가,

"하나, 먹어라."

뜨끈뜨끈한 풀빵을 내밀면, 화들짝 놀라 뒷걸음질 치다가 다시 그 옆에 달라붙곤 했다. 나중 얘기지만, 뜨개질 밤마실을 나온 풀빵 아줌마가 어머니에게.

"병철이는 풀빵을 준다고 허면 츰엔 '싫유.' 허구 도망치더니 야중에는 얼굴이 빨개진 채 몽기작몽기작 와선 '아줌마 하나만 주면 안 되나유.' 쭈물쭈물 손 내밀더라닝께유."

아낙네들이 바닥 치며 배꼽을 잡으면 이불 속에 숨은 내 몸으로 신열이 잉잉 달아올랐다. 풀빵 사돈네 연화는 이사 가던 날 나와 헤어지기 싫어서 눈이 시뻘겋게 울었다는데, 이상하다, 나는 안도감으로 아랫도리가 싸— 하게 흔들렸다.

네 번째 연화는 1년 선배였고, 두 살 더 많았다.

학년 전체 1등을 해서 종업식마다 우등상 받으러 나가는 수재 소녀로 기억된다. 그러나 날품팔이 그미의 아버지는 초등학교 졸업 직전 이미 서울의 당구장집 식모로 보내기로 약속한 상태였다. 그래서일까, 중학교 입학의 꿈을 접은 마지막 시험에서는 서울의 사립 중학교로 가는 동철이에게 1등을 놓치고 2등을 했

다. 학교측도 야속했다. 졸업식날 최우수 학생에게 주는 도지사상을 동철이에게 수여한 것이다. 마지막 학기에 단 한 번도 1등을 놓친 게 이유라고 설명했지만 그보다는 가난한 집 여자 애라는 환경이 더 컸던 게 확실하다. 그미는 졸업식에 불참하면서 담임 선생님께 마지막 편지를 썼다.

선생님은 제가 중학교에 못가더라도 공부만 잘하면 행복하게 살 수 있다고 하셨지만 저는 이미 희망이 없는 것을 알고 있었습니다. 그리고 졸업식장에서 1등으로 도지사상을 타는 게 마지막 꿈이었습니다. 실제로 도지사상은 제가 타는 게 맞습니다. 선생님은 바르게 사는 게 중요하다고 하셨지만 저는 1등으로 졸업하고 싶었습니다. 이제 희망이 없는 졸업식장엔 나타날 수 없습니다.

― 1967년 2월 14일, 나쁜 아이 연화 올림

마지막 연화는 우연히 조우했지만 안타깝게도 모르쇠로 지나쳤다. 그미의 남동생이자 대학교수가 된 내 친구를 만나는 길이었다. 열한 살 때였던가. 학예회 때 〈가을밤〉을 독창하던 꾀꼬리 6학년 선배를 가슴에 담으면서 나는 '가을이라 즐거운 밤 달이 밝아서'라는 음계를 수도 없이 반복으로 불렀었다. 김 교수가 중형 마트 정육점을 가리키며 즈이 누나라고 슬쩍 치고 나갈 때, 그미는 마트 안의 정육점에서 시뻘건 고기 도막을 절단기에 들이미는 중이었다.

그 후 몇 차례 찾아갈까 말까 망설이다가 결국은 이루지 못했다. 다가서다 돌아서고 또 그러기를 반복할 뿐이었다. 한 번은 고기 도막 바코드를 붙이던 무심한 눈빛과 마주쳤지만 내가 먼저 눈을 돌렸으니 아, 어디선가 많이 보았던 장면이다. 풋보리 소녀를 초로의 모습으로 둔갑시킨 세월의 간극을 마주할 자신이 없는 것이다.

모진 세월 그렇게 보냈구려.

즈이 살붙이들 밑에 깔려 주방 도구나 물걸레 되었다가 그렇게 식솔들만을 위한 의자로 인생의 칠부 능선을 보냈구려. 강산이 너덧 차례 바뀌도록 나무 도마로 남아 쉿날 받으며 식솔들의 밥과 옷과 구들장을 꾸려 냈구나. 상추 같은 웃음 던지며 진열대 거울 앞에서 머리끈 묶던 연화, 후덕한 군살이 붙은 초로의 연화를 보면 자꾸 눈이 시렸다. 그만큼 관음증도 깊어 갔다. 더러는 용돈을 받으러 즈이 어미를 찾아온 후리늘씬 막내아들을 올려 보는 장면을 훔쳐내서 잠자리마다 오래도록 복기했다. 그미가 포풀러 아들내미를 눈알에 쏙 넣고 단물 빨아 마실 때마다 신산고초를 함께한 기미의 흔적이 봉숭아 씨앗처럼 터지고 있었다.

기억력이란 것은 과연 실재하는 것일까.

때로는 생물처럼 변화무쌍 유동 치던 성장 소설 《닭니》는 2003년에 출간했었다. 다섯 소녀를 한 사람으로 뭉뚱그려 조합했는데 기실 몇 사람은 가슴이 너무 아파 잘라낸 것이다. 고무신을 꺼내려다가 물에 빠져 거품으로 떠난 연화가 그렇다. 훔친 시계를 들고 도망치다가 트럭에 부딪친 연화를 도저히 형상화시킬 자신이 없는 것이다. 마찬가지다. 술 취한 아버지에게 죽을 만큼 맞으면서도 우는 동생 때문에 어머니 따라 도망칠 수 없었다는 연화의 사연이 가로막으면 미루나무 이파리도 함부로 흔들리지 못했다. 아부지를 닮은 주정뱅이 사내에게 시집가기 싫어 양잿물을 마신 누이를 떠올리면 지금도 가위눌림으로 숨이 콱 막힐 것 같다. 《닭니》는 그해의 '올해의 우수도서'로 선정되기도 했지만 3쇄 3,500부를 끝으로 절판되었으므로 이제 그 책은 구할 수 없다.

그 여자의 졸업정원제, 그 어두운 시대의 풍경화

　'졸업정원제'는 1981년에 도입되었다가 몇 년 후 흐지부지 사라진 제도인데.

　신군부 집권 직후 폭증하는 재수생 문제를 해소한다는 명목으로 대입 정원을 대폭 늘린 다음 '선 입학 후 탈락'을 조건으로 30%를 남겨 뽑은 것이다. 수험생으로선 막힌 물꼬가 와장창 터지는 안도감에 사로잡히지만 그게 '아랫돌 빼서 윗돌 괴기'고 조삼모사다. 아무튼 그때부터 81학번 새내기 동기생들은 빨리 핀 봄꽃처럼 불안감에 시달리기 시작했다. 일단 겉으로는 모르쇠 책도 읽고 캠퍼스 로망도 누리고 싶은 시간이 조마조마 흐르는데. '발달심리' 방 교수가 첫 운을 뗀 건 제자들을 위한 배려였을 것이다. 소문으로만 수상하게 떠돌던 졸업정원제 문제가 학부생들의 정식 화두로 던져졌다. 젖은 눈시울을 들킬세라 칠판 쪽으로 등을 돌리며.

　"국가에서 제군들 중 30%를 합법적으로 잘라 내라니 아무래도 우리 과에서 열 명 가량의 희생자가 나올 것 같은데…… 다른 과는 애들이 자퇴도 하고 군대도 가고 편입도 하면서 인원수가 조정되는데 우리 학생들만 1년 반이 지나도록 두 명밖에 변동이 없으니……."

울타리 식구끼리 솎아 내기 경합 사태가 확인되면서 불안감이 가속되었으니, 이제 모이기만 하면 '누가 탈락자가 될 것인가.' 수런수런 점검하기도 했다. 도서관에 파묻혀 이름자 하나씩 지우며 몰래 자신의 순위를 자리매김해도 막막하기만 했고.

첫 화두를 뗀 사람은 복학생 길 선배다. 그는 개구리복 입은 예비역으로 남녀 동기생들 모두 형이라고 높여 불렀고 그만큼 카리스마도 있었다. 그와 착한 남자 '과대표 박'이 회의를 주재했다.

"최소한의 의사 표시라도 해야 하지 않겠는가? 서바이벌 게임처럼 강제 생이별을 무릎 꿇고 받는 건 너무 일방적이고 부끄러운 짓이다."

이대로 받아들일 수는 없으므로 일단 모두 동조를 하였다. 그러나 이 암흑의 시대에 누가 감히 고양이 목에 방울 달 것인가. 과대표 박도 두리번거리며.

"석아, 뒷문 좀 잠그라……. 자칫 다칠 수 있으니 노래 가사는 부드러운 걸로 부르자. 다만 최소한의 몸짓이라도 보여 주는 의미랄까."

'붙자는 거야, 말자는 거야.' 하는 수근거림도 있었지만 기실 계엄령 해제 직후의 무시무시한 시국에서 특별한 묘책은 나올 수 없었다.

동기생 50명 중 44명이 모였다. 한 명은 입대를 위해 휴학을 했고 학점 고득점자 두 명이 빠졌고 신체검사나 예식장 방문, 병원 진찰 등 피치 못할 사정이 있었을 게다.

노래는 〈어머니 은혜〉, 〈스승의 노래〉, 〈아침이슬〉로 정했으니 이게 졸업 정원제 거부 데모인지 스승의 날과 어버이날의 합종 행사인지 구분이 안 가는 수준이다. 어쨌든 아크로폴리스에 모여서 '진자리 마른자리 갈아 뉘시며'를 부를 때는 눈시울이 시큰했으니 그게 집단의식의 감화이다. 아무래도 〈아침이슬〉의 가사가 가장 비장했는데.

'나 이제 가노라 저 거친 광야에'

그 문장에서는 왠지 거친 세상에 몸을 던져야 할 것 같은 비장감으로 울컥 주먹이 쥐어지기도 했다. 그래봤자 정말 아무 일도 벌이지 못했는데.

"너희들 우르르 모여 있다간 큰일 난다. 빨리 들어가."

교수님들이 대열 앞에서 우왕좌왕 만류를 하고 뒤쪽에서는 가죽점퍼 사내들이 번뜩이며 일거수일투족을 체크하는 중이었다. 마냥 뚫어지게 쳐다보기도 하고 수첩에 뭔가를 적거나 무전기 교신에 골몰하는 형사도 있었다. 우리들은 그렇게 짐작하고 있다. 문 교수가 느티나무를 잡고 처연하게 뒷모습만 보이거나 방 교수가 소리치며 출석부로 길 선배의 등허리를 후려친 것 모두 '지식인들의 양심'에 대한 자책이리라. 그런데 교수님 말씀대로 집회를 중지하면 '잘릴 목' 문제를 해결할 타법이 있긴 할 걸까? 우리 과(科) 50명이 동시에 졸업하고 함께 교단에 설 방법이 과연 있었을까. 아니면 그냥 맹탕맹탕 주는 대로 받아먹고 처분대로 살아가란 말씀이었을까?

부르르르르르룽.

마후라 뺀 자동차 소리가 오토바이처럼 파편을 터뜨린다. 승용차 두 대가 먼저 들어오고 뒤따라 경찰 버스가 들어왔다. 그리고 중년의 가죽 점퍼들이 문을 열고 우르르 쏟아져 내리는 게 무섭다. 캠퍼스에 경찰 버스가 진입해서 학과생 전체를 연행해 가도 아무도 제지할 엄두를 내지 못한다. 그랬다. 전선을 지켜야 할 군인들이 광주 시민에게 총을 겨누는 것도 보았고 도청 사수대 착한 청년들이 그 나라 군인의 총에 맞아 피를 토하는 것도 분명히 보았다. 김대중은 사형 선고를 받았고 김영삼은 가택 연금, 김종필은 부정 축재 운운으로 정치판에서 퇴출되었다. 그 후 군복의 사내들이 아홉 시 뉴스의 주역으로 등장하며 여차하면 끌려가던 동토의 시국이니.

"노래 부른 사람 일어서 봐라."

맨 앞줄의 석이가 어른들이 시키는 대로 일어섰을 뿐이다. 수첩 첫 머리에 석이가 적혔고 길 선배와 양이 언니, 인천소녀 은이, 과대표 박도 올라갔다. 반항은 엄두를 낼 수 없었으나 특별한 거사를 벌인 것도 아니므로 엄청 무서울 필요가 없었는데.

그때 왜 하필 죽천 초등학교 애국조회 시간의 풍경이 떠올랐을까. 교장 선생님(운동장 조회 때마다 새마을 운동 훈화로 30분씩 마이크를 쥐어짜던)이 사열대에 오르더니 심각한 표정으로.

"여러분은 아직 어려서 모를 텐데 긴급조치란 아주 무시무시한 것입니다. 나만 다치는 게 아니라 가족 전체가 큰일 나요."

철렁했던 열두 살 기억의 연장이다. 나만 다치는 게 아니라 가족 전체가 오랏줄에 묶일 수도 있구나. 손톱이 새까맣도록 흙만 파고 사시는 내 부모님이 오랏줄에 묶일 수도 있구나.

'캠퍼스에서 스승의 노래를 부른 대학생 죄인'들이 소떼 몰리듯 오그르르 경찰서에 끌려갔다. 형사들은 백지 한 장씩 나눠 주더니, 혀를 쯧쯧 차며.

"이제 국가가 겨우 안정되어 간신히 정의사회 구현이 시작되는 시국에 무슨 혼란 행위냐? 너희들이 데모하면 나라가 어지러워지고 적에게 도움이 되는 이적 행위야. 각서 내용에 따라 정상을 참작해 주니 알아서 기엇."

그런데 과연 우리들이 데모를 하긴 한 걸까?

그러거나 말거나 대학생들도 경찰서에 끌려가면 어린애처럼 무릎 꿇고 반성문 쓰는 게 당연한 줄 알았으므로 그저 바싹 탄 입술만 깨문다. 삼청 교육대에 끌려갔던 이웃들이 지옥을 만나고 와서 사시나무처럼 떨면서 으가가가 발작했던 즈음이다. 발길로 채이고 곤봉으로 맞고 구르고 깨지고 내동댕이쳐졌단다.

앉으라면 앉고 일어서라면 일어서고 뻗치라면 뻗치고, 박으라면 박고, 벗으라면 벗고, 저 운동장 끝의 축구골대까지 선착순시키면 시끈불끈 달려서 동료들을 이겨야 했단다.

"〈아침이슬〉도 불렀짓."

석이의 맞은편은 주근깨가 스무 개쯤 붙어있는 초로의 형사다. 안면 근육을 실룩댈 때마다 반질반질한 참깨 파편이 화들짝 흩어졌다가 모아진다. 진주보다 영롱한 〈아침이슬〉가사가 목을 조이는 사슬이 될 줄은 꿈에도 몰랐다.

"······."

그 묵묵부답은 반항이 전혀 아니었는데, 주근깨님이 볼펜으로 책상을 콕콕 찍더니.

"태양은 묘지 위에 붉게 떠오르고, 에서 묘지가 무슨 뜻이냐? 태양이 동산이나 바다 위로도 떠오를 수 있는데 왜 묘지 위냐? 색깔도 왜 하필 붉게 떠오르냐구?"

"작사자가 쓴 걸 제가 어떻게 아나요? 아저씨나 저나 똑같죠."

짝.

"싸가지 없는 년. 뭐 아저씨."

이상하다. 스물한 살 여대생의 뺨으로 손바닥이 날아왔는데도, 구경꾼들 모두 고요, 고요할 뿐이다.

사람은 과연 몇 살 때까지 싸대기를 내놓고 다니는 걸까.

마치 사고 쳐서 학생부에 끌려간 중딩들처럼 숨소리조차 내지 못하고 힐끔거린다. 광주에서 도청 사수대 청년들은 죽음보

그런데 과연 우리들이 데모를 하긴 한 걸까?

그러거나 말거나 대학생들도 경찰서에 끌려가면 어린애처럼

무릎 꿇고 반성문 쓰는 게 당연한 줄 알았으므로 그저 바싹 탄 입술만 깨문다.

삼청 교육대에 끌려갔던 이웃들이 지옥을 만나고 와서

사시나무처럼 떨면서 으가가 발작했던 즈음이다.

발길로 채이고 곤봉으로 맞고 구르고 깨지고 내동댕이쳐졌단다.

다 무서운 고문도 당했다더라. 손을 뒤로 묶인 채 미꾸라지 자
세로 곤봉 세례도 받았다더라. 이 까짓것 정도는 얼마든지 감수
할 수 있다고 마음 다지는데…… 석이는 자꾸 눈물이 흐르는 것
이다.

매 맞는 거야 솔직히 어린 날부터 이골이 났지만.

그 중 특별한 싸대기 기억은 세 번째다. 첫 싸대기는 5학년 담
임님이 테이프를 끊었다. 웃을 때만 빼놓고는 늘상 찡그린 인상
의 그 담임님은 대머리 이마가 툭 튀어나와서 별명이 바다 고기
'해마'였다. '큰가시고기목', '실고깃과'에 속하는 그 바닷고기는
머리가 거의 직각으로 구부러져 있으며 관처럼 생긴 돌기가 뚜
렷하게 튀어나온 못 생긴 해물류다.

개나리꽃 노랗게 번지는 봄날의 점심시간.

그 담임님이 배드민턴을 치다가 다른 선생님보다 5분쯤 늦게
교무실에 들어가느라 허겁지겁 숨을 몰아치는 것이다. 그때 고
무줄 복도에서 넘던 희라가.

"해마니―임. 홧팅."

손마이크로 소리치며 키득키득 도망친 건 순전히 장난일 뿐
이다. 그리고 다시 후동 뒤편에서 고무줄을 당기느라고 홉, 노려
보던 해마님 눈빛도 금세 잊은 채 하하호호 몇 시간이 지났다.
재빨리 고개를 숨겼으므로 당연히 들키지 않았으리라 생각했
다. 그날 종례 시간에 등장한 해마님이.

"아까 별명 부른 새끼 누구야. 당장 나왓!"

하는 바람에 그제야 생각이 났을 정도다. 몇몇이 희라를 힐끔 쳐다보았으나 그미는 바위처럼 끄떡없이 움직이지 않았다. 다혈질의 해마님이.

"함께 웃은 년도 일어나."

반장 민이가 앞자리에서 어정쩡하게 허리를 세웠고 석이도 조금 늦게 망상망상 일어섰다.

짝짝.

그런데 선생님이 민이를 지나쳐서 석이한테만 다가오더니 그대로 싸대기를 날리는 것이다.

'조금 늦게 일어서서 정직하지 못했던 대가인가 보다.'

그렇게 넘겨야 했다. 우리들의 싸대기는 스승의 손바닥 안에 있으므로 절대로 거역할 수 없는 것이다. 범인 희라가 일어서지 않은 것은 개인의 가치관이며, 해마님이 앞줄 민이를 건너뛴 것도 반장의 권위를 짓밟지 않으려는 배려일 것이다. 그날 하굣길, 석이는 수돗가에서 볼을 닦아 내었고, 당연히 가족 어느 누구에게도 말하지 않았다.

두 번째는 고2 때였고 가정 시간이었다.

40대 가정 티처는 성형외과 의사의 아내답게 화사한 포즈와 카리스마가 있었다. 그녀는 특별히 소리 지르거나 인상을 쓰지 않았는데도 여고생들 모두 '걸어다니는 원자탄'이라며 혀를 내둘렀다. 다만 석이 혼자 그 여자를 짝사랑했다. 가정 티처의 옷맵시가 스치기만 해도 황홀해서 '아, 고급스럽다. 저게 여왕의

자태구나.' 하는 감탄사를 내뿜을 즈음이다. 그런데 석이의 필기 모습을 지켜보던 가정 티처가, 갸웃대며.

"넌 왜 왼손으로 쓰니?"

"······."

요점 정리한 것을 따로 간추려 중간고사에 대비하려는 중이었다. 그런데 가정 티처가 다시 짜증스럽게.

"대답 안 햇?"

유리 파편 소리가 쨍그랑쨍그랑 교실을 가르는데도, 무심히.

"원래 그래요."

아무 생각이 없었다. 머리가 뛰어나지 않으므로 남들보다 빨리 중간고사 준비를 하기 위해 외우고 밑줄 치고 적어야 했다. 그런데.

짝.

싸대기를 맞았고 고삐 끌린 채 교무실에 쑤셔 박혔다. 도대체 이유를 알 수 없다. 단지 집어던진 백지에 반성문을 빼곡히 적어 가져가자 가정 티처는 쳐다보지도 않고.

"다시 써왓."

짧게 끊었을 뿐이다. 후미진 구석에 무릎 꿇은 채 도대체 내가 무엇을 잘못했는가를 낱낱이 헤집으며 없는 잘못까지 또 조작하고 만들어서 다섯 번까지 빽빽하게 채워야 했다.

그건 지난 일이고, 지금은.

'아저씨가 아니면 뭐라고 부르나? 경찰관님? 형사님? 아니면 선생님?

석이가 달아오른 뺨을 만지며 적절한 호칭을 찾아 갸웃대는 중이었다. 그렇게 고스란히 당하는 게 대학생인 줄 알았으나, 그 순간.

"계속 이렇게 당하기만 해야 하나요?"

모두 소리가 터지는 쪽을 쳐다본다.

"우리는 국어 교육의 미래를 짊어진 사범대 청년이요, 지성인입니다. 아니, 지성인이 아니라고 해도 그렇지. 스승의 노래를 부른 게 닭장차에 실려 올 죄목입니까?"

여자 목소리가 잦아진 자리로 파머머리 한 명이 분연히 일어선다. '양이 언니'다. 면사무소에서 5년 동안 근무하다가 늦깎이로 입학해서 동급생들로부터 여자 예비역 대우를 받는 26세 양이 언니는 평소에는 말 수가 없는 사람이다. 형사들의 눈빛에 번뜩 불이 켜졌고 지켜보던 교수들의 얼굴에도 당혹한 표정이 서렸다.

'저런 말을 해도 되는 건가?'

그러거나 말거나 연달아 터지는 소리가 카랑카랑하다.

"울타리 안에서 서바이벌 게임을 벌이는 이 잔혹한 제도가 너무 고통스러워서 최소한의 목소리를 냈을 뿐입니다. 사범대 캠퍼스에서 〈스승의 은혜〉를 불렀다고 죄인처럼 조아리고도 우리들이 미래 스승이라고 할 수 있겠어요?"

"니가 빨갱이냐? 아무데서나 말만 번드르르하고."

"반말하지 마세요. 대등한 어법으로 대화합시다."

주근깨 형사는 양이 언니 앞에까지 푸르락푸르락 다가갔으나 막상 손바닥이 올라가지는 않았으므로 거기서 아슬아슬하게 정리되었다.

"몇 사람은 짐을 지어야 할 것 같다."

지금은 제민천 탁배기집 물푸레나무 흔들리는 밤이다. '어머니 은혜 선동가' 길 선배가 운을 떼자 모두 불안하게 소주잔만 만지작거린다.

"아무래도 하나가 짤리고 다섯 정도 무기정학을 때릴 것 같은데 나머지 짐도 누군가 결단을 내려야 할 것 같다. 퇴학은 내가 당할 테니 이후 다시 진술을 하게 되면 모두 나에게 밀어붙여라. 어차피 이런 비굴한 세상에서 대학 생활에 대한 미련도 없다. 나머지 무기정학을 당하는 아이들은 내년에 다시 복학을 할 수 있으니까 너무 걱정하지 말아라."

"퇴학당하면 앞으로 어떻게 사시려고요?"

"노동 현장을 뛰면서 아프게 살아가는 민중들의 삶에 동참하겠다."

아, '민중'이란 단어가 처음으로 깨어있는 활자가 되어 가슴을 후빈다. 그러자 '스승의 노래 죄인'인 양이 언니도 어금니 깨물며 주먹을 쥔다.

"앞으로는 절대로 지금처럼 살지는 않겠어. 불의와 싸우는 투사들의 대열에 동참하여 이 어둠의 시대를 헤쳐 나갈 거야. 약자가 당당해지는 세상을 우리가 바로세우지 않으면 이 나라의 미

래에 희망이 없어. 후손들에게까지 이 굴욕의 역사를 물려줄 수
없어."

석이보다 한 살 적은 은이도 안경을 벗으며 눈시울을 닦아
낸다.

"분하고 억울하지만 많은 것을 배웠어요. 민주주의는 언론,
출판, 집회, 결사의 자유가 있다고 분명히 배웠는데 이렇게 불쌍
하게 깨졌다는 걸 경험한 것 자체가 공부예요. 교수님들도 그냥
창백한 지식인일 뿐이더라구요. 우리끼리 서로 의지하며 일어
서야 해요."

눈물 같은 소주를 들이키며 소주 같은 눈물을 쏟아내었다. 그
바람에 석이도 울고 양이언니도 꺼이꺼이 울고 남학생들 대여
섯 명도 콧등을 훔쳤다. 팽팽하게 부푼 가슴이 누군가 바늘을 대
기만 하면 그대로 터져 버릴 것 같았다.

'어린 새순들이 만만찮은 줄기로 성장하니 이게 의식화구나.'

그 비장한 스크럼에 함께 어깨를 두른다면 외롭지 않을 수도
있을 것 같았다. 지나간 날은 과거였고 지금 이 순간이 현재며
앞으로는 새로운 미래가 시작된다며 두 주먹 불끈 쥐었다. 그런
데 당장 다음 날 아침 자취방에서 눈을 뜨니 석이 혼자 등교해야
할 공간이 없어져서…… 밀려오는 고독에 시달리는 건 차마 예
상치 못한 일이었다.

과수원집 부모님은 두 분 모두 단 한 마디도 말씀이 없으셨다.
딱 한 번 가정 방문을 온 방 교수와 문 교수에게.

"저렇게 어린 애가 덤빈다고 전복되는 나라가 가당키나 하간 유?"

아무 말도 못하고 돌아서는 두 교수님의 어깨는 좁고 가늘었다.

그뿐 아버지 어머니 모두 큰딸에게 단 한 마디의 원망이나 질책도 없이 사과를 솎고 호미질을 하고 리어카를 끌었다. 같은 학번으로 국립대에 다니는(석이가 1년 늦게 입학함) 남동생 홍이도 서울에서 일부러 내려와.

'누나, 우리도 이제는 어떻게 사는 게 올바른지를 똑똑히 직시해야 할 때야.'

등을 두들겨 줘서 무기정학 징계가 오히려 자랑스럽기도 했다.

딱 한 가지, 아버지의 술자리가 예전보다 늘어나는 게 꺼림칙하긴 했다.

원래 성품이 쾌활했으나 술에 취하기만 하면 길바닥 아무데서나 쓰러지곤 하는 체질인데 그 횟수가 잦아진 것이다. 그날도 버드나무 주막에서 쓰러져 있다는 소식을 듣고 연년생 홍이와 고3짜리 사내 동생 용이를 데리고 모시러 갔다. 그렇게 두 아들의 팔짱에 의지한 채 논두렁길을 비틀비틀 걷던 아버지가.

'간다 간다 울멍울멍 나는 간다.'

사내 동생 둘과 동행하는 것도 든든했고 취객의 육자배기가 조금은 낭만적 풍경이다. 폭정의 시국, 억울한 사연들을 장차 인생의 자양분으로 삼으리라 다짐하며, 슬퍼하지 않으려 옷깃을 여몄다. 버드나무 그림자가 목덜미를 덮는 찰나, 아버지가 휙 돌아서더니.

"석아— 넌 이제 어떻게 살아간다냐? 흐으흐으."

후닥탁 끌어안더니 하염없이 눈물을 떨어뜨리는 것이다. 아버지의 첫 품은 뜨거웠고 등허리 바람은 차가웠다. 달빛만 저 혼자 훤했다.

* 이 글은 아내의 대학 시절에 대한 소설적 구성으로 실제 사실과는 약간의 차이가 있다.

사랑의 매 그리고
악어의 눈물

1970년대, 농촌 중학생들은 농업을 배우고.

바닷가 아이들은 수산업, 소도시에서는 공업을, 대도시 아이들은 상업을 배웠다. 실업 과목이 죄다 그렇지만 중학교 1학년 상업책 역시 본격 과목에 앞서 농업, 공업, 수산업 등을 총망라하여 '맛보기'식으로 쬐끔씩 잘라 내밀기부터 시작된다. 그래서 첫 장은 실업 과목 전체를 총체적으로 설명하는 부분이다. 먼저 농업에 대한 설명이었다. 상업님의 첫 필기 내용은 대강 이렇다.

농업의 뜻.

농업의 뜻이라 함은 무엇보다도 토지가 있어야 한다. 그 토지는 자신의 것일 수도 있고 이웃 사람의 것일 수도 있다. 아무리 석사, 박사 학위를 받았더라도 토지가 없으면 아무 소용이 없으므로 농사를 제대로 짓기 위해서는 반드시 토지를 사야 한다. 토지가 없으면 반타작 소작이라도 맡아야 농사를 지을 수 있다.

볼펜 끝에 펜촉을 끼워 잉크병에 찍은 다음 조심조심 필기하던 시대다. 펜대는 5원, 펜촉은 2원이었는데 펜촉 가운데 끼워 잉크가 흐르는 것을 방지해 주는 '갈매기심'은 3원이었다. 2원 짜리 펜촉은 5원에 3개까지 팔았고 3원짜리 '갈매기심'은 5원에 두 개까지 주었다. 그래도 잉크 방울이 떨어지면 분필 도막을 굴려서 흡수시키곤 했다.

나는 진짜 열심히 잉크를 찍어 노트에 적었다. 그러면서 처음에는 그렇게 대충 넘어가고 상업 단원에서 본격 수업을 시도할 줄 예상했다. 왜냐하면 스승님의 전공은 상업이었으니까.

그런데 아이들이 필기에 몰입하려는 순간 상업님이.

"1번."

성렬이가 뜨악하게 쳐다보자.

"1페이지부터 읽어."

"1페이지에는 아무 것도 없는 데요."

그랬다. 1페이지는 그냥 책의 속표지였고 3~4페이지는 책의 목차였으므로 정작 알맹이는 6쪽부터 시작되었다. 상업님은 교과 첫 부분이란 개념으로 1페이지라고 말씀하신 것 같다.

"처음이 어디지?"

"6페이진데요."

"6페이지나 1페이지나 그게 그거지."

그러나 상업님은 정작 읽는 아이에게 눈짓도 주지 않았으며, 하다못해 '그럼'이라든가 '이제부터'라는 말도 쓰지 않으셨다. 문제는 또 있었다. 한번 시작한 성렬이의 책 읽기를 중지시킬 기미가 보이지 않는 것이다. '읽어'라는 단추는 누르셨지만 '스톱' 단추를 누르지 않으셨으므로 성렬이는 다음, 다음, 다음 페이지까지 하염없이 읽고 또 읽었다. 26분쯤 지나 성렬이의 목청이 완전히 지친 목소리로.

"타흠 사람 시키폰 안 되나효?……모키 갈라앉아서."

하지만 스승님은 창밖만 쳐다보느라고 성렬이의 말을 듣지 못했던 것 같다. 버드나무 가쟁이로 푸르스름한 빛깔 팅팅 물오르는 삼 월이 그렇게 흐르는 중이었다.

"선생님, 다음 사람 시켜주세횻!"

그제야 몸을 돌린 스승님이 심드렁히 고개를 끄떡여서 2번 석동이가 간신히 받아 읽었다. 처음에는 다음 배울 단원에 대한 감각을 익히게 하려고 그러는 줄 알았는데 문제는 다음 시간에도 똑같은 것이다. 또 그 다음 시간도 마찬가지일 거고, 우리들의 쳇바퀴 앞날이 그렇게 아득하게 예측될 뿐이었다.

잔설이 녹고 개나리 피던 그 계절까지.

상업님은 첫 장부터 반복해서 읽고 또 읽는 것만 되풀이시켰다. 그리고 당신께선 창밖만 바라보며 멀거니 서 있다가 가끔 '푸우푸' 한숨을 내뿜는다. 한 달쯤 지나자 학동들의 상업책 앞부분이 까맣게 닳았고 특히 1번 선수 성열이의 상업책 6페이지는 아예 반질반질 윤이 나다가 푸석푸석 찢어질 지경이었다.

진달래 붉은 망울이 허공에 퍼질 때쯤.(그러니까 또 한 달이 지난 거다.)

작은 변화가 생기기도 했다. 1번이 6페이지를 읽고 2번이 7페이지, 3번이 8페이지, 4번이 9페이지 그런 로테이션 방식으로 우리들의 번호가 바뀌면서 페이지가 넘어가는 것이다. 그나마 자동빵 시스템이 되니까 아주 쬐끔은 덜 지루했다. 그래봤자 13번쯤 읽다 보면 끝 종이 나므로, 뒤 번호 아이들은 아예 엎어져 자거나 만화책만 탐독했다.

고향 땅에는 한 술 더 뜬 선생님도 있었다. (이 이야기는 나의 청소년 소설 《토메이토와 포테이토》에서도 선보였었다.) 이름도 방구찬이었지만 엉덩이 나팔이 시도 때도 없이 뿡뿡 터치는 바람에 그냥 방구쟁이 선생님이라고 불렀었다.

당연히 시험 시간에도 방귀를 가리지 않으셨다. 아이들의 문제 풀이에 방해를 놓지 않기 위해서였을까, 선생님이 소리 없이 터치시는 바람에 냄새가 훨씬 독하게 퍼졌다. 아홉 살 우리들은 일제히 코를 막는 바람에 숨이 막혀 죽을 지경이었지만 아무도 스승의 방귀 권위에 도전할 수 없었다. 방구 가스 발령으로 과목 평균 5점 이상은 떨어졌지만 오로지 침묵이었다.

그 스승님은 밤마다 당재골 노름판에서 화투패에 빠졌다. 바닷가로 넘어가는 언덕 아래 초가집이다. 밤새 호롱불이 밝혀진 채 논문서 품은 사내들이 새도록 화투패를 돌린다나, 어쩐다나. 방구쟁이 선생님도 그 틈새에 끼어 날마다 옴팡집 사랑방에 쑤셔 박혀 화투패 돌리다가 새벽이슬 치며 집에 돌아왔다. 밥 한 술 먹고 출근하는 모습을 아이들도 수없이 보았다.

수업 방식은 주로 '동아전과 통째로 베끼기'였다.

먼저 칠판에 동아전과 한 페이지씩 좌악 베껴 놓고.

교단에 대자로 누워 책으로 얼굴을 덮은 다음 드르렁드르렁 단잠에 빠지곤 했다. 코를 골 때마다 동아전과 겉장부터 팔락팔락 펼쳐졌는데 그 깊은 잠속에서도 뿡뿡 쏴대는 방구 소리가 교실 셋째 줄까지 들릴 만큼 위력적이었다.

그러다가 '까웅' 하품으로 부스스 일어나신 방구쟁이 사부님은 문방구 뒤에 자기네 생강밭 두렁이나 솔밭 옆 논두렁 풀을 한 고랑씩 매고 오곤 했다. 농작물 행차 나가기 전에 소사 아저씨에게 교실을 맡기거나 아예 처음부터 반장에게 자습 감독용 막대기를 건네 주기도 했다. 교실을 맡은 대타 소사 아저씨 역시 아예 교실 바닥에 철푸덕 주저앉아 펜치, 철사, 노끈 같은 온갖 장비를 주렁주렁 늘어놓았으니 '그 나물에 그 밥'이었다. 아이들에게 각목을 잡으라고 시킨 다음 망치질을 하거나 흥부네 식구처럼 슬금슬금 톱질 노래도 불렀다. 그래도 아이들은 바다에 던질 그물망의 코를 꿰는 게 공부보다 훨씬 재미있으므로 아주 신이 났다. 그물코 작업이 조금 귀찮아도 수업 시간을 생날로 때우는 재미가 어디인가.

사랑방에 일러바쳐도 소용없었다. 여름방학 중 사랑방 묵내기 화투 끝물이었던가. 새끼 꼬던 툇마루에서 머슴 아저씨들한테 내가 고자질했을 때에도 (우리집 사랑방에서 이웃집 머슴 세명이 한 방을 썼었음. 방세는 월 보리쌀 닷 되.) 그냥 짚토매를 쓰다듬으며.

'그러니까 방구찬 훈장님이야. 우헤헤헤헤.'

키득거릴 뿐 아무도 관심이 없는 것이다. 민구가 6학년 때까지 구구단을 못 외웠는데도 머슴 아저씨들은.

'방구찬 훈장이니 당연히 그렇지 뭐. 어차피 구구단은 먹고사는데 필요하니까 때가 되면 다 외우게 되어 있어.'

펫펫펫 손바닥에 침을 탁 뱉고 새끼만 꼬는 것이다.

중학교 때 서울 사람들도 마찬가지였다.

자취방 주인집 대학생들도 엉터리 수업에 대한 반응은 엇비슷했다. 상업님 얘기를 어렵사리 꺼내도 그냥 까르르 웃기만 했다. '농업의 뜻'이 적힌 노트를 보여 주면 주인집 대학생 성님(건국대생이 형님이고 중앙대생이 동생)들은 일단 어리둥절하다가.

"와 – 기발하다. 농사를 지으려면 아무리 석·박사 할애비라도 토지가 있어야 된단당. 소작까지 등장하고…… 우헤헤. 족집게 스승이네."

데굴데굴 자지러질 뿐 나의 난감함에 동조하지 않았다. 그랬다. 참고서를 팔아먹건, 전문 농땡이로 등극하건, 야만적 매타작의 시퍼런 종아리 흔적을 보여 주어도 무조건 스승들을 감싸 주던 쌍팔년도 얘기니까 가능했으리라. 몽둥이 찜질도 스승의 사랑이고 바리깡으로 머리에 고속도로를 내어도 질서를 가르치기 위한 것이고, 수업 시간마다 자습을 시키는 것 또한 당연히 아이들을 위한 농땡이 도정이라는.

2학년이 되었고 또 상업님이 그대로 그 과목을 맡아 우리와 함께 하나씩 진급하였고.

똑같은 쳇바퀴 상황이 반복되었다. 그러거나 말거나 선두 그룹 범생이들은 이미 공부의 맥을 꿰뚫으며 차곡차곡 점수의 차별화 단계를 거치는 중이었다. 상업 시간이 되면 스스로 처음부터 단원 하나씩 요약 정리하며 홀로서기를 터득하는 것이다. 나도(62명 중 10등) 매 시간마다 단원 하나씩 정해서 요점 정리를 시작했다. 어느 날 내 노트를 유심히 쳐다보시던 상업님이, 아이들에게 펼쳐 보이면서.

"주목…… 모두 이 학동처럼 하루에 한 페이지씩 요약하시라우."

한마디 하곤 주머니에 손을 넣고 창가를 어슬렁거렸다. '요약은 페이지 별로 하는 게 아니라 단원별로 하는 거예요.'라고 말할 필요도 없었다. 입만 아플 게 뻔하므로.

교실은 범생이와 양아치로 이등분된 것 같지만,

기실 표시가 나지 않는 보통 부류인 '수두룩팀'이 절대 다수로 구성되어 있었다. 62명 중 열 명 정도는 범생이 그룹이었고(나는 그 그룹의 마지막 칸에 있었다.) 열 명 정도는 불량끼를 무기로 삼는 장똘뱅이 양아치 팀이거나 그 그늘에서 얼쩡거리는 아류들이었다. 그리고 스무 명 정도가 평범한 얌전이 학생이었다면 나머지 스무 명은 오로지 깝치고 팔랑대기 위해 학교에 다니는 좌충우돌 조무래기들이었다.

실내 정숙.

그 타이틀 앞에서 아이들은 아주 비겁했다. 무서운 선생님과 만만한 선생님을 철저하게 차별하는 것이다. 호랑이 선생님이 나타나면 쥐새끼처럼 숨었다가 비둘기파 선생님들 시간에는 피도 눈물도 없이 개차반을 만들었다. 그냥 뛰고 떠들기만 하는 게 아니라, 영양실조 친구들을 펜촉으로 찌르거나 방귀를 손바닥에 대고 꽁꽁 담았다가 콧구멍에 쑤셔 넣는 것이다.

'삼월 달 초장 길들이기'를 실패한 비둘기파 선생님들이.

뒤늦게 애절한 표정으로 '떠들지 마라.'를 입에 달고 다녔지만, 이미 때가 늦었다. 더러는 일부러 비둘기파 스승에게 어깃장을 놓음으로써 교실의 주먹 서열을 올리려는 잔머리 동물들도 있었다. 그렇게 시장 바닥 버전으로 난리 블루스를 떨던 어느 날.

우리들끼리 생뚱맞게 '자습 시간 실내 정숙'이란 주제로 회의를 했으니.

특별한 정의감을 가지고 시작한 거사는 절대 아니다.

자습 시간이 너무너무 많다 보니까 드디어 불안감이 발생한 것까지는 맞다. 중간중간 빠진 시간이 너무 많으므로 결강 시간을 마지막 교시로 돌려놓은 다음 일관 단축 수업을 시도하곤 했다.(솔직히 좋은 면이 더 많았는데 거사를 벌인 것이다.)

아무튼 '실내 정숙'이란 학급 회의 주제가 '선생님 성토'란 주제로 김밥 옆구리 터치듯 변질되면서 아이들을 흥분시킨 것이다. 아주 모처럼 심각한 분위기를 타고 심지어 농땡이꾼들까지 자신들의 바닥 점수를 선생님들 탓으로 돌리며 비분강개했다.
순식간에 정의파로 둔갑한 뿌듯함으로 모두 빵빵하게 부풀기도
했으니.

"떠드는 애들은 반장이 때리세요."

"동급생이 어떻게 동급생을 때립니까? 우리 스스로 인격을 지
켜야 합니다. 절대로 있을 수 없는 일입니다."

휴학생 출신인 학준이는 한 살 더 많았지만 그런 선배 태를 일
체 보이지 않았다. 존댓말까지 요구하며 몽둥이를 들던, 1학년
때의 유급생 출신 반장 종구와는 완전 딴 판이었다.

"우리가 아무리 열심히 공부하려 해도 선생님들이 맨날 자습
만 시키고 단축 수업만 시키면 완존 허당이거든."

최대 관심사가 여학생 후리기인 태근이의 발언이다. 날마다
모자 천장으로 바지의 각을 문지르는 태근이는 콧수염이 거무
스레해서 다른 아이들과 구별되었다. 어쨌든 공부와 담을 쌓던
양아치 팀까지 오늘만큼은 작정한 듯 집단으로 심각한 표정을
짓는 진지함을 만난 것이다.

"공부를 하긴 했냐? 니가 언제?"

옛날 반장 종대가 핀잔한다.

"종식이는 열심히 하잖아. 강철이나 학준이도…… 내 얘기가
아니잖아. 우리 교실 면학 풍토 얘기지."

"단축 수업 하면 맨날 헤벌레하며 만세 불렀잖아."

"맨날 만세는 아니야. 일요일은 교회 가서 반성하느라고 기도

했거덩. 우쨌든. 멀쩡한 등록금 쏟아 부었으면 기본은 해야징.
안 그렇소. 학동들."

대통령배 축구 시합을 응원가거나 (그 학교는 축구에 아주 강
했다.) 전국 고교생 아이스하키 시합 응원을 위한 단축 수업은
그래도 생활에 탄력을 주었었다.(종식이네 범생이 부류는 그것
도 싫어했다.)

문제는 시도 때도 없이 생기는 맹탕 자습 시간이었다. 교무실
에 가보면 선생님 자리가 비어 있기도 하고 밀린 업무에 골똘하
거나 아예 책상에 엎어져 낮잠에 빠지기도 했다. 그러니까 선생
님들도 아셔야 한다. 아이들이 공부를 싫어한다고 해서 마냥 난
장판 자습 시간을 좋아하는 것도 아니라는 점을.

"진짜 문제 스승이당."

'스승님들은 가르치기를 좋아하는 체질이다.'라는 지금까지의
고정 관념이 단박에 깨진 것이다. 아무튼 태근이의 정색으로 토
론 판세가 완전히 심각해졌으니, 저 정도 표정이면 담벼락 이웃
숙명학교 담요 바지 여학생들이 반할만하다. 그는 수시로 펄 시
스터즈의 〈커피 한 잔〉이나 어니언스의 〈작은새〉를 멋드러지
게 불러서 여자 친구 없는 아이들과의 차별성을 나타내었다.

"우리가 아무리 면학 풍토를 조성하려 해도 선생님들이 농땡
이 마음을 가지면 학습 분위기를 잡을 수 없어."

왠지 머리통이 커지는 느낌으로 아이들은 선생님 성토대회의
원군으로 우르르 편입되었다. 그 와중에도 아주 잘 때리는 몽둥
이류 선생님들은 성토 대상에서 제외되었다. '몽둥이 찜질은 곧

스승의 사랑'이라는 금기를 도저히 깰 수 없었다. 수학님이나 영어님같이 폭군형 티춰들은 절대 훼손시킬 수 없는 불가침 영역이었으므로, 자습으로 세월을 때우던 상업님만 주 타켓이 되었다.

"반장이 직접 건의해야 돼."

종구가 '고양이 목에 방울을 걸 쥐'로 학준이를 지목했다. 아이들은 '수위를 너무 높였나?' 하는 생각으로 조바심이 들기도 했지만 동시에 우리들의 인격적 성장감으로 뇌가 뿌듯했으므로 대부분이 종구의 손을 들어 주었다.

"교장님한테 진짜로 갈 거야?"

학준이의 입술이 지그시 깨물리는 순간 아, 우리들은 그를 존경하는 지도자 동지로 추대하고 싶은 마음이었다.

"벗들의 의견이 모아지면 제가 갑니다."

학준이를 바라보던 눈빛에서 일제히 아, 하는 감탄사가 터진다. '친구'나 '급우'도 아니고 '벗'이라니…… 쓰는 용어부터 뭔가 다르다.

"퇴학이라도 당하면……."

학준이는 한동안 표정을 바꾸지 않았지만.

아이들은 나무 위에 올려놓고 한 차례 흔들었을 뿐 이튿날부터 까맣게 잊었다.

예전처럼 도깨비 시장 난장판 벌이는 일상으로 회귀한 것이다. 범생이들의 학구적 분위기가 우물처럼 따로따로 박혀 있었

우리들이 일그러진 성적표

지만 복도마다 질풍노도의 프로레스링 연출팀이 코브라 트위스트와 암바 시범으로 완전히 개판의 시간을 보내던 중.

"교과서 안 가져온 놈들 나와."

데프콘 쓰리 보복이 발동될 줄은 까맣게 몰랐다.

갑자기 상업님의 표정이 근엄해지면서 교과서 검사로 생뚱맞게 비상을 건 것이다. 주로 조무래기 그룹들이 스무 명 가량 어리둥절하며 앞으로 끌려 나갔다. 당장 칠판지우개 싸대기가 두 대씩 날아왔다. 지우개 껍데기가 예상 밖 위력을 발휘하면서 몇몇은 창틀까지 뻉뻉 밀려 나갔다. 칠판지우개로 때리면 선생님의 손바닥 손상이 없으므로 그만큼 많이 때릴 수 있고 타격의 강도도 높아진다.

"교장한테까지 간 새끼들이 교과서를 안 가져왔!"

'아, 학준이가 교장님한테까지 올라갔구나.'

학준이는 꼿꼿하게 앉아 앞만 바라보았고 상업님 역시 학준이를 건드리지는 않았다. 게다가 뒤끝도 허약했다. 매타작을 끝내더니 창문 쪽으로 돌아서서 좁은 어깨를 들썩이며.

"폐병이 악화되어 더 이상 가르치기가 힘들어요. 아마 오래가진 못할 거예요."

'오래 가진 못한다.'

그 의미가 뭔지는 알 수 없었다. 다만 그 후로도 상업님이 창밖으로 등을 돌린 채 '푸우푸' 한숨 쉬는 모습을 잡아챌 수 있었다. 그러다가 갑자기 삽날에 찍힌 듯 어깨를 움찔할 때, 나는 보았다. 상업님의 좁은 어깨가 재티처럼 푸시시 잦아들면서 시든 먹구름이 하늘을 덮는 것이다.

아무튼 그건 아니다. 교장님에게 달려간 건 학준이니까 당연히 '신고한 정의파'를 '매우 쳐라.'로 요절을 내야 했다. '종로에서 싸대기 맞고 한강에서 발길질 하듯' 엉뚱한 조무래기들만 두들겨 패는 선생님의 어깨가 갑자기 좁아지는 바람에 안쓰럽게 느껴지기도 했으나 '내 마음 속의 증오'는 돌려놓지 못했다.

'아픔을 하소연한다고 사랑할 수는 없어요.'

그 말을 교탁 밑에 감춰 놓은 채 꽁꽁 묻었다. '우리가 너무 했나?' 하며 갸우뚱하는 아이들이 하나씩 생기기도 했고 특히 학준이가.

"선생님이 눈물도 흘렸어."

에둘러가며 설득했지만 나는 설레설레 고개를 흔들었다.

"악어의 눈물이야."

분명한 것은 느닷없는 데프콘 쓰리 발동으로 책 검사 한 다음 칠판지우개를 하사한 건 '사랑의 매'가 될 수 없다. 키 작은 중학생 하나 그렇게 열다섯 살을 보내면서 가끔 면도날을 갈기도 했다.

우리들이 잃그라진 성적표

* 이 글은 소설식 구성으로 사실과는 차이가 있다.

스칸디나비아 반도는 그렇게 떠 있었다

1960년대 후반, 빡빡이 소년들의 세계 지도 지명 찾기에서 눈에 익었던 이름자들이다. 하와이나 뉴욕처럼 쉽게 찾는 지명도 있으나 그렇지 못한 곳이 있으니 그게 코펜하겐, 스톡홀름 등 같은 북반구나 언저리 도시 이름들이다. 그 중에서 스칸디나비아 반도는 북유럽의 끝이요, 북극과 가장 가까운 공간이라서 끄트머리는 아예 색깔조차 하얀색이었다. 계란 색깔의 노르웨이가 주황빛 스웨덴을 맹수들의 짝짓기처럼 올라탄 채 시베리아 강풍을 견디고 있었다. 덴마크는 북부 바다를 향해 뾰똑 서 있는 포즈이며 핀란드는 조금 홀대 받는 표정으로 러시아 쪽에 붙어 있었다. 그 유년 시절의 환상이었던 바이킹의 나라를 방문했으니, 나로선 57만의 첫 해외 경험이다. 헬싱키로 지나던 지상 4,000미터 상공에서 '아내의 알람'이 울렸다.

'새벽 세 시에 깨워주세요.'

네 시 반 출발을 위해 부탁했던 걸 아내가 '오후 세 시'로 맞

러시아 쪽에 붙어 있었다

쳤으니 열두 시간 후인 비행기에서 수면을 깨운 것이다. 지상 4,000미터 비행기에서 아이 우는 소리가 들려서 오래도록 가슴이 싸ー했다. 아이는 영문을 모른 채 울고 있지만 그것은 기압차 때문일 것이다.

영하 47도, 속도는 시속 480킬로.

그러니까 할리우드 영화에서 비행기 창문이나 바깥 날개에 매달려 벌이던 송방송방 벌이는 난투극 장면 따위는 모두 새빨간 거짓말이다. 그리고 끝도 없이 펼쳐지는 구름바다를 보면서 문득 그런 생각이 들었다. 미련 없이 뛰어내려 죽고 싶다는.

북유럽이 가까워 오면서 내려다보이는 지상은 온통 숲과 호수다. 지금은 행복의 낙원처럼 보이는 저 스칸디나비아 반도가 100여 년 전만 해도 열강의 침략에 온몸을 쥐어뜯겼으리라. 제국주의들에게 몸을 약탈 당하고 포승줄 노예로 끌려가는 야만의 시국은 얼마나 끔찍한 사연들인가.

해외 연수 코스는 효도 관광처럼 발 빠른 일정이었다.

먼저 코펜하겐이다. 안데르센의 인어공주가 앞을 막는다. 백설기 피부에 금발의 미녀 그리고 물고기 아랫도리가 이미 낯익은 서사다. 솔직히 말해서, 인어공주가 얻는 왕자의 사랑과 불멸의 영혼은 절대로 동일하지 않으니, 이는 연애에 대한 체념과 해탈의 반영이 되기도 한다. 사춘기 첫 사랑에 그동안 꿈꾸었던 모든 이상과 동경을 동일시시켰던 아마추어(그러나 진실한) 서정성과 같은 것이다. 그럼에도 인어공주의 바다가 나그네의 발길을 오랜 혼몽 상태로 묶어 두었고.

그리고 덴마크는 자전거가 많았다.

국회의사당으로 등원하는 자전거들이 특별히 눈에 띄는 건 금배지 신분 때문일 것이다. 건물들은 동화처럼 붉고 뾰족했지만 거리에는 간판도 없고 무엇보다 술집이 드물었다. 실내 장비는 턱도 없이 어설펐다. 엘리베이터는 창고 문을 여는 것 같았고 번호판도 없었다. 가이드도 차마 엘리베이터라고 부르지 못하고 그냥 '승강기'라고 불렀다. 그 대신 아파트 이외에 공원 주택을 하나씩 소유하고 있으니 문화의 지향점이 다른 것이리라.

북유럽 역시 다양한 피부색이 혼재된 사회다. 거리에는 젊은이들보다 노인들의 행보 비율이 더 높다. 18세 이상 젊은이들처럼 노인들 역시 독립해서 사는 게 자연스럽다. 가이드 김정선님(65세)도 노구를 끌고 젊은 여행객들을 안내하는 모습이 필경 선진국 풍경이다. 유모차와 노인들 그리고 장애인들이 수시로 눈에 띄는 것은 독립된 활동을 하는 의미다.

SANKT ANNAE 스쿨은 음악 재능 예술학교다.

쫄바지를 입은 여자 부교장이 피아노에 기댄 자세로 브리핑을 하며 음악 수업 동영상과 오페라 종합 예술 공간을 보여 준다. 무릇 교사는 무서우면 안 된단다. 아이들도 그렇게 책상에 올라앉았거나 누운 채로 교사들과 소통하고 있었다. 수업은 경쟁식이 아닌 스스로 이해하고 따라오게 하는 방식이라고 자부심 있게 말한다.

출입구를 지나자마자 학생 휴게실이 배치된 게 다르다. 우리 나라의 경우 교직원 신발장이 있는 중앙 통로에 '학생 출입 금지 구역'이라는 팻말이 부착되어 있곤 하다. 한반도 학교는 건물이 바뀌었지만 패턴이 그대로다. 장학사 오는 날 대청소를 하는 행위도 50년 전 유년기와 전혀 변치 않는 고정 관례다.

가장 오래도록 체류한 나라는 노르웨이이다.

태어날 때부터 발에 스키를 신고 나온다는 그 설국의 나라는 여름인데도 바퀴 달린 스키를 신고 아스팔트를 달리는 모습이 언뜻 보이기도 했다. 가이드는 18세 이상이 되면 결혼이 가능하다며 성의 개방화를 자신 있게 내세웠지만…… 기실 성(性) 문제는 개방화의 가부를 쉽게 말할 수 있는 종류는 아니다.

어느 공원에서인가, 덴마크 독립에 공헌했다는 영국의 처칠 흉상이 나타난다.

'바닥에 떨어진 내 시가는 어디로?'

고개 숙인 그 자세란다. 그 옆으로 금발의 소녀들이 현란하게 오가는 중이었는데, 가이드는 지나가는 여자들에게 나이를 묻지 말 것이며 예쁘다고 하지 말라고 주문한다. 그렇게 소떼 몰듯 15분이나 30분씩 풀어 놔줬다가 인원 점검하기를 반복했다.

바이킹 박물관은 오슬로('하느님의 푸른 광장'이란 뜻) 대학 부설이다. 원래 바이킹은 '해안선에 사는 사람'이란 뜻이다. 배에 쓰이는 나무는 참나무와 전나무니 오래도록 상하지 않는다. 그들이 해적이냐 아니냐가 중요한 게 아니라 생존의 문제다. 척박한 환경 속에 파도를 헤치는 실루엣은 존재 자체만으로도 리얼한 생존이다. 뱃사람들은 죽음의 순간 용의 품안에 몸을 바쳤단다. 보통 자가용 배 한 척에 선원이 30명인데……주인이 죽으면 노예들도 함께 묻어 버렸다니, 분하고 원통한 노릇이다.

북유럽 사회는 당연히 여성들의 활동력이 강하다.

국회의원이나 CEO의 3분의 2가 여자일 정도로 여성 활동이 높지만 실제로 여자들이 가장 바라는 직업은 전업 주부란다. 가이드는 수시로 '남자와 여자는 태어날 때 몸의 구성부터 틀리다.'라는 말을 반복했지만 페미니즘 입장에서는 '틀리다'라는 표현보다는 '다르다'라는 어휘가 옳은 표기다.

화장실의 차별 역시 국제적으로 동일했다. 남자들은 금세 볼일을 끝내고 카메라를 누르고 있는데 여자들은 출입구부터 끝도 없이 늘어서 있었으니, 생리적 구조가 계급의 벽과 맞물린 케이스다. 그래도 기차놀이처럼 늘어선 여성 동지들이 풀밭 위로 생글생글 웃고 있어서 그나마 다행이었달까.

입센도 마찬가지다 《인형의 집》의 '노라'가 아내 이전의 한 인간으로 살아가기 위해 집을 뛰쳐나가는 여성 주권의 몸부림이 인파 속에 오버랩된다. 그러나 1800년대라는 보수적 배경이 그미를 받아들이기에는 신산의 벽이었으니 그만큼 치열했을 것이다. 한국의 신여성인 김일엽, 나혜석, 김명순들도 젊은 날에 여성 주권을 선언하며 뛰쳐나왔다가 쓸쓸하게 쇠어가는 노년을 보내지 않았던가.

가장 안타까운 것은 수시로 눈에 띄는 중동의 여인들이다. 땡볕 아래 히잡을 칭칭 두른 채 거리를 걷는다. 히잡과 맨살을 그미들 스스로 선택할 수 없는 한 깊은 철학과 종교를 논하는 것은 새빨간 거짓이다.

노르웨이에는 또 〈페르귄트〉를 작곡한 '그리그'가 대표적인 명사이다. 그리그는 이종사촌 어동생과 결혼을 했는데 모두 155cm 이하의 단신들이라서 응접세트 일체가 아담 사이즈다. 그 키 작은 가족들이 악보를 만들고 피아노를 쳐서 세상을 감동의 도가니에 쏟아 놓았으니, 그게 '작은 거인'이다. 지금은 바다를 바라보는 바위에 자신의 무덤을 만들고 그 속에 들어가 불면 수면 중이다.

뭉크의 〈절규〉 그림 한 점에 1,500억 원에 경매되었다니, 상상이 가는가. 그의 작품 속 오슬로 거리는 더욱 섬뜩하다. 군청색 하늘과 노르스름한 조명 사이로 군중들의 둥그렇게 뜬 눈들이 모두 해골처럼 텅 비어 있다. 그 〈절규〉는 화가의 공황 발작 체험에서 생산된 것이다. 두 명의 친구와 오슬로 교외를 산책하던 중 저녁놀 붉은 구름에서 절규를 들으면서 그는, 실제로 색채들과 똑같이 끔찍한 비명을 질렀다고 고백한다. 그 뒤로 배경처럼 따라오는 두 친구의 표정이 평화로운 걸로 보아 필시 이 트라우마는 혼자만의 절대고독이 응집된 것이리라. 그러니까 예술

표정의 디테일을 읽으라

의 소용돌이에서 분수처럼 솟구쳤다가 거품으로 사라지는 스크린은 비현실적이면서도 리얼리즘일 수밖에 없다.

이번에는 북대서양이다. 바다 이외에는 아무 것도 없다. 크루즈 배 후미로 물살 자국이 끝도 없이 이어지는 걸 보면 분명히 지구가 둥근 게 정설이며, '종교 같은 바다'라는 문장이 가장 리얼하다. 고래의 뱃살을 가르거나 청어의 아가미를 따면서 생명력을 키우는 그 바다를 바라보며 나는 술독에 빠졌다.

그랬다. 나는 괜찮은 배경만 나타나면 소주병을 대비시켜 보는 기발한 상상력이 있다. 특히 텔레비전 시청 때 더 그렇다. 아프리카 야자수 아래나 악어 떼가 숨어 있는 아마존 늪에도 소주병을 띄워 본다. 알래스카 얼음 세상을 보면서 '물개 한 사라에 소주 두 병 비우면 딱 좋은 자린데.' 하며 입맛을 다시기도 한다. 마찬가지다. 꽃밭 풍경이건 도심지 뒷골목이건 술병이 있어야 살아 있는 것 같다.

노르웨이 사람들은 식당 문화가 거의 없으며(땅이 넓고 인구가 적어서).

주말인 금요일 오후에 차를 끌고 술과 고기와 식료품을 사서 가족 캠프를 떠난다. 자기 집 이외에 산장과 바닷가 별장과 캠핑카, 요트까지 있으니 가족형 놀이 문화가 형성될 조건이 되지만.

문제는 외로움이다. 독거 노인 투성이니 그만큼 더욱 고독한 노년으로 잦아질 수밖에 없다. 그래서일까, 우울증이 많으며 남녀를 불문하고 흡연율이 높다. 10월~11월의 흑야 기간에는 더욱 그렇다. 얼핏 상가 유리창으로 비친 쪼글쪼글한 노파의 양주병 고르던 잔상이 오래도록 지워지지 않는다. 술병을 요리조리 돌리다가 결국은 내려놓던 민초의 주름살 표정.

신기하다. 아일랜드 산꼭대기에는 온통 눈사람 모자인데, 바닥에는 초원과 꽃들의 지천이다. 얼음 벌판을 지나면 '남진의 뽕짝'처럼 '저 푸른 초원과 그림 같은 집'들이 끝도 없이 이어진다. 식민지 민족이었던 그들에게 천연 가스가 발견되고 평화 협정이 체결되면서 젖과 꿀을 선사받은 것이다.

온통 숲과 꽃과 물 천지였다. 사진으로는 담아 낼 수 없는 절경 천지가 실제로 존재하는 것이다. 까마득한 암벽 그리고 들꽃 사이로 빙하 폭포가 수도 없이 쏟아져 내렸는데, 미안한 말이지만, 사흘째부터는 정말 아무 감흥이 없었다. 그러니까 아름다운 풍경이란 게 기껏 며칠짜리 스크린인 셈이다.

"지겨워. 똑같은 폭포만 나와."

우종정 선생의 한 마디에 여교사들의 까르르 소리가 차창을 흔들었다.

오토강 꼭대기에는 양떼를 키우는 목장이 있었는데 기껏 백여 마리 정도란다. 그 절벽으로의 이동 도구로는 사다리가 유일한데 세금을 받으러 올 때 주인이 꼭대기에서 사다리를 치워 버리면 징수의 방법이 없다고 했다. 코달 농장에서는 150마리의 염소를 사육하는 여자 목동도 눈에 띄었는데, 그의 3대 후손쯤 되리라.

브룸펠러(해발 450미터) 열차에서는 특히 초등 여선생님들이.

가이드가 시키는 대로 함성을 내지르는 바람에 풍경에 몰입하기 힘들었다. 소스 폭포는 93미터의 엄청나고도 기괴한 형상이었다. 폭포 사이로 새빨간 옷차림의 산발한 여자가 춤을 추니 그게 전설의 '홀드라 귀신'이다.

천 년 묵은 불여우가 남자를 만나 아이를 낳아야 진정한 미녀로 환생할 수 있다고 했던가. 문제는 홀드라의 용모가 너무 아름다워서 남자들이 감히 접근을 하지 못하는 점이다. 오늘도 계곡에서 춤을 추며 남자를 유혹한다는 서사성이 슬프고 오만하니 그게 몸의 패러독스다. 총 세 명의 홀드라 귀신이 연출하는데 폭포 쪽이 가장 위험해서 남자 알바생을 쓰고 있다. 특별히 제작된 속내의에는 안전벨트까지 착용했다는데.

그 열차 안에서 춤을 추었다.

나는 풍경을 담고 싶은데 쉬임없이 노래와 율동의 분위기로 흐르고 있었다. 누군가 머플러를 동여매 주더니 등을 떠민 것이다. 나는 노는 걸 좋아하진 않지만 파트너인 안나영 선생은 요정처럼 아름다웠다. 일단 일어섰으면 (싫든 좋든) 신나게 놀아주는 것이다. 와— 박수 소리가 터졌고 사방에서 셔터 터치는 소리가 들려서 아주 잠깐 우쭐하기도 했다. 일어서라, 일어서라. 가끔 코리아를 떠올리면서 관념적 애국심을 키우기도 했다.

노르웨이는 아이들이 초등학교에 들어갈 때까지 글자를 가르치지 않는다. 자치구와 정부에서 대학원까지 책임을 지며 소말리아나 아프카니스탄의 난민까지 무료 교육이다. 외국인들이 10% 가량 되는데 주로 문맹자와 여자들이다. (이민은 받지 않지만 난민은 받아들인다.) 이들은 사회학과 언어를 포함한 300시간 이상의 교육을 통과해야 영주권을 부여받으며 그게 안 되면 500시간까지 수업을 연장한다. 아기를 낳을 경우 1년치 월급을 준다. 교육비가 드는 경우는 자기 사업을 위해서 배우는 때에만 해당한다. 방문하기로 한 학교의 교사들은 동맹 파업 중이어서 대신 '평생 학습관'을 방문하였다.

"동맹 파업 교사의 징계 수위는 어느 정도입니까?"

"없습니다. 파업이 끝나면 정상 수업을 하니까요."

하지만 그 나라 역시 감정의 기복이 극심하기도 했으니, 기후 탓일까.

브레이빅이란 사내가 총기를 난사하여 80여 명의 청소년 사상자를 낸 '우토야 섬의 비극'이 그렇다. (아이러니 하게도 그 살인마는 대한민국의 가부장 제도를 가장 존중한다 하여 나를 민망하게 했다.) 그러거나 말거나 학살의 섬이 보이는 그 벌판에는 보랏빛 루핀 천지였다. 벌판이 화원보다 아름다움을 증명하는 순간이었다.

천사표 박선숙 선생의 부탁으로 얼떨결에 루핀을 꺾으러 벌판으로 내려섰다.

틈입자의 발자국 소리를 들은 루핀 공주들은.

두려움에 떨었지만 막을 수 있는 손도 없고 도피할 수 있는 다리가 없었으므로 그저 몸만 부르르 떨 뿐이었다. 웬 틈입객이 꽃모가지를 잡아당기자 루핀은 몸을 지키기 위해 인대에 힘을 주었다.

'아파요, 목을 자르지 마세요.'

그랬다. 당길수록 끊어지지 않기 위해 식물성 인대에 혼신을 모으며 뽀드득뽀드득 어금니 가는 중이었다.

"저 꽃이 더 예뻐 보이네요. 그걸로 꺾어 주세요."

손가락 따라 몸을 이동하자 금세까지 목이 잡혔던 루핀이 안도의 한숨을 내쉰다.

'니가 뭔데 심심풀이로 내 목을 자르느냐? 젖 같은 새꺄.'

루핀들이, 공주와 무수리로 혼재된 채 우우 스크럼을 세운다. 전기톱으로 잘리는 상상의 잔혹사로 비명을 지르는 꽃들의 소스라침은 은유일까, 리얼리즘일까.

오슬로 번화가에도 이따금 걸인들의 모습이 박혀 있었다. 그들은 동유럽 어디쯤에서 관광 버스로 실려와 저마다 구역을 정한 채 행인들의 동정을 구하는 중이다. 그러나 행인이나 걸인이나 아주 잠깐 마주쳤다가 지나갈 뿐 별로 관심이 없다. 나 혼자 핏기 잃은 피부를 반갑게 느끼며 동전 몇 개 던져 주었다. 까맣게 그슬린 그 여자는 동전을 받으며 핫도그를 먹고 있었다. 상생이란, 그렇듯 동정과 혼란을 번갈아 나누는 것일까. 나는 배짱이 생겨서 슬그머니 담배 꽁초도 버리고 깨진 가로등 아래서 몰래 오줌발을 세우기도 했다.

노르웨이와 스웨덴은 국경이 없어서 그저 이웃집 밤마실 가듯 버스가 통과했을 뿐이다.

스톡홀름은 오후 7시인데 모든 상가가 이미 문을 닫아 버린 상태였다. 윈도우 안의 불빛은 환하게 켜 놓고 문고리만 걸어 잠근 것이다. 문을 연 곳은 딱 하나인 대형마트뿐이다. 맥주를 한 보따리 메고 숙소로 돌아오면서 그나마 스톡홀름 거리의 쓰레기와 담배꽁초를 보면서 조금은 마음이 놓였다. 내 친구 망자 시인 윤중호의.

'사람 사는 동네는 아무래도 빵 봉지나 담배 꽁초가 가끔씩 널브러져 있어야 혀.'

그 소리가 위잉윙 들리기도 했다. 한국의 남대문 시장이나 인사동 골목쯤 되는 스톡홀름 거리에는.

사람들의 냄새가 가장 짙게 풍겼다. 노인 부부가 많았고 장애인들이 혼자서 휠체어로 쇼핑하기도 했다. 골목마다 흑인종, 백인종, 동양인, 아리비안 같은 인종 집합소 구성원들이 물건을 고르거나 사진을 찍곤 했다. 야바위꾼도 있었고 거리의 악사나 쓰리꾼도 등장했다. 실제로 동행했던 안나영 선생의 가방이 절반쯤 열리기도 해서 모처럼 이국의 뒷골목 리얼영상을 체득했다.

그리고 헬싱키.

코리아로 가는 공항에는 여전히 세계 인종들의 박람회처럼
붐비고 있었다. 흡연실 모퉁이 찾아 마지막으로 담배 한 대 피우
고 비행기를 탄다.

그리고 세월은
쏜살같이 흘렀다

대전시 은행동 경찰서 옆구리 '창의 서점'은.

신군부 집권 직후 충남대 운동권 출신들이 운영하는 '빵잽이과' 서점이었다. 1980년대에 푸른 하늘로 날아간 충청도 원조 운동권 故 오원진 형을 비롯하여 국회의원을 역임한 선병열 그리고 이제는 초로의 문턱을 넘어선 임일, 김필중 선생 등으로 주인이 바뀌었고, 해직 교사 시절 '나도 해볼까.' 하고 갸웃거리기도 했던 '진보 먹물들의 메카'였다. 대전의 문예 일꾼이나 목회자 그리고 그림쟁이 소리꾼 풍물패들은 당연히 외상 장부를 지닌 단골 고객이 되었다. 느닷없이 들이닥치는 압수 수색을 고스란히 감수하거나 아슬아슬하게 비켜나는 사태가 수시로 벌어졌다. 김지하의 《타는 목마름으로》와 《열사 전태일》, 《찢겨진 산하》, 《김대중 옥중서신》등의 금서들은 책꽂이나 진열장에 정돈되지 않았으므로 책상 밑이나 창고에서 슬그머니 꺼내 줬다. 그리고 폐간 잡지 〈대화〉나 〈뿌리 깊은 나무〉를 만났고

우리들이 읽그려진 성적표

《이육사 시집》으로 껍데기를 위장한 신동엽 시집을 판매해서 불순분자들은 서로 옆구리 찌르며 끼리끼리 돌려 보았다. 우리는 그렇게 긴급조치 9호 위반 금서를 가슴에 품음으로써 '노여움과 깨어 있음'을 공유 했다.

1970년대 후반부터 이어진 대전의 동인지 〈창과 벽〉은 발간 후기에 사회과학적 지향점을 덧붙이면서 시국 진단에 대한 관심을 갖게 된다. 지금은 초로에 접어든 이은봉, 유도혁, 이은식, 김홍수, 故 윤중호, 전인순, 전무용 등의 청년 시절이다. 1980년대 노란 껍데기 〈삶의 문학〉으로 타이틀을 바꾸면서 소위 무크지 반향에 동참할 즈음 충남대의 임우기, 김정호, 공주사대의 최교진, 조재도, 정영상이 합세했다. 지하 찻집 대성다방이나 두루치기 골목 청양식당을 아지트 삼아 '숨 쉬는 심장 소리'를 서로 나누며 만날 때마다 감격했다. 《전환 시대의 논리》나 《해방 전후사 인식》을 독파한 다음 오정동 철둑길에서 막걸리와 노가리 구이를 씹었고 이따금 목척교 다리 아래에서 '무엇을 먹었나요?' 낱낱이 확인하며 노랗게 쓰러지기도 했다. 김소월이나 한용운 시집으로 겉장을 포장한 금서 읽기에 몰입할 즈음 故 윤중호 시인 쓴 '구두렛나루터에서'에서 '신동엽 시비'란 단어가 처음 등장하기도 했다. 독기를 다스릴 때마다 신동엽 시비 앞에서 소주병을 땄고 금강 물푸레나무 그림자 보며 꺼이꺼이 한숨을 토했다나, 어쨌다나.

1983년 논산 쌘뿔여고 총각 선생의 봄.

신동엽 추모제를 위해 부여에 있는 그니의 시비로 습작 시인 이재무와 함께 향했다. 서울의 대절 버스가 도착하지 않았으므로 나는 처음으로 '기다림의 설렘'이란 구절을 떠올려 보았다. 그보다 먼저 청주의 김희식, 대구의 배창환, 김용락 등이 나타나 상견례를 나누니 무크지나 사화집 어디쯤에서 만났던 얼굴들이다. 이제 각 지역에서 독립군으로 무장한 문청들이 준비된 기를 세우며 쏟아질 차례다.

시비는 초라했다. 그 옆의 박정희 등의 정치인들 명렬표가 줄줄이 붙은 '반공 애국비'나 일본에서 세운 '불교 전래비' 역시 전혀 웅장하지 않았으나 그니의 비석은 거기에서도 한참 밀렸다. 번뜩번뜩 비늘을 터치는 백마강 저 푸른 물결.

그 언덕 너머로 네모진 시멘트 조각 하나 간신히 세워져 있는 것이다. 그래도 좋았다. 시비가 누추할수록 시인이 선명해지는 것이다. 나의 가슴은 씨앗처럼 바삭거렸다.

드디어 '한반도의 모든 진보적 문사들을 동시에 접하는구나.' 하는 설렘과 '험한 시국 참으로 조심스럽다.'라는 소심증도 오버랩되었다. 천승세, 이문구, 고은이나 신경림 등 중장년 문사들의 외양은 모두가 의연했다. 젊은 문청들은 이 사람 저 사람을 훑어보며 아, 하는 감탄사만 날렸다. 대구의 젊은 시인 배창환은 멀찌감치 서있는 백락청 교수를 지그시 바라보면서.

"의연하다. 저게 바로 의연함이란 거다."

감탄사를 연발하며 '나도 장차 저런 모습으로 늙어가야지.' 하며 다짐한다. 그렇게 신동엽 시비를 매개로 한반도의 작가들과의 조우를 고구마 뿌리처럼 한꺼번에 캐낸 것이다. 아들을 저 세상으로 보낸 구순(九旬)의 부친과 미망인 인명선 님의 모습도 처음 본 날이다.

고은 시인이 시비 앞에 섰다.

"우리가 지금 함께 죽자는 것은 아니지만 살아 있음이 부끄러운 시국입니다."

골리앗 시인의 절규, 젊은 문청들의 눈자위가 강물처럼 바르르 떨렸다. 〈산에 언덕에〉, 〈껍데기는 가라〉, 〈진달래 산천〉의 낭송으로 차례가 이어졌다. 연세대 성래운 교수는 시를 통째로 외운 채 글자를 한 자씩 끊어서 풀밭에 던졌고 뒤 이은 문사 두어 명의 쩌렁쩌렁한 낭송으로 몸의 티끌들을 털어 내었다. '이 땅의 모오든 껍데기는 가라.' 그 카랑카랑한 문장이 오래도록 송곳처럼 가슴을 찔렀다.

진달래 꽃망울이 봄 하늘에 빨갛게 번지는 사 월.

푸른 청년들은 몸이 달아 어디론가 뛰어내리고 싶었다. 붉은 산 푸른 물로 닥치는 대로 뛰어내리면서 동학년과 기미 만세 사일구와 금남로 스크린의 빚을 만분의 일이라도 갚고 싶었다. 창작과 비평사의 신작시선집 《마침내 시인이여》가 반향을 일으킬 즈음이다.

봄날 그리고 낮술, 구두레 제방이 화사한 햇살로 무너지고 있었다.

취했다. 하지만 우리는 정녕 우리가 아니었을지도 모른다.

기념식 후 우리가 중앙 문사들과 함께 한 마지막 시간은 서울행 관광 버스로 기껏 '부여에서 공주'까지 딱 50분이었다. 물론 촌놈 문청들은 중앙통 대선배들과 살 비비기에 나름대로 노력도 기울였다. 내 친구 전무용과 소설가 이문구 선생님이 한 자리에 앉아 있기에 생김새가 닮았다며 접맥시키고 싶었고, '충청도 사설'의 젊은 시인 김흥수는 소설가 천승세에게.

"중광 스님인 줄 알었슈."

재빨리 찔러서 박장대소와 야유를 받았다. 나는 왕년의 목포 주먹 천승세 선생님의 알통 근육과 포효하는 입술 표정이 모친 박화성 소설가와 연결이 되지 않아 갸우뚱했다.

그게 끝이다. 술주정과 폭소의 시간을 짧게 보내고 충청도 젊은 문청들만 떨군 다음 버스는 재빨리 떠났고 마침내 애초의 우리끼리 남게 되었다. 원래 그 촌놈 멤버만 남았는데, 누군가 말했다.

"아무도 없네."

그 소리가 '껍데기만 남았네.'로 둔갑하여 목을 죄는 것이다. 그 후 '아무도 없으니 스스로 찾아가자.'는 부류와 '우리끼리 그냥 놀자.'는 부류로 나뉘어 오래도록 그렇게 엉겼다. 지역 문청들이 중앙문사들과 교류를 트기도 하면서 지각 변동이 일어나기 시작했고, 나는 오랜 동안 '아무도 없네.'라는 문장을 되씹는 외로운 솔로가 되었다.

수컷 문사들을 외형상 꽃미남 스타일과 울퉁백이 유형으로 나누어진다. 눈동자가 잘람잘람 넘치는 수사슴 유형이 있고 동굴 속에서 한 달쯤 자다가 부스스 튀어나오는 노숙자 화상도 있다. 그 중에서 그니는 잘 생겼다. 그러니까 그가 전자이고 나는 후자이다. 그렇다. 글을 씀으로써 위대하게 자리매김 되는 시인이 있고 글의 만남 이후 더욱 고독한 작가의 수렁으로 빠지는 부류도 있다. '굵고 짧은' 시인이 있고 '가물게 오래 크려는' 작가도 있다. 그런데.

'껍데기는 가라.'

그의 울림에 나는 왜 떨림을 느껴야 하는가.

과연 누가 껍데기이고 누가 알맹이인가에 대한 정체성 때문이다. 흔들리는 촛불을 바람막이 해 주는 종이컵은 과연 어떤 성향의 껍데기인가? 고갱이를 보호하다가 밭두렁에 처박힌 채 썩어 가는 배추 껍데기도 마찬가지다. 누구는 맨살로 보호막 되어 껍데기가 되고 누구는 방패 뒤에 숨어서 알맹이로 자리매김하는가. 보호막에 의지하여 거친 바람 견뎌 낸 알맹이는 인간의 창자 속에서 식욕을 돋우며 분해되고, 껍데기는 홀딱 벗겨진 채 밭두렁에서 거름으로 숙성된 채 훗날을 준비한다. 은행이나 알밤, 검정콩과 바나나의 껍데기가 그렇듯 문학도 마찬가지로 공생한다.

그리고 세월이 쏜살같이 흘렀다.

잠입하듯 모사를 꾸미던 옛 시인의 추모제는 어느 덧 소도시의 공인된 연례 행사가 되었다. 이제는 도청과 군청의 재정 지원으로 추모제 때마다 관료와 정치인들이 맨 앞자리를 차지한다. 시인과 관료가 합체되어 '하하하, 껍데기는 사라져야 합니다.' 술잔을 짱짱 부딪친다. 뒤풀이가 끝나면, 그 옛날 후배 시인들은 객석 뒤쪽에서 수런대다가 구두레 나루의 포장마차를 찾는다.

시인의 '금강'을 도마에 올려 놓고 '4대강 개발'을 응원하기도 한다. 좌우지간 '강'자만 나오면 4대강 개발 찬사로 연결시키는 '쩌는 예능감'을 전혀 부끄러워하지 않는 것이다. 또 있다. 某 국립대 총장은 그 학교 교지 권두사에서 '신동엽 시인의 누가 하늘을 보았다고 하던가처럼 맑고 푸른 가을 하늘.'이라는 문장으로 글의 화두를 떼기도 했다. '누가 하늘을 보았다고 하는가 그대가 본 건 쇠항아리.'에서, '쇠항아리'는 뚝 떼어 내 던져 버린 채 '맑고 푸른 무공해 가을 하늘'로 둔갑시키니, 착한 시인들은 '주둥이 묶인 술병처럼 간신히 칼을 가는 수밖에 없다.

공자는 천재성을 20대로 보았다. 간혹 30대도 있으나 40 이후에는 두려워할 것이 없다고 못을 박았다. '두려움 없음'의 행간은 포기니, 불혹(不惑)이나 지천명(知天命)이나 이순(耳順)도 결국 포기를 바탕으로 한 해석이다. 그렇다. 그게 천재들의 주특기며 '짧고 굵은'에서 쌀부대처럼 쏟아지는 카리스마의 원조가 된다. 어쨌든 시인은 나이 40에 호랑이 가죽을 남긴 채 이승과 작별했고 나는 지천명 중반에도 생산량 확장에 기를 쓰는 중이다.

금강하여,
아, 금강하여

초가을 햇살이 백제 큰길로 쏟아졌다. 그 청량한 햇살조차 찌 뿌둥하게 석연치 않은 것은 강 건너 포클레인과 부유하는 거품들 그리고 여기저기 널린 현수막 문장들이 눈에 밟히기 때문이다.

'다시 태어난 금강, 국민의 품으로 돌려드리겠습니다.'

그런 문장에 대한 거슬림은 개발 도상국 시기인 나의 유년기 부터 시작되었다. 한가롭던 고향 냇가가, 어느 날 국무총리의 긴 급 지시로 콘크리트 직선으로 바뀌면서 장마철만 되면 물살이 급속도로 빨라졌다. 물고기들이 급류 따라 떠밀려 가면서 한동 안 물고기 대가리가 콘크리트에 부딪치는 비명의 환청에 시달 렸다. 파낸 모래가 급류에 쓸려 다시 높아지는 현상을 접하면서 처음으로 '생명체'라는 화두를 곱씹어 보았던가.

한겨레신문 전진식 기자와 함께 취재하는 '금강보'는 세 곳이다. 그는 단아하고 말을 아꼈으나 움직임이 부지런한 체질이었다. 그와 함께 상류의 '세종보'와 중류의 '공주보' 그리고 하류의 '백제보'를 걸었다. 아래로 갈수록 강폭이 넓어지면서 보(洑)의 높이가 커지고 있었는데 그는 낱낱이 설명을 곁들였다.

오전 10시, 먼저 하류인 백제보에 도착했다.

몇 해 전인가. 신동엽 시인 추모 행사에서, 某 지역 인사가 마이크를 잡더니 '금강'이라는 시를 보니 '4대강 공사의 희망을 보는 것 같다.'고 쟁쟁 설법해서 어리둥절했던 기억의 지역구다. 전교조 부여지회 김대열 선생이 뒤풀이 때 막걸리 잔 들고 항의하던 풍경을 쓸쓸히 지켜봤던 그 자리였고.

백제보는 댐 모양인데 강을 가로지르는 교각이 거의 완성 중이며 20미터 남짓 전망대를 세우는 중이었고 발전소 시설도 예정된 듯하다. 개발된 둔치는 직선이고 포클레인이 지나간 자리는 운동장처럼 굳어 버렸다. 환경 단체에서는 보(洑)의 기둥이나 제방 밑이 급류에 패여 통째로 훼손될까 봐 우려를 표한다고 한다. 특히 전망대 공사는 소모된 재정에 비해 찾는 발길이 택없이 드물 것 같은 예감도 문제지만 왠지 농촌 분위기와는 도저히 어울리지 않는 것이다.

백제보에서 물을 가두면 하류의 물이 흐려진다고 동행인이 귀띔해 준다. 둔치 백사장이 육상 준설로 사라졌고 구드레 나루도 수상 준설로 모양이 바뀌었다. 여기는 지난 해 세계 대백제전 행사를 치렀던 자리라서 행사 전 수문을 닫아 물을 채웠던 토사

나는 '강변 살자' 부류의 음유 문사는 절대 아니지만

몸으로 싸우는 환경 운동가도 못 된다. 단지 지구 생태계 위기에 대한

안타까움을 토로하는 의식적 감상주의자일 뿐이다.

금강의 물새알을 보듬고 싶은데 포클레인 굉음에 짓눌린

생명체들의 가위눌림 때문에 식은땀이 흐르는 것이다.

세종보 개막 행사를 위해 동원된 인파를 뒤로 하고 돌아서는

길목으로 동굴 같은 어둠이 깔렸다.

의 잔재가 군데군데 보인다. 움푹 팬 리아스식 만(灣)의 축소판으로 행사 자취만 덩그러니 보이고 강바닥에는 주차장의 흔적이 남아 있다. 작년 '세계 대백제전 행사'는 예산 규모가 컸지만 올해 '백제 문화제'에는 대규모 공연이 어려우므로 아무 조치가 없다는 것이다. 단 한 차례 '행사성 건설'의 공복을 보는 것 같아 가슴이 아프다.

둔치는 나무와 풀꽃이 곡선으로 어우러져야 하는데 지금은 모래 진흙을 퍼대는 공사판 불도저의 굉음뿐이다. 장마철 급류에 훼손될 때마다 옮겨온 풀과 나무를 다시 심어야 한다면 홍수가 지나간 자리마다 똑같은 작업을 되풀이해야 할 것이다. 출입 인구가 없으므로 관리의 효율성 면에서도 도심지 공원과는 차원이 다르다.

이곳 왕흥사지는 백제 시대 부여 천도 후 지금은 터만 남아 있는 곳이다. 왕이 유람선 배를 즐기던 자리이므로 유물이 산재되어 있을 것 같아 공사판이 더욱 우려스럽다. 한때 세계문화 유산으로 등재 준비설이 있지만 원형 보존을 요구하므로 부정적 이미지를 주는 것도 걱정거리다. 그 자리에 관청에서 조성할 초하류의 토질 적응 여부도 아슬아슬하다.

수변지에서 10여 년 넘게 수박과 메론 농사를 지었다는 김某 씨는.

"달고 시원한 백마강 수박 농사도 막을 내려야 한다. 수변지는 국가소유이므로 15년 농사의 보상 방법도 마땅치 않다."

한숨을 뻑뻑 내뿜는 등허리로 콩이 튀는 것 같다.

그런데도 고란사 관광객들의 표정은 밝고 아기자기하다. 뻥튀기 쪼개 먹고 막걸리에 취해 벼랑 아래를 보며 '야호' 소리도 지른다. 현장의 실체는 그렇게 구경꾼의 눈과 당사자들이 겪는 체감의 차원이 다르다.

중류의 공주보는 이십 년 넘게 살아온 나의 거주지이므로.

포클레인과 대형 트럭들이 밤낮으로 엔진을 돌리던 그 스크린을 수도 없이 지켜보았다. 건설 현장 근방 바위 꼭대기에 올라서니 교각 맞은편 모래톱 구석으로 거품을 품은 '길 잃은 물'들이 보인다. 맞은편은 전설의 고마 나루터다. 사내에게 버림받은 암곰이 자식과 함께 강물에 몸을 던진다는 슬픈 전설이 지금 웅진의 어원이다.

공주보 공사 이후 곰나루 소나무 솔숲의 로망도 사라졌다. 없다. 선명하게 없다. 여기저기 아름드리 나무들의 베어진 밑동 너머로 소녀들의 수건 돌리기나 연인들의 첫 사랑 고백 풍경이 겹치기도 했지만 이제는 황망히 흘러간 풍경이다.

우성 쪽 국도 오른쪽에는 벼 대신 강에서 퍼낸 모래를 쌓아 둔 논두렁이 눈에 띈다. 장마와 태풍 때는 이 모래 리모델링이 우수수 잦아지기도 한다. 인간이 자연을 지배하려 시도하면 자연도 당연히 거칠게 저항하므로 사라진 늪지에서는 해마다 준설 공사와 지천의 둑 공사를 되풀이해야 한다. 더 큰 문제는 생명체와의 단절이다. 강변을 메우고 자전거 도로를 만들고 호프집 조명을 매달수록 수억 년 고락을 함께 한 생명붙이들과 단절되는 것이다.

나는 기우에 빠진다. 자칫 장마철 공주보에서 막힌 물이 석장리 박물관까지 차지 않을까, 유람선 사고가 나면 강물이 순식간에 하류까지 오염되지 않을까, 태안 기름 유출 사고가 떠오르며 강물이 시커멓게 덮어지는 화면이 제발 소심증의 환각이길 바랄 뿐이다.

마지막 세종보는 24일 17시 개막식 행사에 일정을 맞췄다.

세종보는 2.3미터 높이와 300여 미터 남짓의 아담 사이즈 공사판이다. 원래 합강리는 미호천과 금강 본류가 합쳐지는 곳으로 수달과 같은 야생 동물의 보고였는데 어느 날 갑자기 공사판 철조 괴물들이 우르르 덤벼든 것이다. 기자들에게 배포된 자료에는 공사비가 대략 2,300여억 원으로 적혀 있다. 2,000여 명 인파 옆 수상에서 놀고 있는 윈드 서핑과 카누 행렬이 연출일 것이라고 직감했는데 보도 자료에도 그렇게 나와 있었다. 기념품인 항아리와 보온병들은 참석표를 가져온 사람들에게만 배급된단다.

하나 더.

세종보 가장자리로 어도(魚道)가 만들어져 있다. '물고기들이 과연 저리로 지나갈까?'하는 의문도 그렇지만 문제는 한번 통과한 물고기들이 다시는 상류로 올라올 수는 없다는 점이다. 한 자 남짓 계단식 보를 깽깽이로 뛰어넘어 역류하는 피라미들의 도정은 절대로 불가능한 것이다.

관점의 차이는 '자연 대 인공'이며 '개발 대 복지'이며 '직선과 곡선'의 문제다. 나는 '강변 살자' 부류의 음유 문사는 절대 아니지만 몸으로 싸우는 환경 운동가도 못 된다. 단지 지구 생태계 위기에 대한 안타까움을 토로하는 의식적 감상주의자일 뿐이다. 금강의 물새알을 보듬고 싶은데 포클레인 굉음에 짓눌린 생명체들의 가위눌림 때문에 식은땀이 흐르는 것이다. 세종보 개막 행사를 위해 동원된 인파를 뒤로 하고 돌아서는 길목으로 동굴 같은 어둠이 깔렸다.

공주역,
안개의 도읍이역

공주는 '구구십리'니, 90리 이내에 아홉 개의 소도시가 포진되어 있다는 뜻이다. 천안, 조치원, 부여, 대천, 대전, 청양, 예산, 온양, 청주가 한 시간 거리이고 지금은 세종시까지 붙어 있으니 지리학상 교통의 중심지이다. 그러나 여행객들은 공주에 머물러 유(遊)하지 않고 객창감으로만 작별하니 경제적으로 남는 게 없으므로 가히 통행세라도 받아야 본전을 뽑을 판이다. 식민지 시대까지는 대전과 대적할 규모였으나 철도가 불발되면서 이제 옛 도읍으로만 남게 되었으니.

먼 옛날 공주는 그렇게 한 나라의 도읍지였다.

고구려 장수왕의 침탈로 개로왕(457년)이 참수당하고 이어 즉위한 문주왕(477년)이 수륙 교통의 요충지인 공주로 천도하였다. 다시 '삼근왕 — 동성왕 — 무령왕'으로 이어지다가 성왕(554년)의 사비 천도 때까지 백제의 도읍 역할을 맡았다.

금강은 물과 교통을 제공하면서 동시에 공주산성을 지키는 요새의 역할을 맡았다. 곰토템을 받아 이름도 웅진(雄鎭)이었으니, 풀이하면 '곰나루', '고마나루'다. 그렇다. 금강은 원래 '곰강'에서 비롯되었고 공주는 '곰주', 우금티는 '윗곰티'에서 유래한다.

그 1980년대에 시국의 서릿발을 피해 공주 터미널에 내리면.

조재훈 교수님은 '돌아온 탕아' 같은 객지 제자와 곰나루 동행을 하시곤 했다. 연미산 고개 따라 물길들이 굽이굽이 궁합을 맞추는 중이다. 사내에게 버림받은 암곰이 두 자식을 양 팔에 안고 강물에 몸을 던진다는 슬픈 전설의 강물이나, 그게 웅진(雄鎭)의 어원이다. 그래서 조선 시대에는 송림 사이에 곰사당을 세워 국가적 행사로 예를 갖췄다고 한다. 지금도 여기저기 곰 조각이 세워져 흔적을 보존 중이지만.

4대강 공사 이후 강의 체형이 바뀌면서 곰나루 솔숲의 로망이 지워지기 시작했다. 아름드리 나무들의 베어진 밑동 너머로 소녀들의 사방치기나 청춘 남녀들의 데이트 풍경이 사라졌으니 이제는 모두 황망히 흘러간 풍경이다. 새로 옮겨 심은 나무들 역시 뼈를 키우는 중이지만 왠지 조형물 스타일이다.

1989년, 그 옛 도읍에 복직 교사의 이름으로 첫 발을 디뎠고 이제 스무 해가 넘었다. 탄천 중학교로 출근하면서 날마다 우금티 고개를 넘었다. 동학년 그해, 동학 농민군의 시신이 언덕을 덮었던 그 전장터다. 그때 시국은 어두웠고 나는 뜨거웠다. 구터미널에서 시내버스를 타고 금학동 그 고개를 넘을 때마다 시국과 세상에의 분노로 가슴을 싸매곤 했다. 그랬다. 전봉준·손병희의 20만 군사는 죽창을 들고 일본군의 근대적 무기와 맞서다 비극적 패배를 당한다.

후손들은 일본군의 학살만 기억하지만 나랏님의 부름을 받은 관군 역시 적군을 불러들여 제 나라 백성에게 총을 겨눴음도 잊지 말아야 한다. 제 나라 백성을 학살하기 위해 남의 나라 군사를 부른 나랏님을 어떻게 설명할 수 있을까? 관군 출신 이두환의 기록에 의하면 밭둔덕에 버려진 시체가 발에 채여 까마귀밥이 되었다고 했으니 분하고 원통한 일이다.

토박이 친구 조성일(現 커피나무 운영)의 어린 시절, 금학동의 감자밭에 호미질하다 보면 동학년 유골의 흔적이 튀어나오기도 했단다. 지금도 우금티에서는 '내 뼈다구 내놔라, 내 영혼 살려 내라.' 외침이 쟁쟁하게 울린다. 동학 100주년에 전병철, 유지남 시인과 안연옥 시인의 다예원에서 공동 창작시를 만들어 우금티에 비목을 세우기도 했다.

젊은 날 후배 시인 이재무와 벗 조성일의 집에 갔다가.

금학동 뒷산 생태 공원도 가보았다. 예전의 지막골 수원지 뒤로 나무꾼들의 집터가 시커멓게 남아 있었다. 수원지 근방 솔숲에 지게목발 받쳤다가 저물녘 제민천 오일장에 내려와 나뭇단 팔아 성냥이나 양잿물을 바지게에 올려 놓고 작대기 두들기며 돌아왔다던가. 빈 바지게 가랑이에 대롱대롱 매달은 고등어 한 마리는 아궁이 곁불로 온가족 비린 반찬이 되어 저녁 밥상에 오를 것이다. 지금 수풀은 훨씬 울창하여 멧돼지 가족이라도 만날 판이다.

후배 시인은 돌아오는 금학동 골목길에서 '나태주 시인의 집'이라며 문패를 가리키기도 했었다. 개나리꽃 노란 물감 허공에 번지는 울타리를 보며 그의 시 '대숲 아래서'를 떠올리기도 했다. '물에 빠져 머리칼 행구는 달님만이 내 차지다'를 외우며 시인의 풍경을 그려보던 그 젊은 날도 기실 지척이다.

이번에는 공산성 풍경이다. 타지의 문청 시절 '술 따라 정 따라' 찾아오던 자리다. 백사장 모래 보자기 위로 가끔 사람들의 그림자가 아득한 풍경처럼 보인다. 밤의 을씨년스러움은 또 새롭게 호사스러운 분위기다. 백제문화제 때는 공산성에 경관 조명이 점등되어 어둠과 빛이 혼재되기도 한다. 공산성 날맹이에서 강물을 내려다보면 강물 그 너머로 대학 캠퍼스가 고즈넉이 박혀 있다. 나는 그 대학 도서관을 기십 년간 들락거리며 등이 굽고 몸이 쇠해졌다.

그러니까 공주가 젊은이의 도시다.

인구 10만 남짓의 소도시에 고등학교의 숫자가 엄청 많고 대학 캠퍼스가 군데군데 박혀 있어서 거리마다 젊은 유학생들로 넘친다. 그래서일까, 술값이 싸고 표정이 밝으며 도서관 문화가 잘 발달되어 있다. 대학 도서관도 시민들의 이용이 가능하다. 웅진, 강북, 공주도서관 등 대여섯 장소의 시립 도서관에서 사물함까지 이용할 수 있으며 네트워크가 발달되어 서로 다른 도서관에서의 반납과 대출이 가능하다고, 옛 제자 백은미 선생이 자랑했었다.

마곡사는 단풍 풍경이 절정이다. 중년의 어느 날이었던가.

그해 가을 단풍나무를 보고 여덟 살 내 아들이 '단풍나무가 너무 새빨개서 무섭다.'고 했다. 비가 내려서 낙엽이 한꺼번에 떨어지자 내 아내는 풍경을 앗아가는 '도둑비'라며 안타까워했다. 마곡사 입구 다리에서 고개를 내리면 물살 사이로 팔뚝만 한 잉어가 지느러미를 부딪친다. 아름답다. 가을을 채워 주는 울창한 수풀 색깔이 현란하고 수제비처럼 뚝뚝 떨어지는 은행잎들이 눈부시게 아름답다. 그리고 나는 아름다움에 취할 때마다 눈시울에 젖곤 한다.

신원사는 청년 시절, 막걸리 낮술에 젖기 위해 완행버스 타던 길이다. 매표소도 없었고 노래방도 없던 그 시절이 엊그제 같다. 망자 최연진 선생(최교진의 여동생) 가족과 장마 끝 신원사 울타리를 걷기도 했다. 최 선생은 비 그친 신원사 담벼락에서 누렇게 쏟아지는 흙탕물을 보고 '아, 진짜 흙탕물이다.'라고 탄성을 질렀다. 녹음방초 계곡으로 누런 물살이 쏟아지는데 다시 '흙탕물이 참 예쁘다.'고 감탄하는 것이다. 흙탕물의 진위 여부에 갸우뚱대다가 쏟아지는 황톳물 보자기에 모두 취했고 그 바람에 내 아들도 처음으로 '보이지 않았던 것'에 대한 아름다움을 체득했단다. 그러니까 자연의 원단 그 자체만의 신비로움을 만난 것이다. 완두콩처럼 샛노랗던 아이들이 지금은 등 푸른 고등어로 헤엄치고 있으니 그게 세월이다. 그네들은 공주에서 잔뼈를 키웠으므로 더 이상 객지에서 깊은 정을 붙이지 못한다.

마지막으로 안개 도시의 서정성이다.

마곡사 가는 하천 따라 주룩주룩 피어오르는 안개더미에 파묻혀 8년을 통근했다. 이상하다. 안개 속을 뚫고 가다 보면 막혔던 절망이 금세 트일 것만 같다. 마티고개 지나 안갯속 청벽 강물을 바라보노라면 손바닥만 한 섬들이 가슴을 가라앉혀 주기도 한다. '밤섬'이건 '버드나무섬'이건 '때까치섬'이건 아무 이름자나 멋대로 붙여 주고 싶은 섬들이 안개 속에 둥둥 떠있는 것이다. 버스 손잡이에 매달려 '아름답다'를 반복하며 세월을 보내다가 머리칼에 서리가 내렸다. 이 소도시에서 그렇게 해로(偕老)하다가 언젠가 의자를 물려주리라.

IV. 마라도 편지
– 나에게로 다시 이르는길

자발적 유배지,
마라도에 들다

격랑의 공포를 실감했답니다.

배가 좌충우돌로 흔들릴 때는 '생사가 검불 같다.'는 사념과, 동시에 '노트북이 물에 빠지면 허당이구나.' 하는 실용적 계산을 두들기면서 마라도에 왔어요. 야생 선인장이 대궁을 세우는데, 태풍 탓일까, 가시 달린 이파리마다 진흙 덩이가 조각조각 붙어 있네요. 오후 네 시 반. 관광객을 태운 마지막 유람선이 떠나면 '마라도에 짜장면 배달 왔어요.' 하는 가겟방들이 일제히 등화관제한 채 칠흑 같은 암흑에 빠진답니다. 바람이 세차니까 바깥에 나갈 수 없어요.

자발적 유배지, 마라도 창작스튜디오.

아무도 없어요. 양파깡에 소주 두 병을 해치우고 머리를 눕혔지만 눈꺼풀이 뻣뻣한 거예요. 우우우 바람과 파도 소리에 밤새 뒤척였어요. 술과 인터넷이 있는데, 제기랄 뭐가 외로우랴, 작심을 하지만 스멀스멀 고독에 밀리기도 한답니다. 그래요, 청년의

여관 골목을 벗어나자마자 얼굴로 찍히는 따가운 햇살,

육교 너머 총총히 움직이는 인파의 물오른 종아리 행렬을 만나면서

꼭 죽어 버리고 싶었던 절망의 스크린을 떠올려 보세요.

그래요. 명태나 고래의 뱃살을 따거나, 낚시코에 걸린 채 터지는

학갈치의 비늘 파편을 품을 때마다 방파제 때리는

흰 거품의 굉음이 있었답니다. 스마트폰 액정마다 번뜩거리던 문명의 오만과

빙하 시대 얼음장 깨지는 절규가 동시에 오버랩되는 종교 같은 바다의 신음을.

예민한 감성도 아니요, 미녀에 대한 곁눈질도 없는 목석 체질인데 자꾸 눈시울이 시려 오는군요. 두 평 남짓 작업실로 벌써부터 담배 냄새가 찌드는군요. 여기서 두어 달 가량 머무를 참이라니.

'아침 바다가 싫어.'라는 문장을 함부로 쓰며 문을 열었어요.

그늘은 아예 없고 온통 누런 풀밭이구요. 섬 전체가 바위로 덮여 있으니 가을 쑥부쟁이조차 민들레처럼 키가 작아요. 태양은 따갑게 작렬하는데 세찬 바람이 가슴을 때리니 여름과 겨울의 혼재랄까.

'카트(중고품은 120만 원)'라는 비닐차를 이끄는 사내들이 스쳐 지나가는군요. 여객선 시간 맞춰 오그르르 나가 식자재 물건을 뗀 다음 다시 자기네 가겟방 앞에 바쳐 놓는답니다. 주로 낚시질로 횟집을 운영하지만 섬에는 일체 야채 재배의 조건이 되지 않으므로 제주도에서 반찬거리나 생필품을 들여오는 게 그야말로 리얼한 생존입니다.

산책을 끝내고 빈 방안에서 '혼자 말하기' 연습을 했어요. 유년 시절 사랑방에서 종이 인형을 오려 놓고 거울을 보며 중얼거리던 놀이의 연장이지요. 그랬었지요. 가위로 뱀이나 코끼리, 늑대 등을 오려 놓고 행진과 혼인을 시켰고 수시로 격투기 서열을 정하곤 했답니다. 어머니께서 '누가 왔나.' 문을 열어 보면 아이 혼자 '얍, 죽어라.' 하며 중얼거리더라고 혀를 차곤 했답니다. 지금도 국토 최남단 티켓을 만지작거리며 혼자 '일어서라, 제발 일어서라.' 받은 신음 중이구요.

쏟아지는 공문서 소음에 화들짝 놀라신 기억은 혹시 없나요.

저는 지금 파도 소리에 한가하게 젖은 채 미안한 표정을 짓고 있답니다. 맨 처음 '연희문학창작촌'에서 자발적 유배지 정보를 만난 거예요. 옆 방 오을식 작가와 술자리 도중 마라도 창작스튜디오 얘기가 나온 겁니다. 곧바로 제주도 터줏대감 김수열 시인과 즉석 통화를 한 다음 단칼 결론을 내렸답니다. 미지의 세계에 정착하는 티켓을 딴 거지요.

당신은 아시나요. 술독에 쩔었다가 깨어난 아침.

여관 골목을 벗어나자마자 얼굴로 찍히는 따가운 햇살, 육교 너머 총총히 움직이는 인파의 물오른 종아리 행렬을 만나면서 꼭 죽어 버리고 싶었던 절망의 스크린을 떠올려 보세요. 그래요. 명태나 고래의 뱃살을 따거나, 낚시코에 걸린 채 터지는 학갈치의 비늘 파편을 품을 때마다 방파제 때리는 흰 거품의 굉음이 있었답니다. 스마트폰 액정마다 번뜩거리던 문명의 오만과 빙하 시대 얼음장 깨지는 절규가 동시에 오버랩되는 종교 같은 바다의 신음을.

악몽, 꿈의 복잡다단성
그 이중적 노출성
그리고 관음증

술상에서 유독 튀는 중심 인물과 싸우느라, 했던 얘기를 또 하고 또 반복하는 내용이었는데 내가 비분강개로 삿대질한 문장만큼은 또렷이 기억나요.

'나는 나쁜 사람이 아니다.'

'내가 나쁜 짓을 하더라도 나를 건드리지 마라. 제발.'

빵 터뜨리고 나서 꿈속까지 그리도 불안한 거예요. 잠에서 깨어 어둠 속에서 웅크린 채 내가 한 말은.

'다행이다. 하느님 말고는 아무도 내 말을 못 들었겠지.'

실제로 벽을 보고 안도의 가슴을 여미며 등장 인물을 절대 비밀로 채웠답니다. 밤 1시, 칠흑 같은 어둠이었고. 정태춘의 〈떠나가는 배〉에 나오는 '바람 소리와 파도 소리'가 들렸어요. 기실 잠들기 전부터 만난 굉음의 연속이랍니다. 바람이 선인장 대궁을 흔들 때마다 '누구의 노크인?' 문틈을 기웃거렸구요. 벗들에게 핸드폰 치고 흰소리를 터뜨리고 싶었지만, 혹시.

'이 아저씨가 유배지 가더니 맛이 갔나.'

노심초사할까 봐 포기한 다음 다시 눈을 부치자마자 엮어지는 꿈의 복잡다기성, 그 이중적 노출성 그리고 관음증.

과자를 먹었지요.

한 이틀 술을 안 마셨더니 눈에 보이는 대로 손이 먼저 뻗더군요. 제크나 빠다코코낫 같은 비스킷을 열 개쯤 해치웠고, 로티즈 비스킷은 건빵만큼 작은 건데 과자마다 비닐봉지로 덮여 있어서 일일이 가위로 오려 내면서 깨물어야 했답니다. 알맹이보다 포장지 소비가 훨씬 많은 21세기의 소비 상품이지요.

창문을 닫으니 세상이 고요해졌고.

나머지 세상마저 단절되었지요. 달빛이 끊어지면서 커튼도 흔들리지 않았고 귀가 멍멍한 적막의 연속이지요. 그래요. 배가 사흘째 들어오지 않으면서 마을 장정들의 소일거리가 궁금했어요. 극장도 노래방도 치킨집도 PC방도 없는 섬의 유희는 무엇이 있을까. 문득 유년의 농한기에 집 문서 품고 투전판에 모여들던 아버지들을 떠올렸어요. 내 친구 서맹원과 그의 아버지를 찾아 당재 아랫길 내려가 '아부지.' 하고 옴팡집 문을 열면 뿌연 담배 연기가 쏟아져 나왔지요. 그 웅크린 주름살 사이로 아궁이 속 대나무처럼 따따딱 터지던 파안대소.

어제는 혼자 바지선 선착장에 갔었지요.

대략 7미터 너비의 입구에 서 있다가 급한 파도가 몰려올 때마다 폴짝폴짝 뒤로 빠지곤 했지요. 그리고 뭍의 벗에게 파도 소리를 전달하기 위해 핸드폰을 켜는 순간, 언덕에서 어느 아저씨가 야단을 쳤어요.

"쓸려 죽으려고 그러수까? 재기재기 나오소."

선착장 시멘트 바닥이 비늘처럼 위태롭더군요. 떨어진 핸드폰을 줍겠다고 함부로 몸을 날리다가는 격랑 속으로 몸을 감추겠지요. 지난 여름에도 관광객 두 사람이 파도에 쓸려 갔답니다. 15미터 높이의 바위 끝 벼랑으로 빙빙 둘러싸였는데 바로 아래는 야수의 혓바닥이지요. 오, 위압적으로 흔들리는 폐곡선의 위용이라니.

젊은 작가 박민규의 〈마스게임 제네레이션〉을 읽었습니다. 곧바로 그동안 면식이 없던 젊은 작가들의 글을 두어 편 더 두들겼습니다. 딱 한 권의 책 《문학동네》만 가져왔는데 그게 누워서 책을 보는 한가로운 풍광을 연출시키더군요. 문장의 디테일을 점검하는 거랍니다. 젊은 작가의 필봉. 그것은 21세기형 자유로움이었습니다. 그러니까 프로 파이터들이 어깨의 힘을 완전히 빼고 주먹을 뻗는, 그 은유가 맞겠지요.

예전의 '7080'들은 일단 눈에 힘을 주고.

세상을 바꾸고 싶었어요. 가시밭 시국과 젊은 자아.

작가 게오르규의 《25시》에 등장하는 '잠수함 속의 토끼'처럼 모순을 가장 빨리 감지하는 예민한 감각대가 작가라고 확신했습니다. 당연히 애국토론으로 강변하는 게 문청들의 캐릭터였구요. 자유와 붓끝, 최루탄과 장미꽃, 고리끼와 발자크를 올려놓고 '우리는 비겁자'라며 가슴을 쥐어뜯었어요. 동지와의 애국심 간극으로 생긴 상처에 소금을 뿌리며 새벽 술을 마신 만큼 상처가 아물지 않는 겁니다.

그래요, 책을 아주 열심히 읽는 작가가 있고 책을 슬겅슬겅 넘기는 작가가 있는데, 착한 작가들은 후자를 하시(下視)하지만, 때로는 책을 덮는 게 진짜 글이기도 합니다.

다시 파도를 맞이해야 할 것 같습니다.

파도 소리가 없는 마라도는 '고무줄 없는 빤스'지요. '바다가 불러 주는 자장노래에 팔 베고 스르르 잠이 드는', '초로의 섬마을 사내'로 변신할 참입니다. 잠시 후 바바리를 걸치고 방파제를 돌아올 작정이구요.

이 깊은 밤에 일어나 게시판을 채우는 게 안식년(2012년, 교직생활 최초의 학습연구년 중임)의 특권이랍니다. 벗들이야 또 등굣길 서둘러 꿈나무들과 푸닥거리하다가 자투리 시간 쪼개어 제도권 공문서와 씨름하느라 뚜껑이 열리겠지만 나는 내일도 모레도 학교 안 가는데, 헤ㅡ. 울산이 깨지든 천안이 깨지든, 그까이 꺼.

사흘째 배가
들어오지 않으면

마라도 주민들은 여객선 출항 여부를 목에 달고 삽니다.

지난여름 태풍 '나비'와 '개미'가 연달아 몰아칠 때는 보름 동안 인터넷은 물론 핸드폰까지 터지지 않아 고립된 유배지 사람 일동 맛이 가기도 했더라나요. 농부는 아예 없고 대개 짜장면집이나 관광객들에게 낚시질로 횟감 파는 업으로 살아가는데 주민끼리(총 70여 명 남짓, 가파초등마라분교는 학생 2명) 남의 식당에서 밥 먹어 줄 일은 없거든요. 섬은 침묵의 늪이 됩니다.

그럴수록 파도 소리는 커지지요.

파도 소리에 잠을 이루지 못한다는 문장은 관념이고, 푹신 잠에서 깨어나면 파도 소리가 들린다는 말이 맞는 것 같아요. 지인들에게 가끔 전화를 하며 파도 소리를 들려줘 보지만 오히려.

'안 들려. 방에서 전화 해.'

타박도 받았습니다. 분위기 없는 것들.

그래봤자 나는 최남선의 〈해(海)에게서 소년에게〉의 '따린다

부순다 문어 버린다' 따위의 문장밖에 떠오르지 않고요, 가끔 현기영의 《지상에 숟가락 하나》의 '망또 걸친 서울법대생'이 절벽에서 파도 속으로 몸을 던지는 그림이 앞을 가로막기도 하고요. 파도가 방파제를 넘을 때는 파도에 쓸려 가는 사람의 몸을 떠올립니다. 격랑에 흡입된 몸이 바위에 부딪쳐 조각조각 분해되면서 고기밥이 되겠지요.

그리고 고양이.

입주 작가들이 먹이를 주기 시작하니 시도 때도 없이 창틀에 매달려 울더라고요. 조중연 작가 왈, 자꾸 음식물을 던져 주면 날마다 문밖에서 소리 지르니 주지 말라는 겁니다. 그러니 먹이를 던지지도 못하고 매정하게 뿌리치지도 못한 채 엉거주춤 상태입니다. 빈집 마루에 일곱 마리 새끼를 낳은 들고양이들이 날마다 발톱으로 창틀을 뜯는데 밤이 깊을수록 '갓난아기 한숨'처럼 으스스해 포우의 소설을 떠올려 보았구요. 수족관 꼭대기에 웅크린 채 횟감 사냥 기회를 노리는 걸 보면, 그 호시탐탐 적자생존의 메시지라니.

지금은 인터넷 중독에 빠지는 중입니다. 이는 '연희문학창작촌'에서부터 시작된 고질적 행태인데, 인터넷 선을 쌍둥 잘라 버리지 않는 한 마우스를 멈추지 못할 것 같군요. 맨 먼저 즐겨찾기에 걸어 놓은 오마이뉴스부터 시작되지요. 그 다음으로 '조선일보 − 경향신문 − 중앙일보 − 한국일보 − 동아일보 − 뷰스

앤뉴스 ― 데일리안 ― 프레시안' 이런 식으로 진보와 보수의 스크린을 파도타기로 넘나들다 보면 두어 시간이 금세 흘러갑니다. 더러는 '진중권 토론'이나 〈주먹이 운다〉, 'UFC' 동영상을 보다가 급기야 영화 사냥에 나서기 시작했어요.

기실 영화는 안식년에서 시작했을 뿐 원래 관심이 없었어요.

토지문화관에 있을 때는 집필실에서 인터넷이 안 되었어요. (휴게실의 인터넷은 남의 시선이 부담스러워 출입을 저어했구요.) 너무 심심해서 원주 시내까지 진출해서 〈코리아〉, 〈은교〉, 〈건축학 개론〉, 〈돈의 맛〉 등을 나 홀로 관람하면서 씁쓸하게 극장 밖으로 나오곤 했지요. '영상의 중독과 문장 노동'의 간극을 실감하며 주먹도 쥐어 보지만, 아무튼 스크린 중독은 아주 몹쓸 것이랍니다.

옆방으로 여자 작가가 두 명 있는데.

두 사람 모두 방에서 지네가 나왔다는군요. 전선희 작가는 휴지로 눌러 죽였고 이아타 작가는 목을 물려 머리가 어지럽다는 얘기를 태연스레 재연하더라구요. 술을 마셔서 목이 아픈 줄 알았더니 지네에 물려 아픈 중이었더라나. 내 방에도 지네가 등장하길 기대합니다. 절해고도에 몸을 담았으면 그 정도의 신고식을 감당해야 한다며 지네, 왕파리, 노래기, 박쥐같은 것들의 방문을 떠올려 봅니다.

파도 소리,
망자에게 날리는 발신음이 되어

거친 바람에 마주 서다 보면.

춥다. 그리고 뭐 하나 만만한 게 없다. 파도의 마술에 취해 겁
없이 올라탄 바위의 미끄러움을 느끼는 순간 로망처럼 생을 홀
가분하게 정리될 수도 있는 것이다. (가끔 그렇게 죽고 싶다는
생각도 든다.) 갈매기들이 바위 뒤로 오그르르 숨어 있고 인적
조차 종적을 감추니 이게 '적막'의 실체리라. 우연히 만난 개와
고양이가 촐랑촐랑 불청객의 바지를 핥아댄다. 초등학교 운동
회 일주일쯤 앞둔 유년의 어느 날부터 시작되었던가. 아침마다
아무도 모르게 서해안 백사장에서 달리기 연습을 했다.

'스타트가 중요해. 일단 제켜놓으면 아이들이 따라잡을 수
없어.'

대밭집 머슴 정달이형의 그 말을 고스란히 믿지는 않았지만
빨리 출발한 만큼 이득일 것 같았다. 그래서일까. 출발 화약이
터지기 직전에 스타트 뽑는 연습을 했고 그 바람에 달리는 라인

내내 쬐끔씩 밀리기는 했지만 일곱 명 중에서 3등으로 들어올 수 있었다. 공책 한 권 탔고 오래도록 기쁨으로 간직했다.

글쓰기의 시작도 빠른 편이었다.

초등학교 때부터 학교 신문과 교지에 이름자를 내밀었고, 고등학교 때는 대학 노트 세 권짜리 창작집을 만들었는데 덩치 큰 빡빡 대가리들이 우르르 둘러싼 채 내 습작 노트를 펼치는 바람에 하도 창피해서 죽고만 싶었다. 신춘문예에 응모한 건 고등학교 2학년 때다. 대학교 1학년 때 교지에 글을 발표하면서 작가의 꿈을 키웠으나 본격 작업에 들어가진 못했다. 28세 무크지 활동 이후 문청의 부푼 꿈으로 15cm쯤 떠 있었으나, 소심한 탓으로 작은 풍파에서도 깊이 헤매곤 했다.

사십쯤부터 얼룩말 후배들이.

말굽 소리로 추월하기 시작했고 나는 표정 관리를 위하여 입술을 닫았다. 그랬다. 후발자의 추격을 감지하면서 새벽 도서관에서 버텨 내려 했다. 자투리 시간을 쪼개면서 '직장과 가정'이라는 바쁜 환경 때문에 실력 발휘를 못하는 거라고 합리화 꺼리를 만들었다. 그 이십 년 가까운 세월이 흘러간 지금 나는 '초로의 시든 꽃'을 인정하면서 절반의 도인이 되었다.

쇠똥구리는 우마의 배설물을 동그랗게 굴리고 청룡은 여의주를 동그랗게 물고 구천을 날아다닌다. 용과 쇠똥구리가 서로 무시하거나 부끄러움 없이 서로 동그란 소유물만 공유하니 그게 유토피아다. 연암 박지원의 문장이라고 아내가 귀띔해 줘서 수도승처럼 외우고 몸에 담으려 했다.

이제는 갯바람 맞은 쇳덩이로 녹슬어도 괜찮을 것 같다, 고 최면을 건다. 부엌칼이나 수족관 테두리, 승용차나 나사못까지 바닷바람을 만나면 더 편하게 썩는 도끼 자루가 될 수도 있는 것이다. 그들의 추월과 도태에 무관하게 나만의 레이스를 달렸다나. 그런데 이게 맞는 말일까.

나이를 먹는 것은 망자와의 작별 연습일까.

모두 그렇게 쬐끔 먼저 떠났고 나는 늘 남보다 먼저 울었다. 나도향이나 김해경, 랭보우, 윤동주나 소월처럼 빠르게 하늘의 부르심을 받은 건 아니지만 벗 정영상이나 윤중호, 이규황이나 박영근, 남광균이나 이순덕, 최연진이 그렇게 함께 걷다가 철새처럼 휑 하니 먼저 떠났다. 예전엔 골목 점방 유리창에 알전구로 비치거나 전신주에 걸린 방패연으로 그들을 만나곤 했는데 지금은 바닷가 저 멀리 거품으로 떠오른다. 아주 짧게, 훨씬 선명하다. 그리고 나는 지금 이 순간이 날마다 생의 가장 젊은 몸임을 안다.

부나비로 소생한 벗들이 또 알전구 옆에서 날개 치기에.

"위험 해."

팔을 벌리자 그네들이 오히려 어리둥절한 채.

"네 발밑이 불구덩이잖아."

즉방 반사로 돌아온다. 이번에는 나무늘보로 돌아온 벗에게.

"자세가 왜 그래?"

그니는 기가 막히다는 표정을 짓더니.

"거꾸로 매달린 건 바로 너야. 느이들 교실이 온통 거꾸로 세상이야."

눈을 비비자 벗들의 표정이 한꺼번에 사라지면서 파도 소리만 허허롭게 쏟아졌다.

밥상을 물리고 짧은 커피 타임. 어느 벗을 도마 위에 올려놓고 객쩍은 소리.

"나는 그를 저어하지만 그가 나를 싫어하지 않아서 걱정이다."

그런 건방진 문장을 던졌다. 그러자 세 명의 젊은 작가들이 눈이 둥그레지면서 이구동성.

"선생님을 싫어하는 사람도 있습니까? 아무와도 미움의 관계를 갖지 않을 하회탈 얼굴이십니다."

재빨리 스타킹을 뒤집어쓴다. 쇠항아리보다 좁은 나의 혜량이 들통 나기 전에 일찌감치 비수의 속내를 공개하며 본색을 드러내야 하나? 그들은 아직 모른다. 내가 얼마나 잘 토라지고 깊은 상처로 헤매는지.

258 우리들의 일그러진 성적표

모두 그렇게 찔끔 먼저 떠났고 나는 늘 남보다 먼저 울었다.

나도향이나 김해경, 랭보우, 윤동주나 소월처럼 빠르게 하늘의 부르심을 받은 건

아니지만 벗 정영상이나 윤중호, 이규황이나 박영근, 남광균이나 이순덕, 최연진이

그렇게 함께 걷다가 철새처럼 휑 하니 먼저 떠났다.

예전엔 골목 점방 유리창에 알전구로 비치거나 전신주에 걸린 방패연으로

그들을 만나곤 했는데 지금은 바닷가 저 멀리 거품으로 떠오른다.

아주 짧게, 훨씬 선명하다. 그리고나는 지금 이 순간이

날마다 생의 가장 젊은 몸임을 안다.

첫 외출, 제주
그리고 다시 마라도

고등어처럼 등 푸른 물고기를 만난 적이 거의 없다. 썰물이 빠지면 구럭을 끼고 개펄에 나가 박하지나 조개를 담아 왔으므로 바다가 단지 소박한 울타리 목장인 줄 알았다. 리아스식 해안이 저수지처럼 아늑해서 가끔 바닷물 전체가 꽁꽁 얼어붙는 환상으로 황홀감에 빠지곤 했었는데.

'겨울이 오면 저 얼음 바다에서 끝없는 썰매를 타 봐야지.'

바다 얼음판에서 하루 종일 팽이를 치거나 가오리연 날리는 환상으로 행복할 때마다 소년은 낙조의 해변에서 가슴이 울컥 치밀어 오르기도 했다. 착각이었다. 눈보라치는 겨울 바닷가를 온종일 돌아다녀도 바다는 당연히 얼지 않았다. 바위마다 차갑고 검은 빛깔이어서 그 냉혹함에 눌려 오래 머무르지 못했고.

제주 작가회의 시 낭송회에 참가를 위해 여객선 타고 첫 외출. 관광객 틈에 끼어 혼자 객창감에 젖는다. 새떼들은 여객선을 전혀 따라오지 않고 저만치서 즈이끼리 날갯짓할 뿐이다. 그미들 역시 가끔씩 수직 낙하로 물고기 찍어 배를 채우며 무덤을 향해 질주하는 과정이리라. 순간 아이 하나가 찢어지게 울기 시작한다. 한 살쯤 되었는데 즈이 부모들은 아무 대책이 없다.

노르웨이 가는 비행기였던가. 백인 아기가 우는 이유는 해발 4,500미터의 기압 때문이었는데, 착륙할 때까지 나와 고통을 함께 했다. 똑같다. 갓난아기의 울음은 마라도 여객선이나 스칸디나비아 반도 비행기나 똑같은 언어로 소통하려 한다. 그렇게 성장하다가 어느 순간 각자의 구역에 터를 정하고 울타리 속 모국어로 분리되리라. 더러는 패거리 해체를 외치며 빗장도 열어보지만 어느 순간 약소국을 침탈하는 열강의 괴물속성으로 편승도 하리라.

제주도는 모두 아름답다.

키 작은 귤나무, 돌담 울타리 안창의 채마밭 그리고 밭 한가운데로 무덤들이 보인다. 파인애플 가로수와 초원에서 어슬렁거리는 조랑말들의 풍경이 한갓지다. 그러나 제주 시내를 한 시간가량 걸으면서 금세 지루해지기 시작했다. 깊이 들어갈수록 육지 풍경과의 차별성이 사라지는 것이다. 은행, 편의점, 단란 주점, 독서실 그리고 즐비한 식당 골목에 들어가면서 어디론가 훌쩍 들어가고 싶다는 조급증이 발동했다.

그 무료함을 메우기 위해 찾아간 계단이 기껏 PC방이다.

중고생 제복들과 게임기에서 터지는 괴성까지 똑같은 전국구

풍경이다. 이상하다. 조악한 담배 연기 틈에서 슬쩍 떠올렸을
뿐인데 갑자기 몸이 사무치기 시작한 것이다. 마라도에 빨리 돌
아가고 싶다. 돌절벽 그리고 파도 소리와 거품들이 처절하게 그
리운 것이다. 그날 밤 여관방에서 나 홀로 뒤척이며 오래도록 마
라도를 떠올렸다.

　그렇게 하루 머무르고 다시 마라도.
　오늘도 밥상머리 소재는 단연 지네 얘기다. 강병철 그리고 옆
방 전선희(2012년, 34세) 이아타(43세) 그리고 간사 조중연 작가
(41세) 모두 신문지로 눌러 터치거나 쓰레빠짝으로 휘두르다가
안타깝게 놓친 지네 이야기로 저녁을 때웠다. 귀여운 아기 지네
를 때려잡자마자 엄마 지네가 눈시울 적시며 바닥으로 머리를
들이미는 것이다. 쓰레받기로 누르자 어미 지네는 으깨진 머리
를 축으로 컴퍼스처럼 빙빙 돌기만 한다. 이번에는 지어미 잃은
남편 지네가 이를 북북 갈며 요동쳤다. 빗자루로 아작을 냈으니
완전히 일가족 일망타진이다. 아프다. 지네 가족은 가볍게 시신
으로 정리되었고 작가들은 비로소 괴물로부터 해방되었다며 안
도의 숨을 쉰다.

　그 밤, 꿈속에서 조우했다.
　지네는 방패연처럼 하늘 높이 떠 있다가 잠수함처럼 해저 깊
숙이 질주했다. 두려운 상상이다.

강작우
치네박멸우기

그가 왔다.

창문 너머 태평양이 출렁거리는 마라도 창작촌 작업실이 배경이다. 착한 지네 한 마리, 노란 더듬이 흔들며 사뿐사뿐 다가오는 것이다. 젖살 포동포동한 아기 지네 왈.

'안녕하시와요, 작가님께 신고식 하러 왔어요. 빠샹빠샹.'

그렇게 쟁쟁 퍼졌지만, 아기 지네의 말춤 재롱은 한 방에 끝장났다. 두루마리 손잡이에 눌려 순식간에 '팍싹' 빈대떡이 된 것이다. 손바닥으로 일순 불쾌한 촉감이 들긴 했으나 그뿐이었다. 작가는 당장 원고지 레이스가 급했으므로 담배 연기 뿌옇게 채우며 글쓰기에 몰입했다. 얼룩말 후배들의 추월을 떠올리며 '쥐어짜고 기름 치는' 일상을 지체할 틈이 없었던 것이다. 그리고 아주 잠깐 인터넷 사냥에 집중하는데…… 이번에는 곡소리 환청이다.

'모진 놈 만나면 무조건 도망치라고, 종아리 치며 당부했잖니.'

그런 문장이 목덜미를 찌른다. 돌아보니 어미 지네 혼자 꺼이

꺼이 울고 있는 것이다. 그미는 넋이 빠진 채 아기 지네의 시신만 끌안은 채 바들바들 떠는 중이다. 그러나 소용없다. 작가는 '어미의 눈물 사연'을 읽어 내지 못했으므로 슬리퍼 밑창을 들어 무심히 내리쳤을 뿐이다. 어미의 더듬이 눈이 장판에 깔리더니 으깨진 두개골 지축삼아 컴퍼스처럼 뱅글뱅글 돌다가 잦아들었다.

그보다 급한 건 원고지 채우기다. 머리 동여매고 문장을 넓히는 것만 사내의 소명인 줄 알았으므로 분치기, 초치기에 들어가야 했다. 폭풍 집필과 폭풍 음주 그리고 폭풍 흡연의 삼박자를 빼곤 모두 털어 내기로 했던 비탈길 도정이었던가. 그 순간 또 거친 숨소리가 터진다. 장판 아래가 꿈틀거리더니 뽀드득뽀드득 어금니 가는 소리다. 이번에는 등 굽은 아비 지네의 쉿소리다.

'남의 터에 끼어들더니 왜 학살이냐? 네 땅 내 땅 없이 함께 어울릴 수 있었는데.'

그 외침은 쓰레받기 모서리에 눌려 단박에 두 동강 났다. 사내는 검은 액 시신을 아주 잠깐 바라보다가, 괴물들로부터의 해방감으로 비로소 안도한다. 지네 가족들을 변기통에 쑤셔 넣고 물을 내린 다음 아예 뚜껑을 덮어 버렸으니 배수관 타고 태평양 바다로 흘러가리라. 에프킬라를 화염 방사기처럼 뿌리고 창문을 밀봉시켰으므로 이제 그의 작업실에서 지네와 상봉할 공간은 초토화되었다.

그리고 꿈속에서 조우한 사연이다. 파도가 수만 개 헛바닥으로 변신한 수평선이 배경이던 그 밤이다. 지네는 방패연으로 중천에 솟구쳤다가 잠수함처럼 해저 깊숙이 질주했다.

'더 이상 슬리퍼 밑창에 깔려 죽을 수는 없어.'

난쟁이 쑥부쟁이 그리고 억새꽃 대궁들이 우르르 달려와 스크럼을 짰다. 이상하다. 민초들의 외침이 바위 너머 물방울처럼 튀어 오를 때마다 하염없이 눈물이 흐르는 것이다. 파도 소리만 가없이 출렁거린다.

섬은 여전히
고독한 유배지다

섬의 소각장은 쓰레기 처리가 만만찮다.

종이는 소각장 허공에 날려 보내고, 음식물 찌꺼기는 플라스틱 통에 모았다가 바다에 바치는 게 합리적일 수도 있다. 버리는 것도 만만치 않아서 절해고도 절벽에서 넘실거리다가 거품 속 성냥갑처럼 떨어질 수도 있다. 바위 위에 뚜껑을 올려 놓고 쓰레기를 쏟은 게 실수였다. 음식물 찌꺼기가 파도를 타는 순간 뚜껑이 바람개비처럼 팽그르르 날아가는 것이다. 의성어와 의태어의 혼재로 뚜껑이 '통, 통, 통' 구를 때마다 '안 돼, 안 돼.' 허공만 허우적거릴 수밖에 없었다. 잠시 후 10초 동안은 멍하니 바라봐야 했다. 푸른 색 뚜껑이 잠수함처럼 파도 속을 넘나드니, 안타깝다. 음식물이야 거품 속에 녹아 버리겠지만 플라스틱은 영원히 녹지 않는 입자로 남아 태평양 어디쯤 영원히 떠다닐 것이다.

낙도 의료봉사단은.

2개월에 한 번씩 검진 나와 오전 10시에서 오후 4시까지(첫 배와 마지막 배 시간표) 무료 봉사를 한다. 노인회관에서 의사, 한의사, 치과 의사, 약사 그리고 이발사가 한 팀이 되어 각자의 영역에서 좌판을 벌이면 섬마을 주민들이 틈새 방문을 시도한다. 카트를 끌고 온 사내, 해녀복을 입은 아낙, 잠깐 문을 닫고 나온 짜장면 아줌마들까지 재빨리 진단을 끝내고 다시 일터로 나가야 한다.

의료팀들은 얼핏 봐도 생물처럼 신선해서 외모에서 당장 차별성이 보였다.

어쨌든 섬 마을의 인구가 기십 명 남짓이니 두어 시간 봉사 활동이 끝나면 막배가 오기 전까지 잡담 소일한다. 오늘은 우리 창작 스튜디오 멤버 세 명까지 줄을 서는 바람에 서른 명 넘게 진료했다며 좋아하는 표정도 천진해 보였다. 조중연 선생은 머리를 깎았고 이아타 선생은 지네에 물린 약을 구했는데 나는 마땅한 치료 방법이 없어서 붙이는 파스만 두 장 얻어 왔다.

마라도 짜장면.

이창명이라는 탤런트의(맞나? 나는 TV가 없으므로 브라운관 실세들을 전혀 모른다.) '마라도에 짜장면 배달왔어요.' CF가 지상파를 타면서 고요한 섬마을에 짜장면집 건축 사태가 터졌단다. 외지인도 입주를 시도했다. 갑자기 늘어난 짜장면집 일곱 군데 중 본디 토박이는 두 집뿐이다. 유람선 관광객이 늘어나면서 호떡과 아이스크림 회오리 감자와 레몬 초콜릿 좌판이 홍대

입구처럼 늘어났다. 유람선 관광객이 내리자마자 카트들의 호객 행위가 늘어나면서 급기야 서귀포 시청에서 제재를 내려서, 지금은 카트를 영업용으로 사용할 수 없다.

밤이 되면 섬의 물상들이 몸을 감춘다.

섬 전체가 검은 보자기로 덮여 지는 것이다. 그 섬마을에는 국토 최남단 교회, 국토 최남단 성당, 국토 최남단 사찰(기원정사), 국토 최남단 보건소, 국토 최남단 파출소 지구대, 경비대가 있다. 나머지는 횟집이나 짜장면집까지 모두 국토 최남단의 타이틀을 걸고 있다. 아이들은 대개 뭍에서(여기의 뭍은 제주도를 말함) 살고 어른들끼리만 출퇴근하며 운영하기도 한다. 오후 4시쯤 관광객이 빠지고 나면 식당 주인들도 뭍으로 철수하므로 섬은 어둠에 빠진다. 고요, 고요하다. 자성 이후는 필시 절망 같은 바다다.

마라도의 사계절은 온도의 체감뿐 풍경의 변화가 없다.

여름은 덥고 겨울은 춥지만 녹음과 설경(雪景), 꽃 피는 봄과 단풍 나들이가 없다. 1년 내내 파도와 억새풀, 난쟁이 쑥부쟁이 그리고 야생 선인장(백년초)만이 공존 중이다. 늦가을의 정취도 당연히 없다. 제주작가회의 시 낭송회 때 뭍에 나가서 최초로 한반도의 가을을 보았다. 우수수 떨어지는 낙엽들 사이로 사람들이 종종걸음치고 있었다.

은둔 스무 날 째, 섬은 여전히 고독한 유배지다.

벗들과의 소식을 기다리다 먼저 통화를 시도한다. 아주 가끔 권덕하, 황재학, 이정록, 김희정, 홍성관, 권오봉, 조시형, 박미옥, 최은숙 같은 벗들의 술판 목소리가 들리면 '아싸 — 전화가 먼저 오기도 하는구나.' 쾌재를 부른다. 문자 메시지만 봐도 반갑다. 전교조 집회 메시지나 부친상은 차치하고라도, 스마트폰으로 바꾸라는 통신사 문구도 반갑고 '상어가 무차별로 터지고 있어요, 보너스 7만 개가 꽉 차고 있어요, 서둘러야 합니다.', '2012년 공주 첫눈이 왔어요. 겨울철 안전 점검 타이어 뱅크.' 같은 문자 메시지도 오래도록 보존한다. 어디론가 훌쩍 떠나고 싶다.

인터넷은 문명 세계와의 간극을 적확하게 메워 준다.

가장 많은 시간을 소요한 건 격투기 동영상이다. (나의 젊은 날, 전투력 측정에 민감했던 건 충청도 작가들은 대충 안다.) '효도르와 노게이라', '최홍만과 밥 샙', 〈주먹이 운다〉에 빠져 금쪽같은 시간이 훌러덩 지나가기도 한다. 여자 격투기 선수 임수정이 일본 채널에서 덩치 큰 남자들을 연달아 상대하느라 퉁퉁 부을 때는 분노의 주먹을 부르르 떨기도 했다.

다람쥐가 무서워 벌벌 떠는 코끼리 동영상도 반복 학습했다. 탁구공만 한 다람쥐가 잽싸게 움직일 때마다 집채만 한 코끼리 모자가 허둥지둥 도망치는 판도라 TV 장면을 보고 우히히 웃었지만 주변에는 아무도 없었다. 좌우지간 덩치 큰 놈들이 도망치는 건 무조건 재미있다. 대여섯 번 리핏시키며 동영상을 달달 외웠지만 어느 누구와도 공유할 수 없는 상황이다. '10분만 더 보고 글을 써야지.' 했다가 자정이 넘어가면 '어렵쇼? 시간이 꽤 됐네.' 하며 베개를 찾는다.

마라도 가는 배는 수시로 끊어진다.

모슬포 나갔다가 배가 끊어진다는 사발통을 듣고 막배까지 200미터 달리기로 질주할 때는 아예 내 다리가 통째로 사라진 줄 알았다. 뭍으로 나오는 승객을 태우는 마지막 배였으므로 섬으로 가는 손님은 나 혼자였다. 배가 전진하지 않고 연신 종횡무진 흔들렸으므로 또 뱃멀미의 조급증에 빠진 채 40여 분을 헤맸다. 다시 들어온 마라도 창작스튜디오는 내 집처럼 아늑했다. 거기서 폭풍 집필에 빠지겠노라 몸을 다스리다가 폭풍 음주에 빠지기도 한다.

강작가,
위낭송하다

마라도 유배 10일차.

제주도로 외출이다. 제주 작가회의 주최 '2012년 거리에 흐르는 가을의 시' 행사에 참여하기 위해서다. 제주시에는 '인파 속의 가을'로 파묻혀 있었다. 모슬포 항구에 내리자마자 제주 스타일의 가을이 펼쳐 있는 것이다. 육지처럼 은행나무와 단풍 천지는 아니었지만 끝도 없이 펼쳐진 억새꽃 행렬과 동백 그리고 야자수와 종려나무까지 노르스름하게 변하는 중이었다. 그것은 늦가을이었다.

행사 전부터 여남은 노인네들의 술 냄새가 풍기는가 싶더니.

식전 밴드 노래가 울리자마자 아마존 원주민 스타일 몇몇이 우르르 몰려와 춤을 춘다. 조중연 작가 왈 노숙자 손님들이라고 귀띔해 준다. 어떤 객은 무대 쪽까지 진출하려 해서 사회자 이종영 시인이 화사한 미소로 막아서기도 했다.

이종영 시인은 마라도 입주를 위한 제주 공항 입구에서 우연히 조우했다. 미남 얼굴에 신사복, 딱 벌어진 어깨와 카리스마 눈빛이 스크린 어디선가 익숙한 것 같지만 속은 '찰진 부끄미' 사내다. 사 년 전 부여의 신동협 시인 추모제 때 강덕환 등 제주 사내들과 술잔을 돌린 사연도 있지만, 그보다는 그의 동갑나기 아랫동서 김진호 선생이 나와 1980년대 해직 교사를 함께 나눈 사이라서 더 친숙하다. 그의 동서 김진호 선생은 '바우솔'이란 필명답게 붓글씨의 대가이며 다부진 몸이 이소룡 스타일이다. 그는 술에 취하면 물구나무로 벌떡 곧추세우는 바람에 내가 바싹 쫄아 '형님'으로 부르게 되었다는 설이 있다. 그냥 설이다.

김창집 제주작가 회장과 양영흠 제주 예술 이사장의 인사말 이후.

첫 순서는 몇 달 전 망자가 된 정군칠 시인의 특집이다. 김향송 낭송가는 그의 시 〈비릿내의 숨비꽃〉을 낭송했다. 강정 마을과 구럼비 바위 시국을 끌어안던 그는 결이 고운 그대로 망자로 변신해서 벗들을 울렸단다. 암투병 소식을 주변에 알리지 않고 급환으로 떠났으니, 하느님이 착한 사람을 먼저 모셔가는 게 틀림없다. 지금은 파도의 부드러운 혀로 닦아 준 거친 절벽 어디쯤에 망부석으로 서 있으리라.

김경범, 김문영, 김영란, 김순선, 양전형, 송태웅 등의 시인들이 자작시나 초청시를 낭송했고 우종훈, 이윤정, 한송유, 김효

근, 고영관, 온새미팀 등이 저마다 노래와 기타, 대금과 색소폰 등으로 그야말로 지성껏 관객들을 동화시켰다. 시와 음악과 스크린의 혼재다.

특이한 것은 무대의 모든 장르에 제주도 사투리를 투입하는 것이다. 그네들끼리 신명나게 이야기할 때는 외지 사람들이 알아들을 수가 없다. 모슬포 시내 버스에서 버스 기사와 웬 노파가 정신없이 수다를 떠는데 처음에는 중국 동포끼리 대화하는 줄 알았다. 자세히 들어보니 '공항', '백화점', '식사' 같은 우리말이 들려서 '어럽쇼, 한국인이네.' 하며 나 혼자 중얼댔더니 오히려 그들이 나를 어리둥절 쳐다보았다. 제주 도민들은 상대방이 표준어로 물어보면 표준어로 대답해 주지만 제주도 사투리로 물으면 안심하고 푸짐한 토박이말을 풀어 놓는다.

나의 시 〈이빨뽑기〉는 시의 향기가 꺼져 가는 마지막 순서다.

유년의 어느 날, 아버지가 내 이빨을 문고리에 실로 칭칭 동여맨 다음 느닷없이 문을 열면서 사금파리 이빨 하나 쑥 뽑았던 사연이다. 아프지 않았는데 자꾸 눈물이 쏟아졌던가. 그 시누대 밭으로 쏟아지던 부엉이 울음소리를 제주시 산지천 무대에서 펼치는 기회를 만난 것이다. 관객들이 듬성듬성 빠져나간 이빨 빠진 객석을 향해 문장을 토로할 때쯤 야간 비행기가 굉음으로 밤하늘을 가르기도 했다. 제주도 비행기는 낮고 크다.

그 와중에도 자꾸 재래시장의 선술집 불빛이 눈에 잡혀서 빨리 끝내고 목을 적시고 싶었다. 아는 사람 중 아무나의 바짓가랑이를 잡아야 하는데, 어디로 갔나, 눈에 띄지 않는다. 그들이 챙겨 주지 않으면 스스로 술상을 찾기 불가능하니 반드시 잡아 내야 한다.

뒤풀이는 막판이 가물가물하다. 서른 명쯤 모였다가 2차에서 열댓 명으로 줄었고 그후 차수를 늘려 가면서 김수열, 오을식, 강덕환 송태웅, 이종형, 조중연 등의 뭇별들이 나타났다가 사라지곤 했다. 그리고 혼자 여관방에 널브러졌다.

제주 혜녀는
한라산이 보여야 안심이다

"참으로 좋은 분 같습니다."

작가들의 그런 의례적 칭찬에도 나는 우히힛 또 맛이 뿅 가서 더욱 행보가 조심스러웠다. 그럴 만도 했다. 안식년 이후 마음이 편해졌지만 특히 마라도에서는 열 받을 이유를 찾을 수 없는 안도감으로 살았다. 찾아올 사람이 전혀 없으므로 평상심을 유지할 수 있었고 글의 조급증을 버리니 마음이 편안해졌다. 시간이 안타깝지 않은 것도 참으로 오랜만이다. 저녁 식사 후 작가끼리(4명 모두 소설가) 잠시 커피 타임을 가지며 담소를 나눈다. 주로 지난 세월의 신산고초와 어제 쓴 작업량 그리고 인터넷에 떠도는 우수마발이 화제다. 그러다가 다시 각자 자기 방으로 들어가 집필에 빠지면 그때부터 불통의 밤이 된다. 화장실 가는 복도에서 만나도 로봇처럼 고개만 끄떡인다.

비바람 잦아들던 저녁 술자리.

즉흥적으로 제주도 투어를 결의했으니 그게 일탈이다. 이 아타 작가, 이순임 작가 그리고 조중연 작가와 내가 동행인이다. 그들 역시 중년의 후배 세대이지만 등단 경력으로는 신예에 속하니 에너지 넘치는 파릇한 몸들이다. 이순임은 〈월간문학〉으로, 이아타는 〈작가세계〉로 등단했고 조중연 작가는 나에게 《탐라의 사생활》(삶창, 2013)이라는 1,000매 짜리 장편소설을 읽으라는 숙제를 준 바 있다. 그리고 나 강병철 선수의 나이가 가장 많다. 그네들은 젊은 만큼 문학적 전망이 넓고 나는 지난 세월의 커리어(career)를 놓치지 않기 위해 신발 끈 옭아매리라.

렌터카의 편리함을 실감하면서.

먼저 비자림은 '비자나무가 있는 수풀'이라는 뜻이다. 가는 데마다 원시림이다. 바깥세상은 낙엽이 우수수 떨어지는 늦가을인데 여긴 연초록 봄빛이다. 게다가 무지무지한 고목의 중첩들이 저마다 표정을 갖추고 있었다. 바위를 깨뜨리고 뿌리를 내린 나무도 있고 스스로 황제라 칭하는 나무, 성깔 있는 나무, 연리지 나무까지 다양한 자세로 캐릭터를 구축하고 있는 중이다.

바닷가의 물건들은 녹이 잘 슬고 특히 마라도가 대표적이다.

부엌칼도 녹슬고 카트 바퀴나 안내판도 녹슬고 쓰레기 더미에서도 쉴 새 없이 녹슨 꽃들이 공간을 확장하고 있다. 그러니까 나무들도 제대로 크지 못한다. 바위 바닥이라서 자양분이 부족하고 바닷바람과 염분이 워낙 강해서 가지를 뻗어낼 수가 없다.

위로 크지 못하고 뿌리만 뻗으니 나무마다 애늙은이처럼 발목만 쪼글쪼글 굵다.

그러나 비자림은 다르다.

나무마다 한풀이하듯 닥치는 대로 가지를 뻗는 중이다. 늦가을의 푸르름이고 디지털 시대의 원시림이다. 줄기에서 옆으로 뻗은 가지가 아름드리로 두꺼워서 당장에 매달려 맴맴 울어야 어울릴 듯싶다. 동시에 사자(死者)의 목이 매달리는 풍경이 '철렁' 오버랩되었고.

독극물의 원조 천남성이라는 꽃은.

파란 잎 사이로 사내의 성기 모양의 수술이 뻗다가 빨간 열매를 맺는다. 그게 장희빈의 입을 벌리고 강제로 쏟아 넣었다는 사약의 재료가 되니 무심히 먹었다간 대번에 독이 퍼진다. 그 사약의 원조가 여기저기 널브러져 있으니 '꽃 포장 속의 독'이다.

문득 그런 스크린이 떠오른다. 정갈한 옷차림의 늙은 신하가 사약 앞에 글썽글썽 무릎을 꿇은 장면이다. 마지막 길을 배웅하는 아내와 자식들이 데굴데굴 통곡하는데 텁석부리 포도대장이 칼을 뽑아 들고 '당장 어명을 받드시오.' 불호령을 내린다. 사약을 마신다고 금세 피를 토하고 죽는 게 아니다, 밤새 뒤틀린 채 이리저리 뒹굴다가 내장을 쏟아 내기도 하고 결국 포졸들이 우르르 달려들어 목 졸라 죽이기도 한다.

다음으로 '잃어버린 마을'이다.

렌터카가 끝도 없이 뱅글뱅글 돌더니 스산한 바람이 부는 첩첩산중 외딴집 앞에서 멈췄다. 공포영화의 전초적 배경처럼 음습하다. 그나마 돌밭 사이로 채소들이 쬐끔씩 파릇한 싹들을 보이니, 인간의 손길이 반갑다.

한때 90명의 주민이 옹기종기 정겹게 모여 있는 산골 마을이었으나 해방 공간 4·3항쟁 때 50명이 목숨을 잃었으니 그게 지옥이다. 우리는 그렇게 잔혹한 역사를 수도 없이 치러야 했다. 지리산에서, 금남로에서, 부엉이 바위에서, 4·3의 한라산에서, 착한 벗들이 매 맞아 죽고 총 맞아 죽고 스스로 뛰어내리기도 했으니, 분하다, 우물 속 두레박마다 피울음이 건져질 것 같다.

그 아픔의 지평 위로 지금은 땅 투기 바람이 분다.

한적한 산골 어디든 매끄런 승용차들이 인입(引入)하여 칼질이다. 대처의 갑부 아무개들이 대략 10,000여 평을 한꺼번에 매입한다면 그걸 200평씩 쪼개어 수백여 명의 투자자들에게 분양하는 식이라고 이순임 작가가 멘트해 준다. 평당 3만 원짜리 땅이 30만 원으로 튀겨진다. 이제 곧 불도저와 레미콘이 닥치면서 '잃어버린 비극'조차 아파트 빌딩에 묻힐 수 있단다. 안 된다. 안 된다. 아!

서귀포시 상효동에 위치한 선돌선원은.

무릉도원처럼 아늑했다. 선돌은 '서 있는 돌'로 '입석(立石)'의 우리말이다. 녹차밭 입구 푸르름의 합체를 통과하면서부터 정념의 바람이 가슴을 헤집기 시작했다. 인적이 아예 없는 깊은 산

속 조그만 초가집이 선원이고 울타리 뒤쪽으로 한참 올라가면 거대한 바위 하나가 꼿꼿하게 서 있다. 숲길로 전선과 수도관이 이어져 있고 가는 곳마다 돌멩이 하나 풀꽃 하나에 주인의 손길이 빠진 곳이 없으니 보는 이가 누구인가. 문득 바위틈에 뿌리 내린 나무 하나가 대궁을 세우다가 결국은 말라죽은 풍광이 보인다. 깊고 어둡다. 수수롭다.

섬은 위다림에 익숙해야 한다

이순임 작가 송별회 와중에.

폭풍으로 배가 묶였다는 전갈이 왔으니, 토요일부터 금요일까지 꼬박 일주일을 고립시키는 것이다. 창문만 열어도 문짝 떨어지는 소리가 쾅쾅 들릴 정도로 괴기해서 소주 두 병 정도 더 비운 것 같다. 폭풍 집필을 결의하던 작가들이 하나씩 집필실로 들어갔고 나 혼자 또 반병을 해치웠고.

일체 고요에 빠지지만 기실 집필 중인지 취침 중인지 아니면 나처럼 인터넷 사냥에 빠졌는지 확인할 길은 없다. 나는 통 작은 사내답게 그네들의 책상 몰입 상황을 가늠하면서 인터넷 유혹을 차단하려 안간힘이다. 여름 태풍에 열흘 이상 배가 끊어졌고. 여객선뿐만 아니라 인터넷과 핸드폰 송신탑까지 벼락을 맞아 기능이 상실된 게 지난여름 얘기다. 횟집과 짜장면집도 문을 닫았으므로 남은 사람들은 점차 민감해졌고 원초적 감정의 자제를 위해 서로에게 조심조심 버드나무 손마디를 꺾어야 했다.

우리들의 힐링 글쓰기 편지

파도는 짐승의 본능 그 자체다.

사람 키를 넘기는 파도가 쿠르릉쿠르릉 바위에 부딪치는 순간 집채 같은 거품이 사방으로 쏟아진다. 운동장만한 거품으로 꿈틀대는 태평양은 빙하 시대를 그대로 옮긴 풍경이다. 파도 파편에 흠씬 젖어 비 맞은 강아지 꼴로 들어오니 작업실이 온통 소금 냄새다. 작가들은 만일의 사태에 대비하여 남은 반찬도 분리하여 냉장고에 재웠고 긴축 재정에 들어간다. 섬은 현금 자동 지급기가 없으므로 현찰 보존이 필수다. 그러나 배가 돌아오지 않으면 그 현찰조차 휴지 조각이 된다.

한때 나는 소소한 일상을 아주 천대했다.

아파트 평수 늘리기나 가구 장만, 골프나 영화, 테니스나 볼링에 빠지는 벗들을 쓸개 빠진 물건으로 치부했었다. 비싼 술이나 비싼 옷은 흑싸리 껍데기로 날려 버렸었다. 주로 호프집에 앉아 시국 토로를 술상에 올리다가 숨죽이며 집필에의 몰입을 결의하곤 했다. '가시 달린 장미'나 'S라인 여자의 춤추기' 같은 문장은 단칼에 자르는 대신 '민중의 함성'이나 '타는 목마름', '군중의 절망' 같은 아픈 문장에만 집착했었다. 이제 그것들을 버리려 한다.

초로의 목표는 '부정적 결과에서 나를 보호하기'다.

그동안 '시시포스의 돌'처럼 올리고 미끄러지면서 쪼글쪼글 늙어 버렸다. 적에 대한 분노보다 벗들과의 상처 때문에 괴로워했고 그나마 제대로 토로하지 못한 문장들을 침대에까지 끌고

와 부글부글 복기하며 멀쩡한 몸을 괴롭혔다. 또 있다. 분노의 열정에 시달릴 때마다 하필 잠꼬대로 동숙인들을 괴롭히는 것이다. 취할 때마다 반드시 혼자 자는 습관이 생긴 이유다.

욕망을 버리면서 마음이 편안해졌지만 안전지대 내에서의 생활에만 익숙해진 게 문제다. 덩치 큰 상대를 피하고 민초들만 골라 행복한 매너리즘에 빠지면서 외부와 벽을 쌓는 것이다. 그랬다. 훌륭한 사람보다 흠집 난 이웃과 어깨동무하며 그 맛에 빠지는 것이다.

바다는 날마다 표정이 바뀐다.

산더미 파도로 바위를 두들겨 패다가도 순식간에 그물들의 놀이판이 되는 것이다. 이 파도가 잠잠해지면 태평양을 배경으로 고깃배들이 한가롭게 떠다니리라. 이제 나도 떠나야 때가 되었다.